鼠疫

La Peste

[法] 阿尔贝·加缪 著
Albert Camus
李玉民 译

时代文艺出版社

图书在版编目（CIP）数据

鼠疫 / (法) 阿尔贝·加缪著 ; 李玉民译. -- 长春:
时代文艺出版社, 2021.7
ISBN 978-7-5387-6856-5

Ⅰ. ①鼠… Ⅱ. ①阿… ②李… Ⅲ. ①长篇小说－法
国－现代 Ⅳ. ①I565.45

中国版本图书馆CIP数据核字(2021)第115240号

鼠疫
SHUYI
[法] 阿尔贝·加缪 著　李玉民 译

出 品 人：陈　琛
责任编辑：杨　迪
监　　制：黄　利　万　夏
特约编辑：邓　华　丁礼江
营销支持：曹莉丽
装帧设计：紫图装帧

出版发行：时代文艺出版社
地　　址：长春市福祉大路5788号　龙腾国际大厦A座15层（130118）
电　　话：0431-81629751（总编办）　0431-81629755（发行部）
网　　址：weibo.com/tlapress（官方微博）　sdwycbsgf.tmall.com（天猫旗舰店）
开　　本：889mm × 1194mm　1/32
字　　数：281千字
印　　张：9.75
印　　刷：艺堂印刷（天津）有限公司
版　　次：2021年7月第1版
印　　次：2021年7月第1次印刷
定　　价：69.90元

*

同鼠疫做斗争，

唯一的方式就是诚挚。

…

Albert Camus

鼠疫永远不灭不死[1]

加缪写在这本伟大小说的最后一句比任何时候都更真实，它是对我们自满和遗忘的警示：“鼠疫杆菌永远不灭不死，它能沉睡在家具和衣服中历时几十年，它能在房间、地窖、皮箱、手帕和废纸堆中耐心地潜伏守候，也许有朝一日，人们又遭厄运，或是再来上一次教训，瘟神会再度发动它的鼠群，驱使它们选中某一座幸福的城市作为它们的葬身之地。”

加缪信奉绝对真理，但是也接受可能性的有限：“其他人将创造历史……我能说的是，地球上有鼠疫，有鼠疫的受害者，一个人所能做的是尽可能不要与鼠疫为伍。”

---

① ［美］托尼·朱特：《事实改变之后》，［美］珍妮弗·霍曼斯 编，陶小路 译，中信出版社，2018，第 195-206 页。节选标题为编者所加。

加缪是“荒谬”的研究者，他拒绝向“必要性”屈服。他是一个公共领域的行动者，他坚持认为所有真正重要的问题最终还是要归结到每个个人仁慈和善良的行为上来。

加缪是一个道德主义者，但他不是说教者，因此《鼠疫》并不是要给人什么训诫。他曾说自己非常谨慎地去避免把《鼠疫》写成一本“宣传册”;《鼠疫》没有给任何学派的政治辩论家带来安慰，从这点来看，我们可以说他成功了。但是，也正是由于这个原因，它也不再仅仅是一个有关被占领时期法国的寓言，而且也超越了它的时代。

回首20世纪，我们可以更清楚地看到，加缪确定了时代道德困境。和阿伦特一样，他看到“邪恶的问题将会是战后欧洲精神生活的根本问题，就如同‘一战’后死亡是根本问题一样”。

鼠疫：先驱的荒诞论[①]

《鼠疫》出版后，空前成功。其中几个典型人物：理性但终于还是被激怒的知识分子塔鲁，宗教人士帕纳卢神父，“谦卑无言、保留一点良善之心的英雄”格朗，特别是里厄医生，这位鼠疫的对手、作家的发言人，他们都极受读者喜爱。然而，因加缪总是捍卫其人道主义价值观，同时在表现对生命、死亡和人类生存状况思考的意愿方面，不免过于严肃。这激起了才华横溢但毒舌的萨特的嘲讽，他声称加缪像对待微生物那样对待善与恶，太原则分明了。但加缪依然为后世留下了一个正直、富有同情心和悲剧性的形象。而时间终将证明他为荒诞派的先驱。

① ［法］让·端木松:《另一种法国文学史》，乔松 译。节选标题为编者所加。

阿尔及利亚奥兰省首府奥兰市 Rue d'Arzew 街的景象　1941 年

1941 年 1 月，加缪搬到奥兰市 Rue d'Arzew 街住。他已将奥兰定为《鼠疫》故事的发生地，在此收集材料并开始写作。他曾这样谈及写作《鼠疫》的基本动机："我想通过鼠疫来表现我们所感到的窒息和我们所经历的那种充满了威胁和流放的气氛。我也想就此将这种解释扩展至一般存在这一概念。"

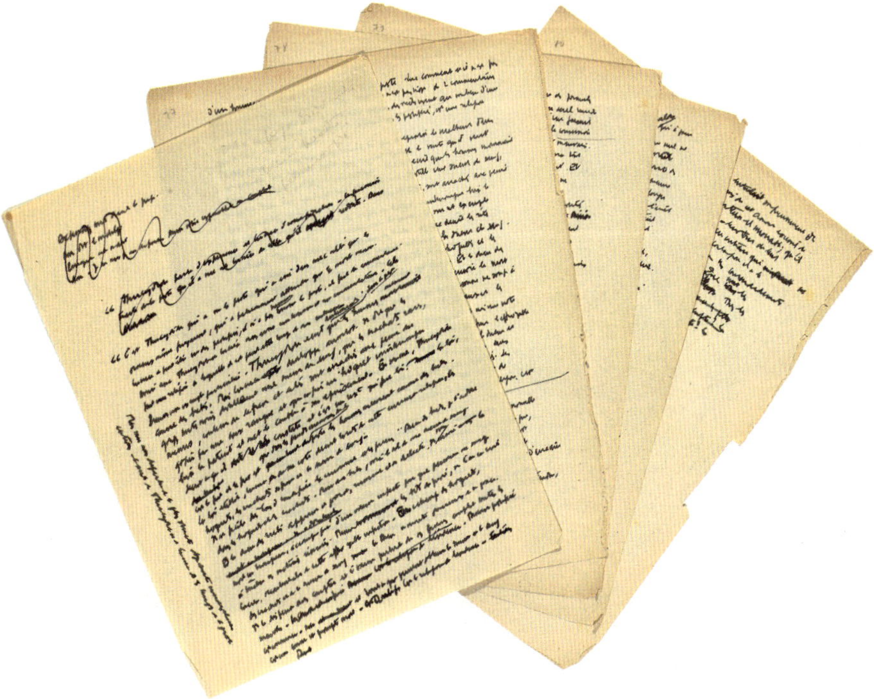

加缪为创作《鼠疫》，对修昔底德和卢克修斯之后的瘟疫进行研究的手稿

人类无法根绝鼠疫之类的疾病，因此加缪说过，“重要的不是治好病，而是带着病痛活着”。在《鼠疫》中，垂死的老门房以“鼠疫就是生活”表达社会中常见的“接受”哲学。

《雅典瘟疫》［比利时］米希尔·史维特斯

公元前430年，一场大瘟疫爆发于伯罗奔尼撒战争期间的城邦雅典。这是历史上首次有明确纪年的鼠疫，在3年时间里让雅典人口锐减一半，整个雅典几乎被摧毁。记录这场瘟疫的修昔底德说："瘟疫确实发生了，我只是把它记录下来。描述疾病的种种特征，以给研究这种传染病的人提供借鉴。万一瘟疫将来有一天卷土重来，也好让人们有所认识。"修昔底德显然给了加缪文体上的启示，事实上他的《鼠疫》虽是虚构，表现上就像在冷静记录一个历史事件。

《死神的胜利》［荷兰］老彼得·勃鲁盖尔　1565—1563 年

加缪研究人类历史上发生过的瘟疫，在笔记中写道："1342 年黑死病流行期间，犹太人被处决；1481 年，当鼠疫肆虐于西班牙南部时，宗教裁判所把罪孽归咎于犹太人。"显然他更关注因疫情恐慌而失去理性、而荒谬化的人类社会对自身的伤害。

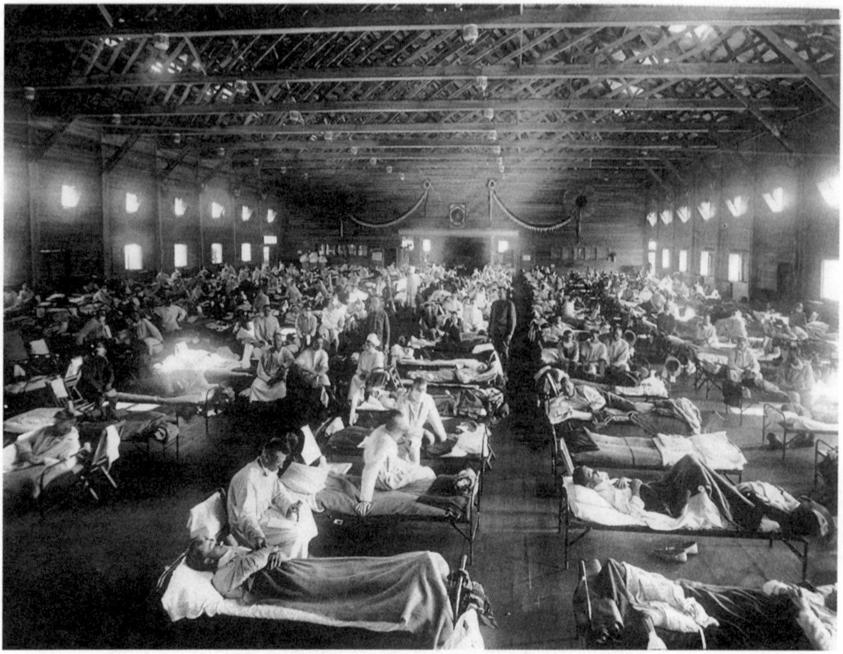

西班牙流感　1918 年

1918 年 1 月至 1920 年 12 月间爆发的不同寻常的西班牙流感，造成当时世界人口约四分之一的 5 亿人感染，死亡 2000 万至 1 亿人。这场病毒对人类的大屠杀，吓阻了人类的自相残杀，让第一次世界大战不了了之。令人费解的是，大流感爆发两年后便完全地神秘消失了，这被加缪直接用在《鼠疫》故事上——奥兰的鼠疫也是不明就里地就消失了。瘟疫来去皆不由人决定。什么时去，不知道，什么时候来，不知道。加缪的《鼠疫》就是反复提供这一警示的信号塔。图为美国堪萨斯州赖利堡的军营医院，被感染军人塞满。

加缪和妻子弗朗西娜·富尔 1942 年

1942 年加缪因肺病复发，从炎热的奥兰转移到法国南部山区帕纳里埃（后来在《鼠疫》中一位天主教神父以帕纳卢为姓名）疗养，不久英美盟军在阿尔及利亚登陆，德军进占法国南方。加缪一时与家人音讯断绝，焦虑不安，孤单寂寞。这种切身的体会使他在《鼠疫》中描写新闻记者朗贝尔的处境时，特别逼真动人。

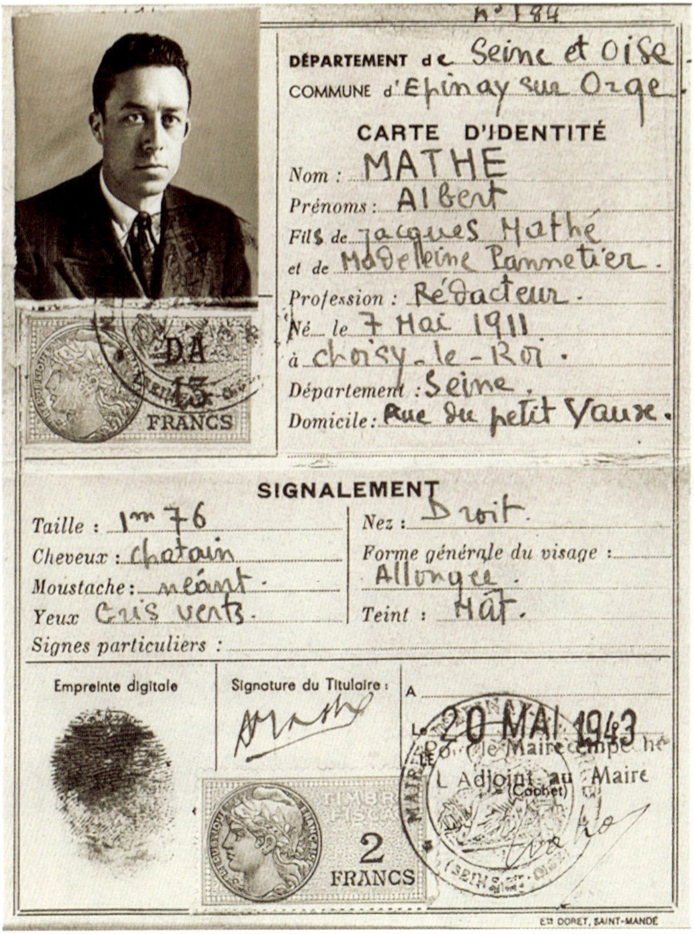

n° 184

DÉPARTEMENT de Seine et Oise

COMMUNE d'Epinay sur Orge

CARTE D'IDENTITÉ

Nom : MATHE

Prénoms : Albert

Fils de Jacques Mathé

et de Madeleine Pannetier.

Profession : Rédacteur.

Né le 7 Mai 1911

à Choisy-le-Roi.

Département : Seine.

Domicile : Rue du petit Vaux.

DA 13 FRANCS

SIGNALEMENT

Taille : 1m 76

Cheveux : chatain

Moustache : néant.

Yeux : Gris verts.

Signes particuliers :

Nez : Droit.

Forme générale du visage : Allongée.

Teint : Mat.

Empreinte digitale

Signature du Titulaire :

A

Le 20 MAI 1943

Pour le Maire empêché

L'Adjoint au Maire

(Cochet)

TIMBRE FISCAL 2 FRANCS

Ets DORET, SAINT-MANDÉ

加缪在法国抵抗运动中使用化名为包查德的假身份证

1942 年夏天加缪因为肺结核搬到法国南部山区帕纳里埃，本来计划继续写作，但很快就被卷进抵抗运动之中，停止了写作。因为他认为横行无忌的德军“像老鼠一样”，德国法西斯和鼠疫，都是必须反抗的荒谬。

加缪和他的朋友们 1944 年

前排（从左至右）：萨特、加缪、米歇尔·莱里斯、让·奥比尔

后排（从左至右）：拉康、塞西尔·埃卢德、皮埃尔·里维迪、路易丝·泽特·莱里斯、毕加索、扎妮·坎潘、雨果、西蒙娜·德·波伏娃、布拉萨伊

虽然停止了《鼠疫》的创作，但加缪认为自己是投入了性质相同，但更紧迫的反抗行为——他与法国众多知识分子同仁坚持法国抵抗运动。直到法国解放，这位之前无人知晓的阿尔及利亚小说家，因编辑抵抗运动秘密报纸《战斗报》而闻名，成为一代青年的精神旗帜。

加缪在《鼠疫》写作完成后，与亲朋轻松休闲

加缪恢复《鼠疫》的写作，完成后在 1947 年 6 月出版，获巨大成功，加缪因此被授予批评家大奖。

加缪接受诺贝尔文学奖 1957 年

1957 年 10 月 17 日，瑞典皇家文学院授予加缪诺贝尔文学奖。他是法国第九位此奖得主，而且是最年轻的，年仅四十四岁。

他（加缪）作为一个艺术家和道德家，通过一个存在主义者对世界荒诞性的透视，形象地体现了现代人的道德良知，戏剧性地表现了自由、正义和死亡等有关人类存在的基本问题。

——1957 年诺贝尔文学奖颁奖辞

人物简介

贝尔纳·里厄　大夫，本书主角。三十五岁，中等身材，黑发，黑肤，常穿一身深色衣服，像西西里农民。他敏锐预感到鼠疫来势凶猛，果断防范，全身心投入，团结一大批志愿者与疫情展开了卓有成效的殊死斗争。

让·塔鲁　奥兰城的短暂居客，体魄健壮，为人宽厚。在志愿者队伍中挑大梁，是里厄大夫的得力助手。他坚持写的纪事，成为记录疫城每天情景的鲜活材料。他本是个社会活动家，身世之谜最后才解开。

约瑟夫·格朗　市政府职员，长期临时工，里厄大夫免费收治的病人。生活近似苦行僧，妻子雅娜也跟人走了。志愿者之一，救了邻居科塔尔，任劳任怨，“真正代表了推动卫生防疫工作的这种笃定的美德”。

雷蒙·朗贝尔 巴黎一家大报馆的年轻记者，因出差奥兰而滞留疫城。疫情开始时把自己视同局外人，千方百计想要脱身回巴黎与恋人团聚。后受到里厄大夫和塔鲁等人的精神感召，加入了志愿队，表现出他的果敢和才干。

帕纳卢 神父，奥兰地理学会碑铭复原工作的权威。擅长讲道，声音洪亮，充满激情。后加入志愿队。里厄给他的评价："他讲道好，做得更好。"

卡斯泰尔 经验丰富的老大夫，在中国行过医。他是动荡时期的稳定因素，里厄大夫的有力支持者。他用本城传播的鼠疫细菌培养液生产血清，在最终击退鼠疫的战斗中起了关键作用。

科塔尔 矮小的吃年金者，边缘人物，因有案底随时可能被捕而过度紧张，曾上吊自杀，被塔鲁救下。鼠疫爆发封城后他如鱼得水，因走私而阔绰，还想帮助朗贝尔私自出城。疫期结束后，他有令人大跌眼镜的结局。

目　录

鼠疫

La Peste

用另一种囚禁状况表现某种囚禁状况，犹如用某种不存在的事物表现任何真实存在的事物，都同样合情合理。

——丹尼尔·笛福[①]

① 丹尼尔·笛福（Daniel Defoe，1660—1731)，英国作家，著名长篇小说《鲁滨逊漂流记》（1719）的作者。

第 一 部

只见电文上写道：

宣布鼠疫流行。全城封闭。

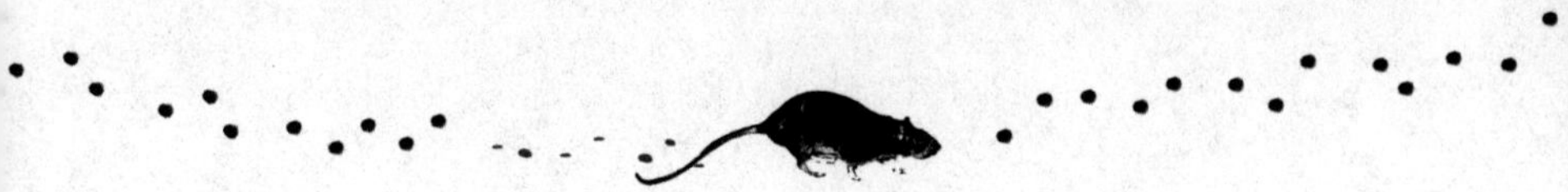

一

二十世纪四十年代发生在奥兰[1]的奇特事件，构成本部纪事的素材。通常认为，这些事件不该发生在那里，情况有点儿反常。初次领略，奥兰的确是一座普通城市，只不过是阿尔及利亚滨海的一个法国海外省的省会。

应当承认，这座城市，从本身看来挺丑陋，表面看上去倒很平静，必须观察一段时间，才能发现它同各个地域其他许多商埠的差异。譬如说，一座城市既没有鸽子，也没有树木，没有花园；既看不见鸟儿扑打的翅膀，也听不到树叶沙沙的声响。总之，这样毫无特色的地方，让人怎么想象呢？在这里，四季的嬗变，仅仅在天空显现。只有清爽的空气、小贩从郊区运来的大批花篮，才带来春天的消息：那是在市场上兜售的春天。整个夏季，炎炎烈日烧烤着干透了的房舍，给墙壁蒙上一层灰突突的灰烬。于是，家家户户只能关紧了百叶窗，躲在阴影里生活。到了秋天则相反，大雨滂沱，满街泥浆的洪流。

① 奥兰（Oran），阿拉伯文为瓦赫兰，当时法国殖民地阿尔及利亚奥兰省的省会。

要了解一座城市，简便的办法就是探索居民如何劳动，如何爱并如何死亡。也许是受气候的影响，在我们这座小城里，所有这些事情都同时进行，处于同样状态，既狂热又驰心旁骛。也就是说，大家都感到百无聊赖，又得尽量习以为常。我们的同胞都很有干劲儿，但总是为了发财致富。他们对经商兴趣尤为浓厚，照他们自己的说法，他们首先经营的是买卖，自不待言，他们也同样喜爱寻常的乐趣，他们爱女人，爱看电影，爱泡海水澡。不过，他们却十分理智，这类消遣只留待星期六晚上和星期天，而一周的其他日子，就力求多多赚钱。傍晚他们离开办公室，定时到咖啡馆相聚，再沿着同一条林荫大路散步，或者待在自家的阳台上。年纪最轻的人，欲望强烈，但是短暂；而年纪最大的人，坏毛病也大不过参加滚球协会的活动、联谊会的宴会，到俱乐部打牌，碰运气大赌两把。

想必有人会说，这些并不是我们的城市所特有的，总体来说，我们同时代的人莫不如此。如今，看到人们从早干到晚，余下的时间就去打牌、喝咖啡、闲聊，这样的生活恐怕再正常不过的了。然而，也有些城市，也有些地区，那里的人时而会臆想别的事。一般来说，这并不能改变他们的生活，只不过，总还有过臆想，这就比什么都强。奥兰则相反，看来是一座没有臆想的城市，亦即一座纯粹现代的城市。因此，也就没有必要具体描述我们这里相爱的方式。男人和女人，要么在所谓的做爱的行为中，快速地相互餍足，要么在婚约中二人长相厮守。这两种极端之间，往往找不到折中。这也算不上独特。在奥兰如同在别处一样，大家都没有时间，缺少思考，不得不相爱而又浑然不觉。

我们这座城市更为独特的，还是人临死可能碰到的难题。用“难题”二字也不甚恰当，说不舒适或许更确切些。生病从来就不是惬意的事，但是有些城市，有些地方，生了病会有人照顾；在一定程度上，可以顺其自然。一个病人就需要温馨呵护，喜欢有所依赖，这是人之常情。然而在奥兰，气候这么极端，生意这么繁忙，景观这么乏味，傍晚时分消失得这么快，而寻欢作乐又是这等水平，这一切都要求有一个健康的身体。一个人生了病，就陷入了孤独。那么再想一想一个要死的人，简直就是掉进陷阱，被几百堵热得噼啪作响的墙壁困住，而与此同时，全体居民都在打电话或者在咖啡馆里谈汇票，谈提货单和贴现。说来不难理解，即使在现代社会中，生活在一个酷热干燥的地方，死神突然闯来，人临终的时候，境况该有多么艰难困窘。

我指出这样几点，也许足以让人对我们的城市有一个概念。眼下说到什么，都不宜夸大其词，只应该强调市容和生活状态都平淡无奇。不过，只要生活习惯了，也不难打发时日。既然这座城市容易让人习惯，那么就可以说无往而不利了。当然，从这个角度看，生活就不那么趣味盎然了。但是在我们这里，至少没有出现过混乱。本城的居民为人直率、友善而活跃，总能赢得旅游者应有的敬重。这座城市既无美景，又没有草木和灵魂，最终似乎让人感到安宁，在这里的人终于可以进入梦乡。不过，还应当说句公道话：这座城市镶嵌在无与伦比的美景中，坐落在一块光秃秃的高地中央，而高地则环绕着阳光灿烂的山峦，整个对着风景如画的海湾。说到遗憾可能只有一点，就是城市的格局背对着海湾，因此不可能眺望海景，必须越过山峦去寻找。

说到此处，恐怕大家不难理解，我们的同胞做梦也想不到，这年春天会发生这么多变故，我们也是随后才明白，这些变故正是我们打算在这里记述的一系列严重事件的先兆。这些事实，在一些人看来非常自然，另一些人则相反，认为并不足信。但是，不管怎样，一名纪事作者无法考虑这些矛盾的说法。他的任务仅仅是说，“这事发生了”，只因他知道，这事确实发生了，事关一地全体居民的生命，而且，还有数千名目击者会由衷地认为，他讲述的情况完全属实。

再者说，叙述者，到时候都会了解他是何许人，如果不是事出偶然，他得以搜集相当数量的第一手材料，如果不是势在必行，他裹进了他打算讲述的所有这些事件里，那么，他就不大可能开发这样一种事业。正因为有了这些条件，他才名正言顺地做起了历史学家之事。当然，一位历史学家，即便是业余的，也总要掌握一些资料。本书的叙述者手头自然也有资料：首先是他目睹，其次是别人的见证，既然他担当了角色，就得去搜集这部纪事所有人物的心声，最后便是辗转落入他手上的文字资料。他心中自有准谱儿，到了适当时候就进行筛选，充分利用这些资料。他还打算……好了，也许该放下这些评论和谨慎的言辞，到了直接叙事的时候了。头几天的情况，要讲得稍微详细一些。

二

四月十六日上午，贝尔纳·里厄大夫走出诊所，到楼梯平台中间绊着一只死老鼠，当即一脚踢开，也并没在意，就下楼去了。可是到了街上，他忽然想到那只老鼠不该死在那地方，于是返回，要告知门房。面对米歇尔老先生的反应，里厄大夫就更加明确地感到他的发现异乎寻常。乍一碰到这只死鼠，他只是觉得有些蹊跷，而门房却把这视为一种诬蔑。门房绝不容忍，断言这楼里绝没有老鼠。里厄大夫则向他保证说，二楼的楼道里就是有一只，大概死了，可是白费唇舌，米歇尔先生还是坚信不疑：这楼里没有老鼠，而这只老鼠，一定是有人从外面带进来的。总之，是一场恶作剧。

当天晚上，贝尔纳·里厄站在楼道里，要摸出钥匙来，才好上楼回家，他忽然发现一只大老鼠从楼道的幽暗深处溜出来，身子摇摇晃晃，皮毛全湿了。老鼠停下来，似乎要保持平衡，随即跑向大夫，又停下来，原地打了个转儿，轻轻叫了一声，最终倒地，从半张的嘴里咯出血来。大夫瞧了它半晌，上楼回家了。

他想的不是那只老鼠，而是念念不忘咯出的血。他妻子病了有一年了，准备次日动身去一家山区疗养院。他见妻子按照他的嘱咐，躺在他们的卧室里。旅途劳顿，她要养足精神。她笑脸相迎，说道：

“我感觉很好。”

大夫端详在床头的灯光下转向他的脸庞。妻子三十岁了，尽管一副病容，可是在里厄看来，这张脸始终保持着青春，也许是这嫣然一笑驱走了其余的一切。

“能睡就多睡会儿，”里厄说道，“护士明天十一点来，我送你们去车站，赶十二点的火车。”

他亲了亲妻子微微潮湿的额头。那笑容一直送他到门口。

第二天，即四月十七日，早上八点钟，大夫出门，被门房拦住。门房指责有人搞恶作剧，又把三只死鼠撂在楼道中间。老鼠浑身是血，估计是用大号老鼠夹子捕杀的。门房拎着死鼠的爪子，在门口守了好一会儿，想用冷嘲热讽来激那些坏蛋现出原形。然而一无所获。

“哼！那些家伙，”米歇尔先生说道，“早晚会让我给逮住。”

里厄大为不解，决定去城边街区巡诊，那里住着他的最穷困的患者。这些街区清理垃圾要晚得多，他的汽车在飞扬的尘土中，驶过一条条笔直的街道，车身几乎擦着撂在人行道边上的垃圾箱。大夫在这样驶过的一条街上，计数有十二只死鼠扔在烂菜叶和肮脏的破布片中间。

大夫探视的第一个患者正躺在床上。房屋临街，既是卧室，又当餐厅。患者是个西班牙老人，饱经风霜的脸上布满了皱纹，他面前的被子上，放着两个盛满鹰嘴豆的小锅。大夫进来时，这位老哮喘患者正半坐在床上，他见大夫进来，身子便往后一仰，想调一调高低不平的急促喘息。他妻子拿来一个小盆。

“嗨，大夫，”患者在打针时说道，“它们跑出来了，您看到了吧？”

“是啊，”他妻子也说道，“邻居拾到三只。”

老人搓着手。

“它们跑出来了，所有垃圾箱里都看得见，是饿的！”

随后，里厄无须费力就观察到，全街区的居民都在议论老鼠。他巡诊完便回家了。

“有您一封电报，送楼上了。”米歇尔先生说道。

大夫问他，是否又见到了老鼠。

“哎！没有，”门房回答，“要知道，我的眼睛盯着呢。那些蠢猪没那个胆子了。”

电报告知里厄，他母亲于次日到达。在儿媳去疗养院期间，老太太来料理儿子的家务。大夫走进家门，见女看护已经到了，又见妻子穿好了套裙，略施了脂粉，正站在那里。里厄冲她笑了笑。

“好哇，”他说道，“很好。”

过了片刻，到了火车站，里厄将妻子安置在卧铺车厢里。他妻子瞧着车厢：

“这对咱们也太贵了，是吧？”

“有这个必要。”里厄回答。

“听说闹老鼠，是怎么回事？”

“我也不清楚，怪得很，不过，事情会过去的。”

接着，他说得很快，请求妻子原谅，他本该好好照顾她，可是对她太粗心了。他妻子连连摇头，似乎向他表示快别说了。他还是补充一句：

“等你回来，一切都会好的。咱们从头再来。”

“对，”妻子两眼放光，附和道，“咱们从头再来。”

过了一会儿，妻子转过身去，背朝他张望窗外。月台上，人人都匆匆忙忙，不顾避让而相撞。火车头蒸汽的嘘嘘声音，一直传到他们的耳畔。他呼唤妻子的名字，等她转过身来，便看见她泪流满面。

“别这样啊。”里厄轻声劝道。

妻子眼泪汪汪，重又浮现笑容，只是还有点儿僵硬。她深深吸了一口气：

“你走吧，一切都会好起来。”

里厄紧紧拥抱妻子，继而回到站台，隔着车窗的玻璃，现在只能看见妻子的笑容了。

“千万照顾好自己呀。”里厄说道。

可是，妻子听不见他说话了。

在站台的出口处附近，里厄遇见了奥通先生，手拉着小儿子的预审法官。大夫问他是否要动身去旅行。奥通先生身材瘦长，穿一套黑礼服，五分像从前所谓的上流社会人士，五分像殡仪馆的掘墓人。他声调亲热，回答简短：

“我来接奥通太太，她去看望我的家人回来。”

火车汽笛长鸣。

“老鼠……”法官说道。

里厄朝火车启动的方向望了一眼，随即又转向出站口，他应了一句：

“是的，也没什么大不了的。”

当时的情况，他记得最清楚的，也只是一名列车员经过，腋下夹着一箱死鼠。

当天下午，开始门诊时，里厄接待了一个年轻人，据说是记者，上午就来过诊所。年轻人名叫雷蒙·朗贝尔，矮个头儿，肩膀宽阔，一副果敢的神情，明亮的眼睛透着聪明。他穿一身运动装，看样子生活挺富裕。他开门见山，表明他为巴黎一家大报馆调查阿拉伯人的生活状况，想了解他们的卫生情况。里厄告诉他，他们的卫生情况不佳，但是深谈之前，他想了解记者是否能如实报道。

“那当然了。”记者答道。

“我是想说：您能百分之百进行谴责吗？”

“百分之百，不行，这得实话实说。不过，照我的估计，这样的谴责也不会有什么根据。”

里厄心平气和，说这样的谴责，确实没什么根据，而他提出这个问题，无非是想知道朗贝尔的见证文章能否做到毫无保留。

“我只接受毫无保留的见证。因此，我也不会用我的资料支持您的见证。”

“这是圣茹斯特[①]的语言。”记者微笑道。

里厄也不提高嗓门儿，说他对此一无所知，但是认为这是一个厌世的人所用的语言，不过，这个人与其同胞也有同好，自身也决意拒绝不公正和退让。朗贝尔耸了耸肩膀，注视着大夫。

“我觉得理解了您的意思。”他站起身，最后说道。

大夫送他到门口：

“我感谢您能这样对待事物。”

朗贝尔有点儿不耐烦的样子：

“好吧，”他说道，“我理解，请原谅，打扰您了。”

大夫同他握手，并且对他说，现在城里发现大批死老鼠，以此为题写一篇报道，也许会相当吸引人。

“哦！”朗贝尔欢叫了一声，“这事儿我有兴趣。”

十七点钟，大夫又出诊了，在楼梯上同一个男人打了个照面。此人仍然年轻，侧影显得笨重，大脸膛，眼窝深陷，两道浓眉。里厄遇见过他几次，那是在这幢楼的顶层西班牙舞蹈演员的家中。此人名叫让·塔鲁，他正有滋有味抽着一支香烟，聚精会神地观赏脚下台阶上一只老鼠垂死的抽搐。他抬起平静的目光，灰色的眼睛稍微多看了一下大夫，向他问好，还说老鼠都跑出来可是件怪事。

“对，”里厄答道，“不过，到头来就该让人恼火了。”

“在某种意义上，大夫，只在某种意义上是这样。类似的现象，我们从未见过，仅此而已。而我觉得这挺有意思，对，实在有意思。”

塔鲁伸手往后拢了拢头发，又瞥了一眼现在不再动弹的老鼠，然后冲里厄微微一笑：

---

① 圣茹斯特（Saint-Just，1767—1794），法国革命家。青年时便接受平均主义思想，获法学学位。法国大革命爆发，他组织国民自卫队，有为穷人和农民的事业而奋斗的雄心壮志。1793至1794年间，当选为国民公会主席，写成《共和国宪法提纲》，为公有制的平等社会奠定了理论基础。他支持罗伯斯庇尔的主张，甚至比罗伯斯庇尔还要激进，在热月政变中，1794年7月28日，他和罗伯斯庇尔一起被送上断头台。

“不过，大夫，不管怎么说，这是门房主管的事儿。”

说到门房，大夫正巧碰到米歇尔老头背靠在楼门口旁边的墙上，平常充血的脸上又添了不胜其烦的表情。

“不错，这我知道，”他回应向他表示有新发现的里厄，“现在一见到就是两三只了。而且，在别的楼房里，也是同样情况。”

他那样子很沮丧，又愁容满面，还下意识地搓着脖颈儿。里厄问他身体可好。门房当然不能说情况不妙，眼下只是感到食欲不振。依他之见，这是精神作用。全是老鼠搅的，等它们死绝了，情况就会大大好转。

可是，又过了一天，四月十八日早晨，大夫去车站接母亲回来，看到米歇尔先生面容更加憔悴了：从地下室到阁楼，十来只老鼠死在楼梯上。邻近楼房的垃圾箱全丢满了死耗子。里厄的母亲听到这个消息，没有流露出一丝惊讶的神色。

“这种事不新鲜。”

老妇人身材矮小，满头银发，一双黑眼睛十分温柔。

“又见到你真高兴，”她说道，“老鼠绝破坏不了见面的喜悦。”

里厄点头称是；千真万确，跟母亲在一起，无论什么事，总好像很容易解决。

里厄还是给本城灭鼠办公室打了电话，他认识那位主任，问主任是否听说，大批大批老鼠跑出洞来死去。梅西埃主任早就听说了，而且在他那与码头相距不远的办公室里，有人发现了五十来只老鼠。不过，他心里还在琢磨，事情是不是严重了。里厄也说不准，但是他认为灭鼠办公室应当采取措施。

“是啊，”梅西埃说道，“要有指令。你若是觉得真有这个必要，那我可以请求指令。”

“怎么说也有这个必要。”里厄说道。

他的清洁女工刚才也告诉他，她丈夫干活的那家大工厂里，也收集了好几百只死老鼠。

总而言之，差不多正是这个时期，我们这些同胞开始担心了。因为，从十八日起，各家工厂和库房着实清出来数百只老鼠尸体。有时候，也不得不结果那些残喘时间太长的老鼠。然而，从城边街区一直到市中心，凡是里厄大夫所经过的地方，凡是我们的同胞聚居的地方，等待清理的死鼠都堆在垃圾箱里，或者长串排在阴沟里。正是从这天起，晚报大量报道这件事，质问市政府打不打算行动，准备采取什么紧急措施，以确保市民免遭这场令人憎恶的鼠害的侵扰。市政府毫无打算，根本没有准备采取任何措施，不过，市议会倒是先开会讨论。指令下达给灭鼠办公室，每天清晨集中清理死鼠。清理完了，由办公室的两辆卡车将死鼠拉到垃圾焚化场焚烧。

不料，随后几天，形势越发严峻了。收集到的死鼠数量与日俱增，每天清晨都要清理更多的死鼠。到了第四天头上，老鼠开始成批出洞，死在外面。它们从储藏室、地下室、地窖和阴沟里爬出来，列成长队，蹒跚前行，晃晃悠悠来到光亮的地方，在原地打转儿，然后死在人的面前。夜晚，无论在走廊还是小巷，都能清晰地听见它们垂死的轻微叫声。到了早晨，在城郊街区，只见死鼠堆在阴沟里，尖嘴巴还挂着血丝，有的泡得胀起来，开始腐烂，还有的躯体僵硬，胡须仍然翘着。在市区，走在楼道或者院子里，也能见到三五成堆的死鼠。甚至行政机构的大厅里，学校操场上，咖啡馆的露天座地面，有时也有零星的老鼠跑去死掉。我们的同胞在最热闹的地方发现死鼠，无不大惊失色。阅兵场、林荫大道、海滨林荫路，也不时受到玷污。清晨清理了死鼠之后，整个白天，全城又逐渐发现死鼠，而且数量越来越多。夜晚散步者走在人行道上，不止一人感觉踩到了刚死还有弹性的小动物尸体。就好像我们的楼房扎根的大地本身长了疖子，在体内积满了脓血，现在终于排放出来了。我们这座小城，原先多么平静，瞧一瞧就知道，它现在有多么惊愕，几天工夫就闹得天翻地覆，如同一个原本健康的人，黏稠的血液循环突然紊乱起来！

事态严重到了极点，就连朗斯多克情报所（搜集并发布各种题材的情报资料），也在免费的无线电广播节目中宣布，仅在二十五日那一天，就清理并焚化了六千二百三十一只老鼠。这个数字赋予全城每天有目共睹的景象一个清晰概念，遂加剧了居民的恐慌情绪。此前，大家只是抱怨一个颇令人厌恶的偶发事件，现在却发现，这种现象隐含着威胁性，可是其规模还无法确定，其根源也无从探究。唯独那个患哮喘病的西班牙老人还仍旧搓着双手，一再重复：“它们跑出来了，它们跑出来了……”显示老年人的一种喜悦。

到了四月二十八日，朗斯多克情报所又宣告，大约清理出八千只死鼠，全城焦虑不安的气氛便达到了顶点。有人要求采取根本措施，有人指责市政当局，而在海边有房子的人，已经说起要去那里躲避一时。幸好第二天，情报所又宣布，死鼠现象突然消失，灭鼠办公室收集死鼠的数量微不足道。全城人终于松了一口气。

就在当天中午，里厄大夫在楼前停了汽车，看到老门房从街道的另一端走过来，只见他耷拉着脑袋，双臂和双腿都叉开，走路特别吃力，活像一个牵线的木偶。老人挽着一位神父的胳臂，大夫认识，那正是帕纳卢神父，一位博学而活跃的耶稣会会士，见过几次面，在这座城市享有盛名，甚至在不关心宗教的人中间也受到敬重。里厄等待二人过来。米歇尔老头眼睛发亮，喘息却发出咝咝的声响。他感觉不舒服，原想出去走走，不料他的脖颈儿、腋下和腹股沟突然疼痛难忍，迫不得已回来，请帕纳卢神父搀扶一下。

“生成几个肿块，”米歇尔老头说，“我走动挺费劲儿。”

大夫从车门伸出手，用手指抚摩米歇尔伸给他的脖子根部——里面形成了一个类似木节的肿块。

“您回去躺下，量量体温，下午我去给您看看。”

老门房一走，里厄就问帕纳卢神父对这场鼠患的看法。

“嗯！”神父答道，“恐怕是一场瘟疫。”他那双眼睛在圆眼镜后面笑吟吟的。

里厄吃完午饭，拿起疗养院通知他妻子到达的电报，又看了一遍，忽听电话铃响了。是一位老主顾打来的，那人在市政府当职员，长期患有主动脉狭窄症，因家境贫寒，里厄免费为他治疗。

“是我，”那人说道，“您还记得我吧。不过，这次是为别人。您快点儿来一趟，我邻居家出了事。”

听电话里气喘吁吁的声音，里厄就联想到门房，就决定随后再去看看他。过了几分钟，里厄就到了城边街区菲代尔伯街，走进一幢矮楼，在阴凉而气味难闻的楼梯中间，遇到了约瑟夫·格朗，即下楼来接他的那个职员。此人年约五旬，蓄留黄黄的小胡子，身材细高，有点儿驼背，双肩狭窄，四肢则又瘦又长。

“稍好些了。”他走到里厄跟前说道，“可是那会儿，我还以为他活不了啦。”

他擤了擤鼻涕。上到三楼，即最高一层，里厄看到左侧的房门上用红粉笔写着：“进来吧，我上吊了。”

他们进了屋。绳子从吊灯垂下来，正对着下面一张翻倒的椅子，桌子则推到角落里。不过，那根绳子空吊着。

“我及时把他解下来了。”格朗说道。尽管他使用的语言极其简单，他似乎总在字斟句酌。“当时也巧了，我刚好出门，就听见有响动。我一看见房门上写的字，怎么跟您说呢，我还以为搞恶作剧呢。不过，他发出的呻吟声，听着很怪，甚至可以说挺可怖的。”

他搔着脑袋：“看起来，这样自杀的方式一定很痛苦。我自然就进去了。”

他们推开房门，在门口面对一间非常明亮但家具简陋的屋子。一个圆滚滚的矮个儿男人躺在铜床上，他呼吸很吃力，充血的眼睛注视着来人。大夫停下脚步，从那人喘息的间歇中，似乎听出垂死老鼠的吱吱叫声。然而，屋里各个角落没有一点儿动静，里厄朝床边走去。此人没有从多高的地方跌落，摔得也不重，脊椎支撑住了。当然，还有点儿窒息。有必要拍一张X光片。大夫给他注射了一针樟脑油，说是几天之内就能痊愈。

“谢谢了，大夫。”这人以窒息的声音说道。

里厄问格朗是否报告了警察局，这位职员神态未免有点儿尴尬——

“没有，”他说道，“哦！没有。当时我想，最紧迫的……”

“当然了，”里厄截口说道，“那由我去办吧。”

可是这时，床上的病人躁动起来，抬起身子阻止，说他很好，没必要去报告。

“您冷静些，”里厄说道，“这算不上案件，请相信我，我必须去做个声明。”

“噢！”对方哀叹。

他随即将身子往后一仰，开始饮泣。这阵工夫，格朗一直摩挲着胡子，这时走到床前，劝道：

“好了，科塔尔先生。要尽量理解。可以说，大夫有这个责任。譬如说，万一您想不开，又要……”

可是，科塔尔边流泪边说道，他再也不会干这种傻事了，那也是一时糊涂，现在他只求让他清静。里厄开出药方。

“就这样说定了，”里厄说道，“不谈这事儿了，三两天我再过来瞧瞧。不要再干傻事了。”

来到楼梯平台，里厄对格朗说，他不得不去报警，但是会要求警长过两天再来调查。

“今天夜里还得监视他。他有家人吗？”

“我没见过他的家人。不过，我可以亲自守夜。”

格朗摇着头又说：

“您应当注意到，我都谈不上认识他。但是总得互助嘛。”

经过走廊的时候，里厄还不由自主地观察各个角落，问格朗在他这街区，老鼠是否彻底消失了。这名职员对此一无所知。确实有人跟他说过鼠患的事，但是，他没大留心这个街区的传闻。

“我操心别的事呢。”格朗说道。

里厄便同他握手告别，急着要去瞧瞧门房的病情，然后就给妻子写信。

报贩叫卖晚报，吆喝着老鼠停止侵扰了。然而，里厄看到病人情况不妙，只见老门房半个身子探到床外，一只手按住腹部，另一只手搂着脖子，正在呕吐不止，恨不能把五脏六腑都呕出来，往垃圾桶里一口一口吐出浅红色胆汁。门房长时间用力呕吐，已经上气不接下气，重又倒在床上。他的体温还高达三十九度五，颈部淋巴结和四肢都肿起来，肋侧两块浅色黑斑不断扩大。现在他开始哀怨内脏疼痛了。

“真是火烧火燎的，”他说道，“这可恶的东西，从里边烧我。”

他那煤烟色的嘴唇，说话已经吃音了；他那对转向大夫的金鱼眼因头痛而漾出了泪水。他妻子惴惴不安地看着一言不发的里厄。

“大夫，”她终于问道，“这是什么病啊？”

“什么病都有可能。但是现在还确诊不了。直到今天晚上，不要吃东西，服用清洗肠胃的净化剂。让他大量喝水。”

门房恰恰渴得要命。

里厄回到家，便打电话给他的同行里夏尔，本城最有名望的一位医生。

“没有，”里夏尔说道，“我没有发现任何异常情况。”

“没有高烧和局部组织发炎？”

“嗯！那倒有两例，淋巴结异常肿大。”

“极不正常吗？”

“嗯，”里夏尔答道，“所谓正常，您也知道……”

晚上，无论什么情况，门房都在说胡话，高烧四十度，还在抱怨老鼠。里厄试用固定性脓肿处理，用松节油烧灼时，门房号叫着：“噢！这些可恶的东西！”

淋巴结越肿越大，摸着跟木质一样坚硬。门房的妻子吓坏了。

“夜里您要守着，”大夫对她说，“情况不好就叫我。”

第二天，四月三十日，天空晴朗，湿度较大，微风习习已有暖意，从最边远的郊区带来鲜花的芳香。早晨街上的喧声，似乎比往常更热闹，也更欢快，我们的小城经历了一周惶恐隐忧，这天总算解脱出来，全城呈现出春回大地的景色。里厄本人接到妻子的回信，也放下心来，便怀着轻松的心情下楼，来到门房家中。到了清晨，体温果然降下来，只有三十八度了，病人还很虚弱，但是躺在床上能报以微笑了。

“病好转了，对吧，大夫？”病人的妻子问道。

“还有待观察。”

不料，到了中午，体温一下子蹿升到四十度，时时陷入谵妄状态，重又呕吐起来。脖子的淋巴结一碰就痛，门房的头也仿佛要尽可能远离身体。他妻子坐在床脚，两只手放在被子上，轻轻地握着病人的双脚。她注视着里厄。

“听我说，”里厄说道，“必须把他隔离，进行特殊的治疗。我给医院打电话，叫来救护车把他送走。”

两小时之后，上了救护车，大夫和门房的妻子俯身注视病人。病人满嘴生出蕈状赘生物，只能说出只言片语：“老鼠！”他脸色铁青，嘴唇蜡黄，眼皮则呈铅灰色，呼吸急促，气息断断续续，他被淋巴结肿痛折磨得身子散了架，蜷成一团的躯体深深陷入担架里，就好像要用担架将他包裹起来，又好像地下深层有什么东西在不断地召唤他。门房在无形的重压下断气了。他妻子哭道：

“就没有希望了吗，大夫？”

“他死了。”里厄说道。

三

门房之死，可以说标志着一个令人困惑的征象重重的时期的终结，同时标志着另一个相对更加困难的时期的开始：前期的惊异逐渐转化为惊慌失措了。我们的同胞，从此心知肚明了，而他们万万没有想到，我们的小城会成特定之地：老鼠纷纷出洞死在阳光之下，门房一个个死于怪病。从这个角度看，他们总体判断失误，必须纠正思想了。如果一切就此了结，那么毫无疑问，习惯又会重占上风。然而，我们的同胞另有些人，并不当门房，也不穷困，他们却要步其后尘，走上米歇尔先生带头走过的那条不归路。正是从这一刻起，恐惧，以及恐惧带来的思考，便开始大行其道。

不过，在详细讲述这些新发生的事件之前，叙述者认为有必要介绍一下，另一位见证人对前面描述的时期的看法。此人名叫让·塔鲁，在本书开头部分已经出现过，他于几周前才到奥兰定居，住在市中心的一家大旅馆里。看样子他收入颇丰，生活过得相当滋润。本城居民虽说逐渐跟他混熟了，但是谁也说不清他来自何地，又为何来到这里。在所有公共场所都能见到他的身影。刚一开春，他就频频去海滩，经常游泳，显然非常开心。他为人宽厚，总面带笑容，似乎喜好所有正当的娱乐，却又不沉溺其中。事实上，大家了解他的唯一习惯，就是经常交结在本城为数颇多的搞舞蹈和音乐的西班牙人。

不管怎么说，让·塔鲁的这些笔记，也算得上这个困难时期的纪事。不过，这一纪事非常独特，倾向性很强，偏爱记录烦琐的小事。粗看起来，我们会以为塔鲁刻意把人和事物放大来看。在全城一片惶恐之中，他竭力以历史学家的笔法，记录那些不能称其为历史的事情。对这种偏爱，有人可能会感到惋惜，并怀疑他的心肠未免冷酷。尽管如此，这些笔记还是为这个时期的纪事提供了大量次要的细节，而这些细节自有其重要性，其怪异本身又能阻止人们匆忙判断这个有趣的人物。

让·塔鲁到达奥兰的当天，就开始做笔记了。从一开头，笔记就表明一种奇特的满足感，乐得置身于一座本身就如此丑陋的城市之中。在笔记上能看到他对装饰在市政厅门前的那对铜狮的详细描绘，以及对城中无树木、房舍不美观和全城荒谬的布局的宽厚评论。塔鲁还插入了他在电车里和街道上所听到的谈话，但是没有加以评论，只有一次稍后一点儿的谈话例外，这次谈到了一个名叫“康普斯”的人，塔鲁加入了电车上两名售票员的谈话。

“康普斯那人，你很熟悉。”一名售票员说道。

“康普斯？一个留着黑胡子的大高个儿吗？”

“正是，当时他在铁道上扳道岔。”

“对，没错儿。”

“唉，他死了。”

“啊？什么时候的事儿？”

“闹鼠患之后。”

“咦！他得了什么病？”

“不知道，是发高烧。况且，他的身体不够强壮，腋下长了脓肿。他没有挺住。”

“可是看起来，他跟大家一样。”

“不一样，他的肺虚弱，那是因为他参加了俄耳甫斯乐队，总吹短号，那很伤肺。”

“嗯！”另一名售票员总结一句，“人有了病，就别吹短号了。”

记录下来这种对话之后，塔鲁心中不解，如此明显伤身体的事，康普斯为什么全然不顾，还要参加军乐队呢，有什么深层次缘由促使他冒着生命危险，为主日游行伴奏呢？

后来，塔鲁窗户对面的阳台上经常出现的一个场景，引起他的兴趣，似乎给他留下深刻印象。他的客房对着一条横向的小街，街上墙壁的阴凉处，总有几只猫躺着睡觉。每天午饭过后，天气很热，全城人都昏昏欲睡的时候，街对面的阳台上便出现一个小老头儿，一头白发梳得很整齐，上下一身军装式样的打扮，身子挺直，神态严肃。他“猫咪，猫咪”地呼唤那些小猫，声音温和但是疏远。小猫只是抬一抬蒙眬的睡眼，还不想动弹。老人便撕碎白纸，往街上抛撒，小猫受到这群白蝴蝶的吸引，就走到街道中央，迟疑地伸出爪子，去抓最后飘落的纸片。这时，小老头儿就朝小猫吐痰，又狠又准，如果有一口痰击中目标，他就嘿嘿笑起来。

最后，塔鲁似乎终于迷上了这座城市的商业特色：市容，忙碌，甚至娱乐，仿佛都取决于生意的需要。这种独特性（这是笔记上的用语）赢得了塔鲁的称许，他的一句赞语甚至以感叹句结尾：“终于开了眼！”这位旅行者这段时间所做的笔记，唯独在这地方显露了个性。但是很难简单地判断其含义和严肃性。同样情况，塔鲁讲述旅馆的收款员由于发现一只死鼠便记错了一笔账，然后他的字迹比平时潦草，加上这样一段话：“问题：怎么办才能避免浪费时间呢？答案：在时间的长河中体验。方法：在牙科医生的候诊室里，坐在一张不舒服的椅子上度过几天；星期天在自家阳台上待上一下午；听一场讲自己不懂的语言的讲座；选择路程最长、最不便利的线路乘火车旅行，在车厢里当然还得站着；在剧院的售票处前排队却不买票，等等。”思想这样跳跃，东拉西扯之后，笔记紧接着又开始详细描绘本城的有轨电车，如车辆小船似的外形、无法辨认的颜色，以及司空见惯的肮脏，而收束这种观察的一句话“真是出类拔萃”，却说明不了任何问题。

不管怎样，塔鲁对鼠患还是提供了如下情况：

“今天，街对面的那个小老头儿不知所措了。街上的猫全不见了，它们受不了从各条街发现的大量死鼠的刺激，确实消失得无影无踪。依我看，问题不在于猫吃不吃死老鼠。还记得我家的猫就讨厌死鼠。不管怎么说，那些猫可能窜进了地窖，而那小老头儿却六神无主了。他的头发梳得不是那么光溜了，也没有那么大精神头儿了。看得出来，他心神不宁。过了片刻，他便回屋了。不过，他还是吐了一口痰，吐向虚空。

“今天，在城里行驶的一辆电车停车了，只因在车上发现了一只死老鼠，也不知道是怎么跑上去的。两三位妇女下了车。有人将老鼠扔下去。电车又开走了。

“在旅馆里，守夜的伙计是个诚实可信的人，他对我说，发现这么多老鼠，他料想会有灾难，‘当老鼠弃船而去……’我回应说，船有灾难的情况，那是千真万确的。可是城市发生这种情况，却从来没有证实过。然而，他却深信不疑。我问他，依他之见，可能降临什么灾难。他不知道，灾难是无法预见的。不过，果真发生地震，他一点儿也不会感到惊讶。我承认有这种可能，于是他问我，这是否引起我的不安。

“‘我唯一感兴趣的事情，’我对他说道，‘就是找到内心的安宁。’

“他完全理解了我的意思。

“在旅馆的餐厅里，有一家人非常有趣。父亲瘦高个儿，穿一身带硬领的黑装。他从正中谢顶，左右两侧各有一绺灰发。他那对小圆眼睛冷酷无情，鼻子细溜儿，嘴巴咧得很宽，活像一只驯养的猫头鹰。他总是头一个走到餐厅门口，闪身避开，让他娇小如黑鼠的妻子先行，自己再进去，身后跟随着一儿一女，穿戴得像两条训练有素的狗似的两个小孩。到了餐桌，他要等妻子落了座，自己才坐下，而两只小狗这才终于能爬上椅子了。他跟妻子儿女说话全称呼‘您’，对妻子彬彬有礼地冷嘲热讽，对两个继承人则要求唯他的话是从。

“‘妮科珥，您的表现实在太反常啦！’

“小女孩就要流下眼泪。这是必不可少的。

“今天早晨，小男孩异常兴奋，想在餐桌上聊聊闹老鼠的事儿。

“‘餐桌上不要提起老鼠，菲利普。我禁止您今后再讲这个词儿。’

“‘您父亲说得对。’小黑鼠说道。

“两只小狗便埋头吃食了，猫头鹰随即点点头，但是这种表示感谢的动作却毫无意义。

“有他这样的好榜样也不顶事，全城人还是大谈特谈这场鼠患。报纸也大量报道。地方报纸专栏通常内容十分庞杂，现在整栏文章矛头都直指市政府：‘我们的市政官员难道没有觉察出来，这些老鼠的腐尸可能带来多大危害？’旅馆经理开口闭口，也不再说别的事了。也正是这件事让他特别恼火。一家体面的旅馆，电梯上竟然发现老鼠，这在他看来简直不可思议。我便劝解，对他说道：‘大家都落到这一步。’

“‘问题正在于此，’他回答说，‘现在我们跟大家都一样了。’

“正是他向我谈到，这种出乎意料的头一批高烧病例，并开始引起惶惶不安了。旅馆的一名收拾客房的女工就染上了这种病。

“‘但是可以肯定，这不是传染病。’他赶紧说明一句。

“我就对他说，我并不在乎。

“‘哦！我明白。先生同我一样，先生也是宿命论者。’

“我根本没有阐明过类似观点，况且我也不是宿命论者。我对他说了这种意思……”

正是从这时起，塔鲁就在笔记中，开始稍微详细地谈论这种已经引起公众不安的莫名的高烧。他记述道，在老鼠绝迹之后，那个小老头儿终于又见到了那些猫咪，并且耐心地校正他吐痰的准头；随后他又补充说，这种高烧患者已能列出十余例，大部分已经病逝。

最后，塔鲁给里厄大夫勾勒的肖像，我们也作为资料在此转录。叙述者认为这幅肖像相当忠实于本人：

“看样子有三十五岁。中等身材。肩膀壮实。近乎长方脸。深色的眼睛率性十足，但是下颌突出。高鼻梁非常端正。黑头发剪成寸头。嘴角呈弓形，厚厚的嘴唇几乎总是紧闭着。晒黑的肌肤，黑色汗毛，总穿一身深色衣服，但是同他很搭配，整个样子有点像西西里农民。

“他走路步子很快，沿人行道往下走步伐不变，可是到街对面，重又上行时，十有八九他会轻轻一跃，跳上人行道。他开车时心不在焉，车拐弯之后，方向箭头也往往不放下来。从不戴帽子。一副见多识广的样子。”

四

塔鲁记载的数据准确无误。里厄大夫明白这种病来者不善，他将门房的尸体隔离起来，给里夏尔打了电话，询问腹股沟淋巴发炎的症状。

“这回我一点儿也弄不明白了，”里夏尔说道，“死了两个人，其中一个从发病到死亡，只有四十八小时，另一个也才三天工夫。那天早晨，我离开第二位患者时，他的症状完全好转了。”

“如有其他病例，请您通知我一声。”里厄说道。

他还给几位医生打了电话。这样调查下来便得知，几天之内就有二十个相似的病例，几乎全都是致命的。于是，他就请求里夏尔——奥兰医师协会主席，务必隔离新发现的病人。

“我实在无能为力，”里夏尔说道，“这些措施必须由省里做出决定。再说了，您怎么就知道有传染的危险呢？”

“我没有任何凭据，但是症状实在令人担心。”

然而，里夏尔认为他没有这种资格，他所能做的，也只是跟省长谈谈。

可是，在谈话这期间，天气转坏了。门房死后的第二天，云雾弥漫天空，短暂的暴雨，一阵阵冲荡全城，雨后又骤然溽热熏蒸。就连大海也丧失了那种幽深的蓝色，在雾蒙蒙的天空下，换上了银白色或铁灰色刺眼的闪光。这年春天的湿热，倒让人盼望夏季的烈焰。建筑在高地上的这座城市，形同蜗牛，几乎不向大海敞开，保持着一种死气沉沉的呆滞状态。在城里排成长列的灰泥墙壁中间，在两侧灰尘污黯的橱窗街道之间，在脏兮兮的黄色有轨电车里，人人都多少感到成为这种天气的囚徒。唯独里厄的那位哮喘的老患者战胜了哮喘，好好享受这样的气候。

“跟蒸笼一样，”他说道，“这对支气管炎有好处。”

的确像在蒸笼里，不折不扣一次高烧。全城发了高烧，至少这是里厄大夫那天早晨挥之不去的印象，当时他赶往菲代尔伯街，调查科塔尔自杀未遂的事件。然而在他看来，这种印象不合乎情理。他归咎为心情烦躁，又思虑重重，认为要赶紧理一理自己的思想。

里厄到达时，警官还没有到。格朗在楼梯口等他，他们决定先到格朗家，敞着房门。市政府的这名职员住两室的套间，陈设十分简单。引人注目的只有一个白木搁板，上面摆着两三本词典，还有一块黑板，能依稀看出写在上面而未擦干净的“花径”二字。据格朗说，科塔尔一夜睡得很好，可是早晨醒来时，他的头疼得厉害，对什么都没有能力反应。格朗显得很疲惫，也很烦躁，在屋里踱来踱去，翻开又合上放在桌子上的一个装满手稿的大文件夹。

这工夫，格朗告诉大夫，他跟科塔尔并不熟悉，估计他薄有家财。科塔尔是个怪人。长期以来，他们没有什么关系，只是在楼梯上相遇时打个招呼。

“我同他仅仅谈过两次话。几天前，我走到这楼梯平台上，带回来的一盒粉笔撒了一地，有红粉笔和蓝粉笔。恰巧这时，科塔尔出门，来到楼道，便帮忙拾粉笔。他问我拿这些彩色粉笔做什么。”

格朗就向他解释说，自己想把拉丁文捡起来。他在中学学到的那些知识，毕业之后全都淡忘了。

“是的，”格朗对大夫说，“有人明确告诉我，学习拉丁文很有用，能更好地理解法语语词的含义。”

他就这样，将拉丁文单词写在黑板上，有性、数、格变化的词及变位的动词的词尾部分，就用蓝粉笔重写一遍，永远不变的词根，就用红粉笔抄写。

“我不知道科塔尔是不是真听明白了，看样子他挺感兴趣，还向我要一根红粉笔，让我觉得有点意外，但是毕竟……我当然不可能猜想到，他要粉笔是用来实现他的计划。”

里厄问他第二次谈话是什么内容，这时警长带着秘书来了，想先听听格朗的陈述。大夫注意到，格朗每次谈到科塔尔，总是称他“绝望者”，甚至还一度用了“自绝”的说法。他们讨论了自杀的动机，在选择用语上，格朗就显得钻牛角尖了。最后，他们就认可了“内心忧郁”的字眼儿。警长还问，从科塔尔的态度上，是否丝毫也看不出所谓“他的决定”。

“昨天，他来敲我家房门，”格朗回答，“是向我讨火柴。我把自己用的一盒给了他。他向我表示歉意，并说邻里之间……随后他又向我保证，好借好还。我跟他说留着用吧。”

警长还问这位职员，是否觉得科塔尔挺古怪。

“我觉得他古怪，是因为他那神情是要跟我攀谈。可是，当时我正工作呢。”

格朗转向里厄，神情有点尴尬地补充一句：

“是一件私事。”

这时，警长要去见见病人。但是里厄认为，最好先打声招呼，让科塔尔对警长的探访有个思想准备。里厄走进科塔尔房间时，只见他仅仅穿着一件淡灰色法兰绒衣服，从床上坐起来，目光转向门口，一副焦虑不安的神色。

“是警局来人啦，嗯？”

“对，”里厄回答，“您也不要紧张。有两三道手续，您履行完了也就安心了。”

可是，科塔尔却回答说，那一点儿事也不顶，他不喜欢警察。里厄显得不耐烦了。

“我也不待见他们。办事归办事，痛快并准确回答他们的问题，就完事大吉了。”

科塔尔不吱声了，大夫返身走向门口，又被那小个子男人叫住，只得又回到床边，被他抓住双手。

“他们不会动一个病人，一个上过吊的人吧，对不对，大夫？”

里厄注视他片刻，终于向他保证，事情跟这种情况一点边都不沾，况且，还有他在场，一定会保护自己的病人。科塔尔的神经似乎放松了一点儿，于是，里厄请警官进来。

首先就向科塔尔宣读了格朗的证词，又问他能否具体谈谈他的行为动机。科塔尔眼睛没有看警长，仅仅回答说：“内心忧郁，觉得这样就很好了。”警长又追问他还想不想这么干了。科塔尔激动起来，回答说不想了，只渴望别人让他清静些。

“我要提请您注意，”警长的口气有点儿恼火，说道，“是您打扰了别人的清静。”

不过，在里厄的示意下，事情也就到此打住。

“您想想看，”警长出门时，感叹道，“自从这种高烧引起大家议论以来，要管的事就太多了……”

警长问大夫，这次情况是否严重，里厄说他一点儿也摸不着头绪。

“是天气作祟，不过如此。”警长下了结论。

当然是天气作祟。白天越往前走，拿什么东西都越黏手，而里厄每出一次诊，就感到恐惧增添一分。就在那天傍晚，城边街区那个老病号的一个邻居，正用手压住腹股沟，满嘴胡话，还呕吐不止。比起门房来，他的淋巴结要大得多，其中一个开始流脓了，很快就像烂水果那样破裂。里厄回到家，给省药品储备库打电话。他在当天的工作笔记上仅仅提了一句：“答复缺货。”可是，别的地方又出现类似的病例，请他出诊了。显而易见，必须切开脓疱。用手术刀两下就划个十字，淋巴结便流出脓血。病人流血，仿佛五马分尸。而且，腹部和小腿上也出现了黑斑，一个淋巴结流尽了脓，随即重又肿胀起来。病人死去时，大多都笼罩在熏天的臭味中。

在鼠患期间，报纸连篇累牍地报道，现在却不置一词了。这是因为老鼠死在街头，而人则死在家里。报纸只注意街头发生的事件。好在省政府和市政府开始反思了。只要每位大夫诊治不超过两三个这种病例，谁也想不到要行动起来，这种状况就会持续下去。然而，只需有个人想到做一做加法，情况就大不一样。相加的数字令人触目惊心。仅仅数日，死亡的病例就成倍增长，而关心这种怪病的人，一眼就能看出，这是一场名副其实的瘟疫。正是选择这种时候，比里厄年长得多的一位同行，卡斯泰尔来看望他了。

“当然了，”卡斯泰尔对里厄说，“您知道是怎么回事儿吧，里厄？”

“我正等待化验的结果。”

“我呢，我就知道，也用不着等什么化验。有一段时间，我在中国行医，二十年前，我在巴黎也见过几例。只不过当时，还没大敢给他们的病定名。公众舆论，那可是神圣的：切勿恐慌，千万不可恐慌。还有，正如一位同行所讲：‘这不可能，众所周知，瘟疫已然从西方灭绝了。’对，众所周知，除了死者。好了，里厄，您跟我一样清楚，究竟是怎么回事儿。”

里厄还在思索。他站在诊室的窗口，眺望搂抱海湾的悬崖的岩头。天空虽为蓝色，但是，随着午后时间的流逝，光泽也渐趋暗淡了。

“是的，卡斯泰尔，”里厄说道，“真是难以置信，但这很像闹了鼠疫。”

卡斯泰尔站起身，朝门口走去。

“您知道别人会怎么回答我们，”老大夫又说道，“‘鼠疫在温带地区，多少年前就根除了。’”

“根除了，根除是什么意思？”里厄答道，同时耸耸肩膀。

“说得是呢。不要忘记：不过二十年前，巴黎还发生过。”

“没错儿。但愿今天，不会像当年闹得那么严重。说起来，真是难以置信。”

五

“鼠疫”这个词，刚才第一次说出来。记述到这里，暂且不提站在窗前的贝尔纳·里厄，先让叙述者解析一下，里厄大夫何以游移不决，又深感意外，他对事态的反应，程度虽有差异，却跟我们大多数同胞的反应一样。的确，天灾人祸是常见之事，不过，当灾难临头之际，世人还很难相信。人世间流行过多少次瘟疫，不下于频仍的战争。然而，无论闹瘟疫还是爆发战争，总是出乎人的意料，猝不及防。里厄大夫跟我们的同胞一样，也是猝不及防。必须这样来理解他的游移不决，也必须这样来理解他在担心和信心之间摇摆不定。面对一场爆发的战争，人们总是这么说：“这仗打不久，这么打也太愚蠢了。”毫无疑问，一场战争肯定是愚蠢到家了，但是愚蠢并不妨碍战争会持续很久。人若是不总为个人着想，那么就会发觉，原来愚蠢是常态。在这方面，我们的同胞又跟所有人一样，他们考虑自身，换言之，他们是人本主义者：他们不相信灾祸。灾祸无法同人较量，于是就认为，灾祸不是真实的，而是一场噩梦，总会过去的。然而，并不是总能过去，噩梦接连不断，倒是人过世了，首先就是那些人本主义者，只因他们没有采取防范措施。我们的同胞，论罪过也并不比别人大，只不过他们忘记了应当谦虚，还以为自己无所不能，这就意味着灾难不可能发生。他们继续经营，准备旅行，发表议论。他们怎么能想到鼠疫要毁掉他们的前程，打消他们的出行和辩论呢？他们自以为自主自由，殊不知只要还有灾难，永远也不可能自主自由。

里厄大夫在他的朋友面前，即使承认散居的几个患者在毫无征兆的情况下，刚刚死于鼠疫，但是他仍认为不存在闹瘟疫的危险。不过，人当了医生，毕竟了解病痛，也多了点儿想象力。里厄大夫凭窗眺望这座并无变化的城市，隐约感到心头萌生不安的情绪，即面对未来的这种轻微的沮丧。他在头脑里极力搜集自己对这种病症所了解的情况。一些数据在他的记忆中飘忽显现，他心中暗道，人类历史经历过三十来次鼠疫大流行，大约死了一亿人。一亿人死亡，是个什么概念呢？在战争当中，就连死一个人是怎么回事儿，也还不甚了了。既然一个人丧命，只有目睹其死亡，才有一定分量，那么，一亿具尸体，排列在历史的长河中，凭想象也无非是一缕青烟。里厄大夫忆起了君士坦丁堡流行的那场鼠疫，据普罗科匹厄斯[①]记载，当时一天工夫就有上万人丧生。一万名死者，就是一家大型影院观众的五倍。要搞搞清楚就应该这样做。将五家这样影院的观众集中在门口，带到城里的广场上，全部屠杀，将尸体堆起来，这样就能看得稍微清楚些。至少，在这无名尸堆上，还可以分辨出几张熟悉的面孔。自不待言，这是无法实现的，况且，谁能熟悉上万张面孔呢？就连普罗科匹厄斯那种人也计算不出来，这是常识。七十年前，广州闹瘟疫，在传染给居民之前，就有四万只老鼠死于鼠疫。然而，在1871年，还没有办法统计老鼠，只能大致估计，显然很容易出差错。不过，一只老鼠身长三十厘米，那么，四万只老鼠如果首尾相连的话，就会长达……

可是，里厄大夫已经不胜其烦。他听之任之，又不该如此。几

---

① 普罗科匹厄斯（Procopius，约500—565），拜占庭历史学家，其著作有：《查士丁尼战争史》（八卷）、《论查士丁尼时代的建筑》（六卷）和《秘史》。在《查士丁尼战争史》第二卷，他描述了君士坦丁堡于542年流行的鼠疫。

个病例，尚不至于构成一场瘟疫，只要采取措施就可以了。一定得把握住已知的症状。昏迷与虚脱，眼睛发红，口腔污秽，头痛，腹股沟淋巴结炎，极度口渴，谵语，身上出现斑块，体内有撕裂痛感，这些症状显现之后……这些症状显现之后，一句话重又到了里厄大夫的嘴边。而这句话，在他的医疗手册中罗列这些症状之后，恰恰可以作为结束语："脉搏变得特别细弱，稍一动弹就可能导致死亡。"不错，有了这些症状，病人就命悬一线了，总有四分之三的病人，这个数据很确切，会按捺不住，要做这种不易觉察的动作，从而加速死亡。

里厄大夫一直在凭窗眺望。玻璃窗外，天光明净，春意盎然。玻璃窗里面，"鼠疫"这个词还在室内回响。这个词不仅具有科学所赋予的含义，还拥有一幅幅长长排列的图景：这些图景非同寻常，和这座黄灰色的城市很不协调，尤其此刻，这座城市还颇有生气，算不上热闹，倒也挺嘈杂，总的来说，一片祥和的气氛，如果说"祥和"与"死气沉沉"可以并用的话。而且，如此安定、与世无争的清平世界，也能轻而易举地抹掉瘟疫的陈旧图景，如雅典闹瘟疫时飞鸟绝迹[①]；中国的城市到处是奄奄一息的病人；马赛的苦役犯将浑身流脓血的尸体叠摞在坑里；普罗旺斯地区筑起高墙[②]，以便阻遏鼠疫的狂飙；雅法[③]及其令人憎恶的乞丐；君士坦丁堡医院硬地面上放置着潮湿腐烂的床铺，用钩子将病人一个一个拖走；黑死病肆虐时期[④]，医生都戴着口罩，仿佛戴着面具参加狂欢节；米兰活着的人在墓地里交欢；在惊恐万状的伦敦，车水马龙，都载着死尸，无论白天还是夜晚，到处都回

① 史实见古希腊伟大的历史学家修昔底德（Thucydides，约前460—约前400）的著作《伯罗奔尼撒战争史》，雅典曾流行鼠疫（前430—前427）。

② 1720年至1722年在法国港口城市马赛爆发鼠疫，并迅速蔓延开来，为防止传染扩散，在马赛和普罗旺斯郊区筑起两米高的"鼠疫墙"。

③ 1799年拿破仑进军叙利亚，雅法是当时叙利亚的军事重镇，在雅法遭遇瘟疫流行，法国军卒大量死亡。随军画家格罗（1771—1835）曾作画《拿破仑视察雅法鼠疫病院》（1804），描绘了当时的场景。

④ 1347年至1353年黑死病在欧洲传播，致使两千五百万人丧命。

荡着持续不断的号叫。不，这些图景还不够强烈，不足以扼杀这一天的安宁。从玻璃窗外，突然响起一辆看不见的有轨电车的叮当声，一瞬间便打破了残忍和痛苦的景象。唯独在星罗棋布的灰暗房舍尽头的大海，才能证明世间还存在着令人不安和永不消停的东西。里厄大夫眺望海湾，遥想当年卢克莱修[①]描述的柴堆，那是雅典人因遭受瘟疫的袭击而在海边架起来的。雅典人趁黑夜将尸体运去，但是柴堆不够用，送葬的人便争夺位置，拿着火把大打出手，宁可打得头破血流，也不愿抛弃他们亲人的遗体。不妨想象一下，面对平静而幽暗的大海，搏斗的火把吐着红舌，火星四溅，在夜晚噼啪作响，而恶臭的浓烟升腾，飞向关注世间的苍天。大家都不免担心……

然而，这种令人眩晕的景象，一碰到理性就破灭了。不错，“鼠疫”这个词已经说出口了，不错，就在此刻，瘟疫正折磨、击倒一两个牺牲品。可是，这有什么，说停就停了。眼下应当做的，就是应该承认的事实便明确承认，果断驱逐不必要的疑虑，采取切合实际的措施。接下来，鼠疫就会停止流行，因为鼠疫不能单凭想象或者假想存在。如果鼠疫停止流行了，这种可能性最大，那么就万事大吉了。万一情况恶化，那也能够掌握，看看有没有办法先控制住，然后再战而胜之。

里厄大夫打开窗户，突然涌入市井的喧嚣。从邻近的车间传来锯床的声响，无休止地重复短促而尖利的声音。里厄抖了抖精神。确实性就在那里，在每天的劳作中。其余的一切都系于游丝，系于微不足道的举动，不可在这里面恋栈。做好本职工作才是关键。

---

① 卢克莱修（Lucretius，约前 99—前 55），罗马共和国末期诗人和哲学家。唯一的著作是六卷长诗《物性论》，用六音步诗行写成，表述了希腊伦理学派创始人伊壁鸠鲁的原子论，证明灵魂是物质的，由极细微的原子组成，与躯体同生共死，旨在使人摆脱对宗教的恐惧。末卷描述了雅典鼠疫（前 430—前 427）。

六

里厄大夫正这样浮想联翩，忽听有客人来访。来访者约瑟夫·格朗，这名市政府职员虽然工作庞杂，仍然定期被委派到统计处协管户籍。统计死亡人口，自然也就成了他的分内之事。他生性乐于助人，答应把统计结果抄一份，亲自送到里厄家中。

大夫瞧见格朗同他的邻居科塔尔走进来。这名职员手上挥动着一张纸。

“数字增加了，大夫，”格朗宣称，“四十八小时里，死了十一人。”

里厄跟科塔尔打了招呼，问他感觉如何。格朗解释说，科塔尔执意要向大夫表示谢意，同时也深表歉意，给大夫添了这么多麻烦。不过，里厄在注意看统计表了。

“好吧，”里厄说道，“也许应该下个决心，叫出这种疾病的名称了。迄今为止，我们总是原地踏步。我要去化验室，你们跟我一起走吧。”

“对呀，对呀，”格朗跟在大夫身后，边下楼边说道，“是什么东西，就该叫什么名称。那么，这种病的名称是什么呢？”

“我还不能告诉您，况且，您知道了也没好处。”

“您瞧，”职员微笑道，“说出来还真不那么容易。”

一行三人朝阅兵场走去。科塔尔一直默默无语。街上的行人多起来。我们这地方，黄昏来去匆匆，在落下的夜幕前步步退后，晚星初现，跃上还相当明亮的天际。片刻之后，街道上路灯点亮，映衬出一片幽暗的天空，而谈话的声音也似乎提高了声调。

“请原谅，”到了阅兵场的街口，格朗便说道，“我得去乘有轨电车了。晚上的时间，对我是神圣的。正如我家乡那里常说的：‘今天的事绝不要推到明天……’”

里厄已经注意到格朗，这个出生在蒙特利马尔[①]的人，有一种喜欢引用家乡俗谚的癖好，随后再续上毫无出处的陈词滥调，就像什么“梦幻的时刻”，“仙境一般的照明”。

“嗯！真的，”科塔尔也说道，“晚饭后，就休想把他从家里拉出来。”

里厄问格朗是否为市政府工作。格朗回答说不是，他是为自己干活。

“哦！”里厄又随口问了一句，“有进展吗？”

“已经干了好几年，当然有进展，尽管从另一个意义上讲，进展不算很大。”

“简单说吧，究竟是什么事？”里厄停下脚步问道。

格朗嘴里呜噜呜噜说着，同时正了正他两只大耳朵上的圆帽。里厄十分模糊地听出来，事关个性发展的问题。不待里厄反应过来，职员已经离开他们，重又上行，沿着榕树下的马恩林荫大道小碎步快速走了。他们二人走到化验室门口，科塔尔对大夫说他很想去见他，当面向他讨教。里厄正搜索衣兜找那张统计表，就约他去诊所，随即又

---

① 蒙特利马尔（Montélimar），法国东南部德龙省的一座城市，坐落在罗讷河河谷地区，是法国著名的牛轧糖之都。

改变主意，说他明天要去他们的街区，傍晚可以过去看他。

同科塔尔分手时，大夫发觉他心里还想着格朗，想象格朗遭遇过鼠疫，当然不是眼下这场肯定不会太严重的鼠疫，而是历史上规模最大的一次鼠疫。“他这种类型的人，哪怕遭逢那种大瘟疫，也能幸免于难。”记得他读过的书上有记载，鼠疫往往绕过体质弱的人，摧毁身体强壮者。大夫再往下想，就觉得这个职员的样子有点儿神秘兮兮的。

初看起来，格朗的行为举止，跟市政府小职员的确毫无二致。细高个头儿，总挑选过分肥大的衣服，穿在身上晃里晃荡，幻想他这样会穿得长久些。如果说他那下排牙齿大多还幸存的话，上排牙齿却已掉得精光。他微笑时，主要是上嘴唇翻起来，嘴里从而出现黑洞。他这样一副尊容，再加上修道院修士的走路姿态，善于溜墙根，悄悄进门，还一股酒窖味和烟味，浑身上下猥猥琐琐，一看便知，想象不出他会在别的什么职位，只能坐在办公桌前，专心核对城里浴室的税收，或者为年轻的文秘搜集资料，以便起草报告规定清除生活垃圾的新收费标准。即使在毫无偏见的人看来，他天生就是这块料，只配临时在市政府干些辅助工作，在平庸而又不可或缺的岗位上，每天挣六十二法郎三十生丁①。

他在就业登记表上“专长”一栏里也确实是这样填写的。二十二年前，他获得了学士学位，没有经费深造，便接受了这个工作，据他说，上司给了他希望，很快就能“正式任职”，只需考核一段时间，看看他处理本城行政管理中各种棘手问题的能力。后来，又有人向他保证，他肯定能升为文秘，过上富裕生活。当然，约瑟夫·格朗工作的动力并不是雄心大志，他用苦笑来保证这是实情。不过，靠正当的方式来保证自己的物质生活，又有可能做自己喜爱的事情而问心无

① 法郎是2002年以前法国的法定货币单位。1法郎等于1.163 3元人民币。1法郎等于100生丁。——编者

愧，这种前景足令他心驰神往。如果说当初，他接受了推荐给他的这份工作，那也是有拿得出手的理由，可以说是忠于一种理想。

这种临时的状态已持续多年，生活费用涨得厉害，而格朗的工资，虽经过几次普调，仍然还很微薄。他向里厄抱怨过，但似乎没人予以理会。这里正表现出格朗的独特之处，至少显示他的一个特征。其实，他本可以提出主张，即使不要求他没有把握的权利，至少要求兑现向他做出过的保证。可是，首先，当初聘用他的办公室主任早已作古。再说，他这个职员眼下也想不起来，当时对他的许诺确切的说法。最后，也是最主要的一点，就是约瑟夫·格朗找不到合适的话来表达。

正是这一特点，把我们这位同胞描绘得活灵活现，里厄也注意到了这一点。也正是碍于措辞，他才一直酝酿而写不出申诉书，也没有顺应情况走走门路。按照他的说法，他尤其觉得不能使用“权利”二字，这是他硬气不起来的，也不能使用“许诺”二字，这可能意味他是要讨债，从而带有胆大妄为的色彩，同他卑微的职位不相称。另一方面，他又不肯使用“照顾”“请求”“感激”一类的字眼，认为这有失他个人的尊严。我们这位同胞找不到恰当的词语，就这样继续履行他这默默无闻的职务，直到有了一把年纪。况且，同样按照他对里厄大夫所讲的，他在实际当中发觉，他的物质生活有了保证，不管怎样，只要量入为出就能凑合过去。因此，他承认市长爱讲的一句话很正确：本城那位当市长的大企业家高调宣称，归根结底（他特别强调这个词，因其负载着这种论断的全部分量），从未见过饿死一个人。不管怎么说，约瑟夫·格朗所过的近乎苦行僧式的生活，归根结底，也确实让他彻底摆脱了这类忧虑。他得以继续斟酌他的词语。

在一定意义上，他的生活完全可以称为楷模。无论在本城还是其他地方，像他这样总有勇气保持美好情感的人，真可谓凤毛麟角。他流露出来的少许内在的东西，就的确表明如今大家不敢承认的善意和忠诚。他承认爱自己的侄儿和姐姐，丝毫也不脸红，姐姐是他在世的唯一亲人，每两年他要回法国探望一次。他承认一想起年幼时丧失的双亲，就伤感不已。他也不讳言尤其喜爱所住街区的一口钟，每天傍晚五点钟就回荡着悠扬的钟声。然而，要想表达如此简单的激情，随便一个词，他都得绞尽脑汁考虑。这种表达的障碍，最终成为他的最大心病。“噢！大夫，”他说道，“我多么希望学会表达啊。”每次遇见里厄，他都要这样重复一遍。

这天傍晚，大夫目送这个职员离去时，突然明白了格朗想要表达的意思：他必是在写一本书，或者类似的东西。里厄终于来到了化验室，至此这个念头才让他放下心来。他知道这种感觉颇为荒谬，但他就是无法相信，在一座连普通公务员都有可称道的癖好的城市，鼠疫不可能真的蔓延开来。准确来说，他还想象不出在鼠疫猖獗的地方，这些癖好能占据什么位置，因此他判断，鼠疫在我们的同胞之间，没有流行的前景。

七

第二天，里厄力争召开的卫生委员会会议，虽被认为不是时机，省政府还是同意了。

“不错，居民都感到不安，”里夏尔承认，“而且，这样街谈巷议，什么事都夸大了。省长对我说：‘你们要开会就赶紧开，但是不要声张。’况且，他确信这不过是一场虚惊。”

贝尔纳·里厄开车捎上卡斯泰尔，一道去省政府。

“您知道吗，省里没有血清了？”卡斯泰尔对里厄说道。

“知道了，我给省药库打过电话。药库主任十分震惊。必须从巴黎调运过来。”

“但愿用不了多长时间。”

“我已经发过去电报了。”里厄回答。

省长很热情，但是有点儿焦躁。

“先生们，我们开会吧，”省长说道，“要不要我概括地谈一谈形势？”

里夏尔认为没有必要，医生们都了解，问题仅仅在于应当采取什么措施。

“问题在于，”老卡斯泰尔突然冒出一句，“要弄清这是不是闹鼠疫。”

两三位医生欢呼响应，其他医生似乎犹豫不决。省长却猛然一抖，下意识地转身望望门口，仿佛要察看一下门是否关严，没有让这句耸人听闻的话传到走廊去。里夏尔则朗声说道，依他之见，切勿惊慌失措：这不过是高烧伴随腹股沟淋巴结肿大的并发症，现在只能讲到这个程度，而无论在科学上还是生活里，任何假设都是很危险的。老卡斯泰尔沉静地咬着发黄的小胡子，抬起明亮的眼睛，看了看里厄，然后，他那和善的目光又移向与会者，指出他非常清楚这是鼠疫，但是要正式确认，势必就得采取无情的措施。他深知正是有这种顾忌，他的同行们才往后退缩。因此，为使他们安心，他情愿接受不是鼠疫的说法。省长坐不住了，声称不管怎么说，这样论事推理总归不是好办法。

“这样论事推理的办法好不好，不是关键，”卡斯泰尔说道，“只要能引人思考。”

里厄一言不发，有人就询问他的见解。他说：“这是一种伤寒性高烧，而且还伴随腹股沟淋巴结炎和呕吐。我曾做了腹股沟淋巴肿块切片，送去化验，化验结果辨认出传播鼠疫的粗矮杆菌。要全面判断，还必须说明，这种杆菌有些变异，不大符合传统的描述。”

里夏尔强调指出，正是这种情况导致犹豫不决，至少还得等待几天前开始的批次化验的统计结果。

“如果有一种细菌，”里厄沉默片刻，又说道，“三天工夫就能使脾脏肿大三倍，使肠系膜神经结肿成橘子那么大，里面充满了糊状物，那就恰恰容不得犹豫了。各个传染源日益扩大。疾病按照这样的速度传播，如果不能被遏止的话，那么用不了两个月，就能夺走全城一半人的生命。因此，你们称这为鼠疫或者增长性热症，都无关紧要。关键只有一点，你们必须阻止它屠杀全城半数居民。”

里夏尔认为，无论怎样，都不应该描绘得一团漆黑，况且，病症的传染性还未得到证实，因为那些患者的亲人还很健康。

“可是，还有别的人死了，”里厄指出，“当然了，传染性从来就不是绝对的，不然的话，那就要成几何数无限增长，人口就会以惊人的速度锐减。这不是把什么都描绘得一团漆黑，而是要采取防范措施。”

这时，里夏尔想要总结一下当前形势，提醒大家注意，这场疫病如果不能自动终止，那么为防止蔓延，就必须实施法律规定的严厉措施。为此，也就必须公开承认是闹了鼠疫，而说鼠疫又不能绝对肯定，因此还得认真考虑。

“问题并不在于了解，”里厄仍然坚持，“法律规定的措施是否严厉，而在于确认这些措施是否必要，以防止全城半数居民丧生。余下的事情属于行政范畴，而我们的体制恰恰设置了省长这一职位，以便处理行政问题。”

“当然了，”省长说道，“不过，我需要你们正式确认，这是一场鼠疫。”

“即使我们不确认，”里厄说道，“鼠疫照样存在，可能害死全城半数居民。”

里夏尔有点儿烦躁了，插言道：

“事实上，我们这位同行认定是鼠疫，他对症候群的描述就是明证。”

里厄回应说，他描述的不是症候群，而是他亲眼所见。他亲眼所见，正是腹股沟淋巴结炎，黑斑，进入谵妄状态的高烧，四十八小时之内就毙命。里夏尔先生能否肯定，不采取严厉的预防措施，瘟疫也会停止，他能否为此担负责任？

里夏尔迟疑了，他注视着里厄，说道：

“坦率地告诉我您的想法，您确认这是鼠疫了吗？”

“您这样提问题不恰当。这不是措辞的问题，而是争取时间的问题。”

“您的想法，”省长说道，“会不会是这样，即使没有闹鼠疫，也应该实施鼠疫流行期间所规定的预防措施呢？”

“如果非要我有一个想法，那的确是这样吧。”

医生们商议起来，里夏尔终于说道：

“那好，我们就负起责任，行动起来，就当这种疾病真是鼠疫。”

这种说法赢得了热烈赞许。

“您也是这种看法吧，我亲爱的同行？”里夏尔问里厄。

“怎么个说法无所谓，”里厄回答，“我们就这样说吧：我们绝不能就当全城半数居民不会死于非命，因为这样无作为，那些人就可能遭殃。”

在普遍阴郁的情绪中，里厄离开了。不大工夫，他就行驶到了城郊，闻到油炸食品的香味和尿臊气，只见一个腹股沟血淋淋的女人，朝他转过身来，发出惨死的号叫。

八

会议后第二天，高烧病症又跨进一步，甚至见报了，但只是轻描淡写，蜻蜓点水似的报道一下。到了第三天，里厄总算见到了省政府的布告。白纸小布告，匆匆张贴在城里最不显眼的角落，从内容上很难看出当局正视这种形势。采取的措施也并不严厉，似乎特别迁就那种渴望——不要引起舆论的忧虑。政府的这项法令开头确也宣告，奥兰地区出现了几例危险的高烧症，眼下尚难确定是否传染。这些病例还不够典型，不能真正引人不安，毫无疑问，居民自会保持冷静。然而，省长也采取了一些防范措施；而这种谨慎的态度，谅能获得全体市民的理解。这些措施旨在阻遏瘟疫的任何威胁，理应得到理解并得以贯彻。因此，省长一刻也不怀疑，全体民众一定会通力合作，支持他的个人努力。

布告接着公示总体的措施，其中包括往阴沟里喷射毒气来科学灭鼠，严密监视饮用水的水源。布告要求居民保持极严格的清洁卫生，还敦请跳蚤携带者到市立各诊所检查身体。此外，每个家庭都有义务申报经医生确诊的病人，并同意将其送进医院特设病房隔离。隔离病房配置齐全，能在最短时间取得最大的疗效。还有几个附加条款，规定对病人的卧室和公共交通车辆进行消毒。余下的内容，仅限于要求患者家属检查一次身体。

里厄大夫猛一转身，离开布告栏，返回他的诊所。约瑟夫·格朗正等着他，一见他回来就又卷起胳臂。

“是的，”里厄说道，“我就知道数字又上升了。”

昨天，城里又有十来个病人殒命。大夫对格朗说，也许傍晚还能见面，因为他要去看看科塔尔。

“您安排得好，”格朗说道，“您去瞧瞧，对他准有好处。我发觉他人变了个样儿。”

“怎么回事儿？”

“他变得有礼貌了。”

“从前他没有礼貌吗？”

格朗迟疑了一下。他不能说科塔尔原先不礼貌，这种说法不够公正。他那个人内向，沉默寡言，样子稍显粗野。总待在房间里，到一家小饭馆用餐，外出也相当诡秘，这便是科塔尔的全部生活。他公开的身份，则是葡萄酒和白酒代理商。他时而接待三两位来访者，想必就是他的客户了。晚上，他有时去他家对面的影院看电影。我们这位职员甚至还发现，科塔尔似乎最爱看警匪片。无论在什么场合，这名代理商总是那么多疑，落落寡合。

据格朗讲，这一切都大变了。

“我不知道该怎么说，可是，我有这种印象，您瞧，他力图同别人和好，想跟所有人套近乎。他经常跟我说话，约我一起出门，我不好意思总是拒绝。再说，他也引起我的兴趣，归根结底，我救过他一命。”

从自杀未遂那天起，科塔尔就再也没有接待过任何来访者。在街道上，在商店里，他总找机会，争取每个人的好感，还从未有谁跟食品杂货店老板交谈，像他那样和蔼可亲，而听香烟店老板娘说话，像他那样听得津津有味。

“那个香烟店老板娘，”格朗指出，“有一副蛇蝎心肠。这话我跟科塔尔一讲，他就回应说我错了，那女人还有好的方面，要善于发现才对。”

科塔尔请过格朗两三回，去城里豪华饭店和咖啡馆。其实，他开始成为那些地方的常客。

“那是好去处，”他说道，“而且，旁边都是有身份的人。”

格朗还注意到，餐馆招待员对这位代理商格外殷勤，他发现科塔尔留下过分慷慨的小费，也就明白了其中的缘故。对别人回报给他的热情，科塔尔显然非常敏感。有一天，饭店前堂领班帮他穿上外衣，送他出门时，科塔尔就对格朗说：

“这小伙子不错，他可以证明。”

“证明什么？”

科塔尔迟疑了一下：“就是嘛！证明我不是个坏人。”

此外，他的情绪变化无常。有一天，食品杂货店老板显得不那么热情，他回到家中就暴跳如雷。

“这个坏蛋，他得跟其他人一起玩完。”他反复骂道。

“什么其他人？”

“其他所有人。”

在香烟店里，格朗甚至还目睹了一幕匪夷所思的场景。在一场热闹的谈话中间，老板娘谈到前不久逮捕了一个人，在阿尔及尔引起轰动。被捕的是一家商贸公司的年轻职员，他在海滩上杀害了一个阿拉伯人。

“这些败类，如果通通关进牢房，”老板娘说道，“那么好人就能松口气了。”

可是，她不得不打住话头，只因对面的科塔尔突然激动起来，冲出店铺，连句抱歉的话也不讲。格朗和老板娘愣在原地，瞪眼看着他跑掉。

后来，格朗还要里厄注意，科塔尔性格上的其他变化。科塔尔一直持有自由主义观点，他的口头禅便是明证：“大鱼总得吃小鱼。”不过，近来一段时间，他就只买奥兰正统派报纸，还在公共场所阅读，不免让人觉得他是有意炫耀。同样，他自杀未遂后卧床，能下地没过几天，就求格朗去邮局，给他的一个远房姐姐汇去一百法郎，每月他都给姐姐汇去这样一笔钱。可是，当格朗正要走时，他又请求道：

“给她汇去两百法郎吧，给她一个惊喜。她认为我从来想不到她，其实我非常爱她。”

最后还有一件事，科塔尔跟格朗有过一次奇特的谈话。格朗每天晚上都忙自己的小营生，科塔尔迷惑不解，就向他提了好多问题，他不得不回答。

“好哇，”科塔尔说道，“您在写书。”

“也可以这么说，不过，这比写书要复杂。”

“嗯！”科塔尔感叹道，“我很想做您那样的事儿。”

格朗一脸惊讶的神色，科塔尔就结结巴巴地说，成为艺术家，大概能解决许多问题。

“为什么呢？”格朗问道。

“就是因为比起别人来，艺术家享有更多的权利，这是人所共知的事。别人能容忍他更多的事情。”

“没别的，”张贴出布告的那天早晨，里厄对格朗说道，“都是老鼠惹的祸，他和许多人一样，被闹得晕头转向，就是这么回事。要不然，他就是害怕发高烧。”

格朗则回答：

“我可不这么看，大夫，您要是想听听我的想法……”

灭鼠车从他们的窗户下面驶过，发出响亮的排气声。里厄住了口，直到能让对方听得见了，他才漫不经心地问格朗的想法。对方神色凝重，注视着里厄，说道：

“这个人做了什么亏心事，不免自责。”

大夫耸了耸肩膀。还是那位警长说得好，还有许多别人的事要办呢。

下午，里厄同卡斯泰尔会晤。血清还没有运到。

“话又说回来，”里厄问道，“血清能顶用吗？这种杆菌很怪异。”

"唉！"卡斯泰尔说道，"我与您的看法不同。这些动物总显得很独特，但实质上是同样的。"

"这不过是您的假设。事实上，对此我们却一无所知。"

"当然了，这是我的假设。而且，这也会成为大家的共识。"

这一整天，里厄大夫都感到，他每次想起鼠疫就感到头晕得更加厉害了。到头来，他不得不承认自己是害怕了。他两次走进人满为患的咖啡馆。他也和科塔尔有同感，需要人际间的温暖。里厄觉得这样未免愚蠢，但是这倒帮他想起，他曾答应去看望那位代理商。

傍晚时分，大夫一进门，就看到科塔尔坐在餐桌前面，走进去发现桌上摊开放着一本侦探小说。不过，天色已晚，昏暗中恐难阅读。此前的片刻，科塔尔一定是仍然坐着，在朦胧的暮色中沉思默想。里厄问他身体怎样，科塔尔一边重新坐下，一边咕哝着说他身体不错，如果能肯定没人管他的事儿，他的身体会更好。里厄便向他指出，人不能总这样独处。

"唉！不是那个意思。我是指有些人专爱找你的麻烦。"

里厄没有应声。

"请您注意，不是说我的情况。我正看这部小说。一天早晨，一个不幸的家伙突然被捕。有人关注他的事，他却毫不知情。大家在办公室里议论他，把他的名字登记在卡片上。您认为这公正吗？您认为别人有权这样对待一个人吗？"

"这也要看情况，"里厄回答，"从一方面看，的确，别人永远没有这种权利。不过，这一切都是次要的。人总不能长期关在家里。您必须出去走走。"

科塔尔似乎焦躁起来，说他整天在外面转悠，如有必要，全街区的人都可以为他做证。甚至出了这个街区，他也有不少熟人。

"建筑师里戈先生，您认识吧？他就是我的朋友。"

房间里越来越暗了。城郊的这条街道逐渐热闹起来，外面一阵低沉而轻快的欢呼声，迎接路灯点亮的时刻。里厄走到阳台上，科塔尔也跟了过去。我们这座城市每天晚上都如此。周围各个街区刮起微风，吹来窃窃私语、烤肉的香味，自由的欢乐而芬芳的喧闹，因吵吵嚷嚷的青年拥上街头而渐渐充斥整条街道。夜晚，看不见的轮船高声鸣叫，大海的浪涛和人流的涌动汇成喧嚣，这是里厄从前熟悉并喜爱的时刻，今天却由于他了解的种种情况，让他感到压抑了。

“您能给我们打开灯吗？”他对科塔尔说。

一旦回到光亮中，这个矮个儿男人就直眨眼睛，注视着里厄：

“请告诉我，大夫，我若是病倒了，您能接收我到您工作的医院吗？”

“有何不可呢？”

于是，科塔尔又问道，是否有过先例，逮捕在诊所或者医院里治病的人呢。里厄回答说，这种情况见过，不过，这完全要看病人的病情了。

“我呢，”科塔尔说道，“我信得过您。”

继而，科塔尔问大夫，能否搭他的车进城。

到了市中心，街上的行人已不如先前那么密集，灯火也渐趋稀少了。还有儿童在自家门口玩耍。大夫应科塔尔的要求，把车停在一群孩子的前面。那些孩子吵吵闹闹，正玩跳房子游戏。其中一个男孩，黑头发梳得平平的，头缝分得很直，只是小脸蛋很脏，他那双明亮的眼睛，吓唬人似的盯着里厄。大夫移开目光。科塔尔站到人行道上，同大夫握手道别，这位代理商嗓音沙哑，说话吃力。有两三次，他回头扫视一眼。

“人人都谈论瘟疫。真闹瘟疫了吗，大夫？”

“人总要议论纷纷，这非常自然。”里厄回答。

“有道理。而且，一旦听说死了十来个人，就会以为到了世界末日了。我们可不要这样。”

马达已经隆隆响起来，里厄一只手握住变速杆。这时，他又瞧了瞧那个神情严肃而平静、一直凝视着他的孩子。突然间，也没个过渡，那孩子咧嘴冲他笑起来。

“那我们要怎么样呢？”大夫问道，同时也冲孩子笑笑。

科塔尔一把抓住车门，用哽咽的声音，气急败坏地嚷道：

“要地震，一次真正的地震！”然后撒腿跑掉。

次日没有发生地震，里厄奔波了一整天，跑遍了全城各个角落，同病人家属会谈，同患者本人讨论。里厄还从未感到职业的担子这么沉重。在这之前，患者非常配合他的治疗，有什么话都跟他讲。现在，大夫第一次觉得他们有所保留，表现出一种恐惧，对他们的病症讳莫如深。这是一场搏斗，眼下他还不习惯。晚上将近十点钟，他的汽车停到老哮喘病患者的楼门前，这是他今天出诊的最后一站。他从座位上起身都特别吃力，不免磨蹭一会儿，望了望昏暗的街道、黑洞洞的天空中时隐时现的星星。

老哮喘病患者半卧在床上，正数着从一只锅放进另一只锅里的鹰嘴豆，看样子呼吸通畅些了。他喜形于色，欢迎大夫来探视。

“怎么着，大夫，闹起霍乱来啦？”

“您从哪儿听说是霍乱？”

“报上刊登的，电台里也广播了。”

“不对，不是霍乱。”

“不管怎么说，”老人非常兴奋，“那些有头有脸的人物，哼，他们说得也太过火了！”

“千万不要这样想。”大夫说道。

他给老人检查了身体，现在，他坐到这间简陋的餐厅的中央。不错，他是害怕了。他知道单在这个城郊街区，就有十来个病人等待他明天上午去诊治，一个个因患腹股沟淋巴结炎而佝偻着身子。在动手术切开淋巴结的患者中，仅有两三例病情好转。可是，大多数病人都得住院，而他深知，医院对穷人意味着什么。“我不愿意让他去给他们当试验品。”一个病人的妻子曾对他这样说。他不去给他们当试验品，那就得死在家中，仅此而已。采取的措施远远不够，这一点十分明显。至于“特设”病房，他也很熟悉：那是两间亭阁，匆忙移走原先的病人，门窗缝隙完全堵死，周围还设置了防疫警戒线。瘟疫流行，如不能自动终止，那么政府所臆想的这些措施也不可能战而胜之。

然而，这天晚上，政府公报仍旧很乐观。第二天，朗斯多克情报所公布，公民对省政府采取的措施反应平静，已有三十余病人登记。卡斯泰尔给里厄来过电话：

“那两间亭阁里有多少床位？”

“共有八十张。”

“全城的病人，肯定不止三十名吧？”

“有些人害怕，来不及申报的人最多了。”

“丧葬没有人监视吗？”

“没有。我给里夏尔打过电话，提出必须采取全面措施，不要讲空话，必须筑起一道真正的屏障，阻止瘟疫蔓延，否则就什么也别干。”

“他怎么说？”

“他回答我说，他无权决定。依我看，人数还要往上升。”

果不其然，三天时间，两间亭阁就满员了。里夏尔似乎得知要把一所学校改成附属医院。里厄等待运来疫苗，给患者切开淋巴结排脓。卡斯泰尔重又埋头查阅他那些古书，长时间泡在图书馆里。

“老鼠死于鼠疫或者十分相似的瘟疫，”他下了结论，“老鼠传布了数万只跳蚤，如不及时消灭，跳蚤传播疾病的速度，肯定要以几何级数增长。”

里厄没有应声。

这个时期，天气似乎固定不变了。最近几场大雨积成的水洼，也被太阳吸干了。蔚蓝的天空阳光灿烂，流光溢彩，热气初升中回荡着飞机的轰鸣。在这样的季节，一切都让人心旷神怡。然而，四天当中，高烧症天天飞跃，死亡病人依次为十六例、二十四例、二十八例和三十二例。到了第四天头上，当局宣布在一家幼儿园里开设附属医院。此前，我们的同胞总以玩笑话掩饰内心的不安，现在走在街上，就显得更加沮丧，更加沉默寡言了。

里厄决定打电话给省长——

“措施还不够啊。”

“我有统计数据，”省长说道，“这些数据确实令人担忧。”

“何止令人担忧，情况有多严重已经非常明显了。”

“我即将请求总督府发布命令。”

里厄当着卡斯泰尔的面挂了电话：

“发布命令！那还得有想象力啊！”

“血清怎么样？”

“这周能运到。”

省政府通过里夏尔请里厄写了一份报告，呈送给殖民地首府，恳请发布命令。里厄在报告中描述了临床状况，并提供了数据。同一天，统计有四十个死亡病例。省长自称，他要承担起责任，从次日起就强化已经制定的措施。强制性申报与隔离措施继续有效。病人的住所必须封闭起来并进行消毒，病人亲属必须接受检疫隔离，而埋葬死者的事宜则由市里组织，具体规定另行公布。过了一天，血清由飞机空运而至，可以满足眼下治疗的需要，如果瘟疫蔓延就不够用了。里厄得到电报答复：应急血清库存告罄，现已重新开始生产。

就在这段时间，春天从四周郊区抵达城里市场。成千上万朵玫瑰花，凋谢在沿人行道摆摊的卖花人篮子里，甜丝丝的花香在全城飘浮。表面上毫无变化。有轨电车一如往常，高峰时刻挤得满满的，其余时间空空荡荡，又十分肮脏。塔鲁观察那个小老头儿，而那个小老头儿还是瞄准小猫吐痰。格朗每天晚上回家，干他那神秘的营生。科塔尔四处转悠，而预审法官奥通先生，仍然率领全家人散步。那位老哮喘病患者还继续倒腾他的鹰嘴豆；时而能遇见那位记者朗贝尔，还是一副沉静而对事物感兴趣的样子。夜晚，街上熙熙攘攘，还是同样的人群，电影院门前照样排起长队。况且，瘟疫仿佛减退了，一连数日，每天统计只有十来个死亡病例。接着，数字又像突然射出的箭似的，骤然上升。死亡人数重又达到了三十来例的那天，贝尔纳·里厄看着官方电文，省长递给他电文时还说了一句：“他们害怕了。”只见电文上写道：“宣布鼠疫流行。全城封闭。”

第二部

同鼠疫做斗争，
唯一的方式就是诚挚。

一

从这一刻起，才可以说鼠疫成为我们大家的事了。此前，我们的同胞，尽管这些怪异的事件让他们深感意外和不安，每人还坚守日常的职位，各尽所能，继续自己的工作。毫无疑问，这种情况本应该继续下去。然而，门户一旦关闭，大家才发觉所有人，包括叙述者在内，大家都落入同样境地，必须同舟共济。正是这样，譬如说，跟心爱的人离别这样一种个人的情感，从头几周起始，就突然变成了全体民众的情感，并同恐惧的心理一起，变成了这种长期流亡生活的主要痛苦。

的确，全城封闭所造成的最明显的后果之一，就是将一些没有思想准备的人置于突然分离的境况。那些父母和子女、夫妻、情人，几天之前，还以为是一次暂时分离，他们在火车站月台上拥抱吻别时，也只是叮嘱三两句，确信过几天或者几周就又见面了，沉迷在人的愚蠢的自信中，并没有把这次离别放在心上，满脑子还是日常事务，讵料猛然发现，这一别重逢之日就遥遥无期，也无法通音信了。因为，在省政府公布法令之前几小时，就已经封城了，自然照顾不了每个人的情况。这场疫病的突然入侵，可以说头一个后果，就是迫使我们的同胞今后所作所为，再也不带个人情感了。法令开始实施那天，头几个小时，省政府就应接不暇，大批出入城申请者涌来，有的打电话，有的找官员，都陈述各自的境况，而那些境况都同样值得关心，也同样不可能予以考虑。实际上，我们需要好几天才能明白过来，我们落到了毫无回旋余地的境地，什么“通融”“照顾”“破例”等词语都丧失了意义。

就连写信这样无足轻重的要求也遭拒绝了。一方面，这座城市也确实没有了通常的交通工具，得以同全国其余地方相联系；另一方面，又一道法令颁发了，严禁信件往来，以防瘟疫通过信件传播。开头，有几个人还算幸运，跑到城门口，恳求守门的哨兵帮忙，将信件送出城去。那也只是在瘟疫流行的最初几天，当时哨兵还觉得出于同情心，给人点儿方便是很自然的事。然而，过了一段时间，还是同样那些哨兵，他们确信了事态的严重性，就再也不肯承担这种难以估计后果的责任。起初，还准许打长途电话，结果电话亭给挤爆了，而且长时间占线，一连几天完全中断电话通信。继而严格限制使用电话，只有在所谓的紧急情况下，即有人死亡、出生和结婚时才能通长话。因此，我们就剩下电报这个唯一通信手段了。由智慧、感情和肉体紧密相连的一些人，现在无可奈何，只能从由十个词组成的电文的大写字母中，寻觅昔日情投意合的迹象。电文中实际的可用语式很快就搜罗净尽，因而长期的共同生活，或者痛苦的恋情，很快都高度概括，定期以“我好。想你。爱你。”等现成用语交流。

然而，我们当中有些人，依旧执意写信，为了同外界联系，坚持不懈地想方设法，但是最终总要流于虚幻。我们想象出来的办法，即使有的得手了，也是一去杳无音信，下落不明。一连数周，我们只得重写同样一封信，重抄同样的呼唤，这样做了一段时间之后，最初从我们内心掏出来的有血有肉的肺腑之言，无不丧失其内涵，变成空洞的词语了。就这样，我们机械地抄了又抄这些语句，试图用这些僵死的话语来传递我们艰难生活的信号。到头来，我们便觉得电文格式化的呼唤，要胜过这种执拗而枯燥乏味的独白，这种同与墙壁交流一样毫无反应的对话。

况且几天下来，任何人也出不了城已成明显的事实，有的人就想询问，在瘟疫前走的人是否获准返城。省政府考虑了数日，答复说可以返城，同时又明确指出，返城的人无论什么理由都不能再离开：他们可以自由来，却不能自由走了。就是这样，也还是有一些家庭，但为数极少，轻率地对待当前的事态，把谨慎抛到九霄云外，一心想重新见到亲人，就趁机回来了。不过，已成鼠疫囚徒的人很快就明白，他们这样做就是把亲人置于危险境地，只好忍受离别之苦。在瘟疫最猖獗的时候，只有一个事例表明，人的情感超越了对死亡折磨的恐惧。但这一事例并不像有人期待的那样，是两个热恋的情侣，凌驾于痛苦之上，相互投向对方的怀抱，只不过是老大夫卡斯泰尔及其老伴儿，结婚多少年的老夫老妻了。在发生瘟疫的几天前，卡斯泰尔太太去了一座相邻的城市。说起来，这对夫妇甚至算不上世间幸福家庭的典范，叙述者也不无根据地说，时至今日，这对夫妇十有八九不能确信满意他们的结合。这次分离来得突兀，时间又延长了，这倒让他们认识到，他们彼此远离就无法生活，而比起这种猛然憬悟的事实，鼠疫就微不足道了。

这纯粹是例外。在大多数情况下，离别只应跟瘟疫同时结束，这是显而易见的。对我们所有人而言，构成我们生活的情感，我们自以为了如指掌（前文已经说过，奥兰人感情纯朴），现在却换上一副新面貌。有些男人，原先完全信赖自己的妻子或女伴，现在却发现自己心生嫉妒。有些男人自以为在爱情上十分轻浮，现在又找回忠贞不贰了。有些做儿子的，生活在母亲身边却视而不见，现在看到母亲的脸上多一条皱纹，便勾起种种回忆，感到极大不安和悔恨。这种突然的分离无可指责，前景又难以预料，我们不免无所适从，也无所作为，现在只能沉浸在回忆中，整天思念恍若还在眼前的亲人，却已经远在天涯了。事实上，我们要忍受着双重的苦痛，首先是我们内心的痛苦，然后就是在我们的想象中，在外的儿子、妻子或情人的离愁别恨。

如果换成别种环境，我们的同胞就可能找到出路，过一种更加外在的、更活跃的生活。然而，鼠疫一流行，他们就同时空闲下来，只能在死气沉沉的城里打转，日复一日地沉浸在令人沮丧的回忆里，因为他们漫无目的，闲时总是经过同样的街道，而在这么小的城市，这些街道也恰恰是他们昔日跟眼下在外的家人一起走过的地方。

因此，鼠疫给我们的同胞带来的头一种印象，就是流放感。叙述者确信，他在这里可以代表所有人，写下他当时的感受，因为这是他跟许多同胞的共同体验。不错，时刻压在我们心头的这种空虚、真真切切的这种冲动，即非理性地渴望回到过去，或者相反，加快时间的步伐，还有记忆中那些如火辣辣的利箭般的感受，这些正是流放感。有时我们真要胡思乱想起来，乐得等待亲人回家的门铃声，或者上楼梯的熟悉的脚步响，于是这种时候，我们就情愿忘掉火车停运的事实，设法守在家里，等待旅人通常乘坐夜班快车可能回到我们街区的时刻；自不待言，这类游戏不可能持久。到了一定时候，我们总会清醒过来，发现火车不会开到这里了。我们这才明白，我们的分离注定要旷日持久，应该尽量设法打发时间。从这时候起，我们才算回过头来，安于我们这种囚徒般的生活状况，一头扎进我们的过去。我们当中即使有几个人试图生活在未来中，他们也很快就得放弃，至少很快就意识到那样做不可能，他们会体验到想象力最终要给相信未来的人所造成的伤害。

尤其是我们所有同胞很快就舍弃了他们可能养成的习惯，甚至在公共场合，也不再推算他们离别的时间了。这是何故呢？只因最悲观的人确定分别的时间，比如半年。他们事先就尝尽了这六个月的离别之苦，好不容易攒足了勇气，准备好经受这场考验，绝不会软弱，拼尽全身最后的气力，也要顶住这么漫长时日的煎熬。讵料，有时会遇见一位朋友，会在报上看到一则公告，头脑里瞬间产生一点怀疑，或者突然一亮，便让他们萌生这样的念头：归根结底，确定疫病流行不会超过六个月，这并没有什么根据，也许要拖上一年，或者更长时间。

这时，他们的勇气、意志和忍耐力，就会轰然坍塌，他们觉得掉进这深洞，再也不可能爬上去了。结果他们势必强制自己，再也不去考虑他们终将解脱的日期，再也不面向未来，可以说一直低垂着眼睛过日子了。不过，这样谨慎的态度，这种跟痛苦耍滑头、高挂免战牌的做法，自然是得不偿失。他们不惜一切代价也要避免这场精神崩溃的同时，实际上也就舍弃了十分常见的时机，不能躲进将来同家人团聚的欢乐景象中而忘掉鼠疫。他们就是这样，跌落在顶峰和深渊之间，上不上下不下，飘浮在那里，哪儿像活着，只是一天天毫无方向地混日子，沉湎于枯燥乏味的回忆，形同漂泊的幽灵，想要汲取点力量，也只能接受扎根在痛苦的土壤里了。

因此，他们感受着所有囚徒和所有流放者的极痛深悲，仅仅靠一种毫无用处的记忆活着。就连这个他们不断思念的过去，也只有悔恨的味道了。他们也确实很想往这过去中添加些什么，添加上他们现在期盼的男人或女人当初在一起时，悔不该能做到而未做的一切——同样，无论在什么状况下，甚至在他们的囚徒生活相对好过的时候，他们也总把离家的亲人扯进来，而他们当时的处境总不能让他们满意。我们对现时丧失耐心，又敌视过去，放弃未来，活似受人世间法律或仇恨的制裁，过着铁窗生活的人。最终，想要摆脱这种无法忍受的休闲，唯一的办法，就是在想象的空间，重新开动火车，让顽固保持沉默的门铃每小时都重复鸣响。

即使是流放，在大多数情况下，那也是流放自家中。而叙述者体会到的，虽然只是全城居民的流放，他也不应该忘记像记者朗贝尔或其他一些人，他们则相反，离别的痛苦还要变本加厉，只因他们在旅行中意外遭遇鼠疫而滞留在这座城中，既远离难以相见的亲人，又远离自己的家乡。在通常的流放中，他们是最深度的流放，因为，他们固然同所有人一样，为拖长的时间而惶惶不安，但同时还牵挂着空间，他们落难在疫区，要眺望遥远的家乡，就不断撞到相阻隔的一道道高墙。每天无论什么时候，我们看到在尘土飞扬的城中游荡的人，无疑正是他们：那是他们在默默呼唤唯独他们才熟悉的黄昏，以及他们家乡的清晨。于是，燕子的飞翔、暮晚的露水，或者太阳时而遗忘在冷清街道上的几抹光线，诸如此类的难以捉摸的征象、令人困惑不解的信息，都在供养着他们的思乡病。这个总能为人解困的外部世界，他们却闭眼不看，固执地耽于他们那些过分逼真的幻景，竭尽全力追寻一片故土的景象：某种形态的光束、两三座山峦、钟爱的树木和女子的面容，凡此种种所构成的一种环境，在他们看来是任何东西都取代不了的。

最后，还要特意谈谈情侣们，这是最有意思的话题，由叙述者来讲讲，也许更为适合。情侣们还得受其他许多忧虑的折磨，必须指出其中一种便是自责。他们落到这种境况，的确能以一种更加强烈的客观态度，审视自己的情感了。在这种境况里，他们还看不出自己的缺点，这种现象恐怕少之又少。他们想要凭想象准确地勾画出暌违的情人的举止行为，却感到难以如愿，从而第一次有了机会发现自己的缺点。他们不由得哀叹，自己竟然对情人的时间安排不甚了了；他们责备自己多么轻率，忽视去了解，佯装相信对一个恋人来说，知晓心上人时间安排并不是所有快乐的源泉。正是从这时候起，他们才能很容易地回顾自己的爱情，并审查其中的不足。在平时，不管有意识还是无意识，我们人人都懂得，没有什么爱情是不可自我超越的，然而，我们却情愿让爱情停留在平庸的状态，还或多或少心安理得。可是，在回忆中，要求就更高了。我们遭受的这场无妄之灾袭击全城，后果十分严重，不仅给我们带来一种不公正的、本可以令我们愤慨的痛苦，而且还怂恿我们自寻烦恼，从而诱使我们甘心接受痛苦。转移人们注意力并把水搅浑，这正是瘟疫肆虐的一种方式。

如此一来，人人都得单独面对苍天，一天一天混日子。这种普遍的消沉，久而久之就可能磨砺人的性格，但是眼下却开始让人变得目光短浅了。譬如说，我们有些同胞就干脆屈从于另一种奴役，甘受晴天和雨天的支配。看那样子，他们似乎第一次直接受到当时天气的影响。金色的阳光寻常的一次光顾，就让他们兴高采烈，可是一碰到下雨天，他们的脸上和思想上也都阴云密布了。几周之前，他们还能避免这种软弱的表现，不至于这样不理智地受制于天气，因为那时候，他们不是单独面对这个世界，而且在一定程度上，和他们一起生活的人置身于他们的天地的前面。反之，从这一刻起，他们显然听任变幻无常的老天的摆布了，也就是说，他们无论伤心痛苦，还是心存希望，都没有来由了。

处于这种极度孤寂的境地，最终谁也不指望邻居来相助，每人都独守自己的忧虑。我们当中如果偶然有人想交交心，或者谈一谈自己的感受，那么对方无论如何回应，大多时候总要伤害他。于是他发觉对方和他所讲的风马牛不相及。他所表达的，确是他多日思虑和苦楚的由衷之言，他想要传递的形象，也是在等待和情欲之火上长时间炖出来的。对方则相反，想象这是一种常见的激情、市场上叫卖的痛苦、系列化的忧伤。对方不管出于善意还是恶意，应答的话总是显得虚假，这样的交谈还是放弃为好。或者，至少那些忍受不了沉默的人应该如此，而其他人，既然找不到真正的心灵语言，他们就不得不退而求其次，采纳市场的语言，说话也模仿那些老生常谈，模仿那种普通关系和社会新闻的风格，差不多就是每天新闻了。在这方面也同样，切肤之痛往往用谈话中的陈词滥调来表达了。唯有付出这种代价，鼠疫的囚徒们才可能博得门房的同情，或者引起他们听众的兴趣。

然而，还有最重要的一点，这些流放者的焦虑不管多么痛苦，空虚的心不管多么沉重，仍可以说在鼠疫流行的初期，他们是幸运者。就在民众开始惊慌失措的时候，这些流放者的心思确实完全转向了他们等待的人。在全城居民遭难之际，他们却受到了爱情的自私心理的保护，即使想到鼠疫，也仅仅限于这场瘟疫有可能把他们的离别变成永诀。这样一来，他们就给瘟疫的核心地点带来一种有益于健康的分心，被人视为冷静应对的态度。他们本已绝望，反倒不会惊慌失措了：他们的不幸也有益处。譬如说，他们当中如有人被疫病夺走性命，那也几乎总是在不知不觉中走完生命的历程。他在心里长时间跟一个幻影交谈，从这种谈话中抽出身来，也没有过渡，就直接投入大地的极厚重的沉寂中。任何感受他都来不及体验了。

二

这种流放突如其来，正当我们的同胞设法适应时，鼠疫却给城门上了岗哨，迫使驶向奥兰的船只中途改变航向。自从封城以来，没有一辆车驶入城里。而且从那天起，在大家的印象里，汽车都开始兜圈子了。站在地势高的林荫大道上眺望，也觉得港口呈现一种奇特的景象。往常那么繁忙，成为沿海首屈一指的港口，猛然间萧索冷清了。接受隔离检疫的几艘轮船还停泊在那里，但是码头上大吊车已经闲置，翻斗车都侧翻在轻便轨道上，酒桶和麻袋零散地堆着，无处不表明贸易也因鼠疫而瘫痪了。

这些非同寻常的景象即使呈现在面前，我们的同胞似乎也很难理解灾难临头了。固然有分离和恐惧这样共通的感觉，但是，大家还继续把个人的忧虑放在首位。大多数人对打破自己的习惯，或者损害自己的利益的事尤为敏感。他们对此会生气，甚至恼火，可是，这种情绪对抗不了鼠疫。譬如说，他们头一个反应就是谴责当局。报纸刊登了这类批评（“难道不能考虑放宽一点所采取的措施吗？”），省长的答复相当出人意料。此前，无论报社还是朗斯多克情报所，哪家也没有收到过官方关于疾病的统计数据。现在，省长每天都向情报所提供统计数据，由该所每周发布一次。

即使如此，也没有立即引起公众的反应。鼠疫流行第三周，公布死亡人数为三百零二人，确也没有让人产生什么联想。一方面，也许这些人并不全死于鼠疫；另一方面，城里居民谁也不了解平常每周的死亡人数。全城有二十万居民。大家都不清楚这种死亡率是否正常。正是这种精确的数字，从来也没有人关心，尽管数字所表明的意义非常明显。也可以说，公众缺乏的是比较的基点。只有时间一长，目睹死亡人数不断增加，公众舆论才能认识事实。果然，第五周死亡三百二十一人，第六周又升至三百四十五人。至少数字增长颇有说服力，但是增长的幅度还不够大，我们的同胞在不安的情绪当中，仍保持原来的印象，觉得这无疑是个严重事件，但也只是暂时现象。

正因为如此，他们照常逛大街，在露天座上泡咖啡馆。总体说来，他们并不是胆小鬼，在谈话中，哀叹的时候少，开玩笑的时候多，装出满不在乎的样子，开朗地接受显然是暂时的不便。总算保住了体面。然而，到了月底，差不多就在那个祈祷周（下文还要谈及），我们城市的面貌则发生了更为重大的变化。首先，车辆交通和食品供应，省长采取了限制措施：食品供应限量，汽油实行配给制，甚至还要求全市节约用电。只有生活必需品，才由陆路和空运运达奥兰。这样，行驶的车辆眼见日益减少，直到可以忽略不计了。豪华商店随时都会关门歇业，而其他商店的橱窗里，也挂出了无货的告示，但是顾客照样在门前排着长队。

就这样，奥兰城换上一副奇特的面貌。步行的人数激增，即使在低谷时间，也有许多人因商店休业或因办事处关门而无事可干，都拥上大街，挤进咖啡馆。眼下，他们还没有失业，而是休假。譬如说，将近下午三点钟，奥兰天清气朗，给人一种欢庆节日的假象：全城车辆暂停通行，商店关门，以便保证群众的游行队伍畅行无阻，居民拥上街头参加狂欢。

电影院当然不会放过这一全民放假的好时机，生意十分红火。只可惜，影片在全省停止周转。两周之后，各家影院只好交换影片放映。再过一段时间，电影院最终就反复放映同一部影片了。可是门票收入并未减少。

最后再说咖啡馆，多亏这是一座酒业贸易居首位的城市，拥有大批库存货物，咖啡馆可以敞开供应顾客。老实说，大家的酒量大增。一家咖啡馆贴出这样的广告："葡萄美酒能灭菌"。烈性酒能预防传染病的这种思想，大家已经觉得很自然了，公众舆论现在就更加坚信不疑了。每天深夜两点钟，大批大批的醉鬼从咖啡馆里清出来，满街全是，他们在街头传播乐观的言论。

不过，所有这些变化，在一定意义上都异乎寻常，而且形成得那么迅疾，不容易让人视为正常和持久的现象。结果我们还一如既往，将个人的情感置于首位。

关闭城门两天之后，里厄正从医院出来，不期遇见科塔尔。科塔尔扬脸迎上去，一副心满意足的神气。里厄祝贺他好气色。

"是啊，身体完全好了，"矮个儿男人说道，"请您告诉我，大夫，这该死的鼠疫，嗯！这还真开始成气候了。"

大夫承认是这样，对方颇为庆幸地说道："这场鼠疫没什么理由现在就停止。看来全都得乱套了。"

他们俩一道走了一会儿。科塔尔讲述他那街区有家大食品杂货店，囤积了大量食品，准备卖高价，来人接这个老板要送医院时，发现他的床下堆满了罐头食品。"他死在医院里了。鼠疫嘛，可不会付钱。"科塔尔满脑子故事，有真的也有假的，无不涉及鼠疫。例如，据说有一天早晨，在市中心，一个男人显出了感染鼠疫的症状，他犯了病，胡言乱语，一头闯到街上，碰见一个女人便一把搂住，叫嚷说他患上了鼠疫。

"好哇，"科塔尔指出，他那亲热的语调同他讲的事实很不协调，"可以肯定，我们全都得发疯啦！"

当天下午，约瑟夫·格朗也同样，最终向里厄大夫讲了心里话。他看到摆在写字台上的里厄太太的照片，又瞧了瞧大夫。里厄回答说，他妻子去了外地治病。"从一定意义上讲，"格朗说道，"这也是一种运气。”大夫回应说，这当然是一种运气，但愿他妻子能够康复。

“嗯！”格朗说道，“我理解。”

自从里厄认识他以来，这是头一次听到他侃侃而谈。他尽管仍然考虑用词，但几乎总能找到合适的词语，说出来的话好像他早已深思熟虑。

他年纪轻轻，就同一个穷苦邻家的姑娘结了婚。他为了结婚，甚至辍了学，找了一份工作。无论雅娜还是格朗，都从未走出他们的街区。他到家里去看她，而雅娜的父母有点笑话这个沉默寡言而又笨拙的求婚者。雅娜父亲是铁路工人，他休息的时候，总是坐在窗口的一个角落，两只大手掌平放在大腿上，若有所思地观望街上的人来车往。母亲总在忙家务活，雅娜当帮手。雅娜身形那么瘦小，格朗看见她穿行马路时，心里总是惴惴不安。来往车辆在他看来都大得要命。有一天，在一家圣诞节礼品店前，雅娜望着橱窗艳羡不已，身子朝他往后一仰，说道：“真好看呀！”格朗握住她的手腕。他们俩就这样定了终身。

这个故事后来的情况，据格朗说就很简单了。跟所有人一样：二人结了婚，还有点相爱。格朗有了工作，工作特别忙，也就把爱情置于脑后。雅娜也得干活，因为办公室主任并没有履行诺言。讲到这里，必须有点想象力，才能明白格朗所讲的意思。工作一累，他回家就随随便便了，越来越沉默寡言，没有支持他年轻的妻子维系他还爱她的念头。一个工作忙碌的男人，家境贫苦，前程逐渐渺茫，坐在晚饭桌边一句话没有，在这样一个小天地里，就没有激情欲火的位置。也许，雅娜内心已经苦不堪言，然而，她还是留下来：人有时会长期忍受痛苦而不觉得。一年一年这样过去。后来，她走了，当然不是独自一人走的。“当初我很爱你，但是现在我累了……我也不是高高兴兴离开，但是，不见得非需要幸福才重新开始。”雅娜给他写了信，内容大致如此。

随后，就轮到约瑟夫·格朗痛苦了。他也本可以重新开始，里厄就向他指出了这一点。可是没办法，他就是不自信。

不过，格朗还一直思念雅娜。他很想做的事，就是给雅娜写一封信，为自己辩解。“然而，下笔很难，”他说道，“我想了很久了。只要还相爱，我们不说话相互也理解。可是，人并不总相爱。到了一定时候，我本应该想出适当的话语留住她，可惜没有做到。”格朗用方格子手帕擤了擤鼻涕，接着又擦了擦胡须。里厄一直注视他。

“请原谅，大夫，”这位老兄说道，“可是，怎么讲呢？……我信得过您，和您在一起，我还能说一说。不过一说话，我就爱激动。”

显而易见，格朗的神思，从这闹鼠疫之地飞出去十万八千里。

傍晚，里厄给妻子发了一份电报，说全城封闭，他身体很好，她应该继续注意疗养，他想念她。

封城三周后，里厄刚走出医院就见到一个等候他的年轻人。

“想必您还能认出我来。”

里厄看他似曾相识，但还有些迟疑。

“在这些事件爆发之前，”对方又说道，“我来拜访过，向您了解阿拉伯人的生活条件。我名叫雷蒙·朗贝尔。”

“嗯！对呀，”里厄说道，“怎么样，现在您可有报道的好题材了。”

对方的情绪却有点烦躁。他说不是为这事来的，这次是想请里厄大夫帮个忙。

“实在抱歉，”他补充道，“我来到这座城市，一个人也不认识，而我们报社在这里的通讯员，可惜又是个笨蛋。”

里厄提议一道去市中心一家诊所一趟，他有些事情要交代。他们下行穿过黑人街区的小街。将近黄昏时分，从前这个时辰，市里那么喧闹，现在却冷清得出奇。军号数声，冲上还布满金色霞光的天空，无非表明军人还有模有样在尽职。街道陡峭，两侧排列着摩尔式房舍的蓝色、赭石色和紫色的墙壁，工人顺坡而下，朗贝尔说话过程中，情绪很激动。他的妻子留在巴黎，老实说，还算不上他妻子，但也是一码事。刚一封城，他就给妻子发去了电报。起初他以为，这不过是一个突发事件，只是设法跟她联系。他在奥兰的同行们都告诉他，他们谁都无能为力。邮局一句话就把他打发走，省政府的一名女秘书还对他嗤之以鼻。他排队足足等了两小时，才得以发一份电报，仅仅写上:“一切均好，不久见。”

然而，今天早晨一起床，他突然萌生这个念头：说到底，他终究不知道这情况会延续多久，于是决定离开。由于他是被推荐来的（干他这行的有种种便利），因此，他够得上省政府办公室主任，对主任说他和奥兰没有关系，他留在这儿也不是个事儿，他来到此地也纯属偶然，理应准许他离开，哪怕一旦出去，要他接受隔离检疫。主任对他说完全理解，但是谁也不能破例，还得等着瞧，但是总体来说，形势很严峻，现在什么也决定不了。

“可是，不管怎么着，”朗贝尔争辩道，“我不是本城居民，是外乡人啊。”

“当然了，不过，说来说去，我们还得盼望瘟疫不要久拖下去。”

最后，主任还试图劝慰朗贝尔，让他也要注意到，他在奥兰能发现一篇有趣报道的题材，如果全面考虑，任何变故都有好的一面。说到这里，朗贝尔耸了耸肩膀。这时，他们走到了市中心。

“这实在愚蠢，大夫，您能理解。我不是为了写报道才生在世上的。我生在这世上，也许是为了和一个女人一起生活。难道这不合情合理吗？”

里厄则说不管怎样，这听起来倒合乎情理。

在市中心的林荫大道上，已不见往常那样熙熙攘攘的人群。只有寥寥几个行人，匆匆忙忙走向远处的住所。谁的脸上也没有一丝笑容。里厄心想，这是当天朗斯多克情报所发布通告的结果。过了一天一夜，我们的同胞就能重新燃起希望。可是当天，这些数字在头脑里还是太清晰了。

“这是因为，”朗贝尔又突兀地说道，“她和我相识不久，而我们又情投意合。”

里厄没有接话。

“看来我打扰您了，”朗贝尔又说道，“我只是想问问您，能否给我开一份证明，确诊我没有感染上这种可恶的病症。我认为这也许能帮上我的忙。”

里厄点了点头，他接住跌向他两腿间的一个小男孩，轻轻扶他站稳。二人接着往前走，到了阅兵场。一圈榕树和棕榈树，垂下的树枝纹丝不动，挂满了灰尘，一片暗灰色；围在中央的一尊共和国雕像，也灰头土脸，脏兮兮的。二人在雕像下站住。里厄一只接着一只跺着脚，要震掉蒙在鞋面上的一层白灰。他瞧了瞧朗贝尔，只见记者戴的毡帽略微滑向脑后，扎着领带的衬衣扣子都解开了，脸上的胡子没有刮干净，一副执拗而赌气的神情。

“您要相信，您的心情我理解，”里厄最后说道，“不过，您讲的理由没有什么说服力。我不能给您开这份证明，因为事实上，我并不知道您是否感染上这种病症，还因为，即使您还没有感染上，我也无法证明您出了我的诊所，直到您走进省政府这段时间，就不会受到感染。况且，即使……”

“况且，即使？”朗贝尔问道。

“况且，即使我给您开了这份证明，您也未必用得上。”

“为什么？”

“就因为在这座城市里，像您这种情况的有数千人，然而，不可能都放他们出城。”

“如果他们本身没有感染上鼠疫呢？”

“这种理由不充分。我知道，这场变故很荒谬，但是涉及我们所有人。那就得既来之，则安之。”

“可我又不是这儿的人！”

“唉，从现在开始，您同大家一样，就是这里的人了。”

对方不免恼火了。

“这是个人道的问题，我敢向您发誓。也许您还体会不了，两个情投意合的人就这样分离意味着什么。”

里厄没有立即应声。继而，他说自认为体会到了。他竭尽全力渴望朗贝尔同他的妻子团圆，渴望天下有情人都能相聚，但是，还有政令和法律，还有鼠疫，他的职责所在。他要做他应做的事情。

“不对，”朗贝尔痛楚地说道，“您理解不了。您满口大道理，是在抽象概念中打圈子。”

大夫抬起双眼，望着共和国雕像，说他并不知道自己讲的是不是大道理，但他讲的是明显的事实，这两者不见得非是一码事。记者正了正他的领带：

“这么说，我就得另作打算了吧？瞧着吧，”他带着一种挑战的口吻又说道，“我一定得离开这座城市。”

大夫说他仍能理解，但是这就与他无关了。

“哎！这事同您有关系，”朗贝尔突然嚷起来，“我来找您，就因为在这些决策中，您起了很大作用。于是我就想到，您促成的决定，至少您可以破一次例吧。可是您什么也听不进去。您不考虑任何人。您根本就不管相离的人。”

里厄承认，在一定意义上，的确如此，当时他不愿意考虑这些。

“嗯！我明白了，”朗贝尔说道，“您要说公共服务了。然而，公共利益是由个人幸福构成的。”

“好了，”大夫仿佛思想溜了号，回过神儿来说道，“见仁见智，不必判断孰是孰非。真的，您不该发火。假如您能摆脱这种困境，我会由衷地感到高兴。只是有些事情，职责不允许我去做。”

对方不耐烦地点了点头。

“是啊，我不该发火。我这样也耽误了您好多时间。”

里厄请他不要记恨，今后会把活动的情况告诉他。肯定在某一方面，他们能够走到一起。突然间，朗贝尔显得困惑了。

“这一点我相信，”他沉吟一下，又说道，“我相信都是不由自主的，也不管您对我说的这些话。”

他迟疑了一下：

“不过，我不能赞同您的做法。”

他往前额拉了拉毡帽，快步走开了。里厄看着他走进让·塔鲁所住的旅馆。

望了一会儿，大夫摇了摇头。这个记者这么急切地追求幸福，自有他的道理。然而，朗贝尔指责他，有他的道理吗？“您生活在抽象概念中。”在他的医院里，鼠疫的胃口倍增，平均每周要夺走五百人的生命，而他在医院里度过的这些日子，难道真是抽象概念吗？固然，在灾难中，确实有抽象和不现实的成分。可是，当抽象概念开始要你命的时候，势必就得认真对付这种抽象概念了。而里厄仅仅知道，这并不是轻而易举的事。譬如说，他负责这所附属医院（这种医院已有三所），领导起来就不容易。诊室对面的一间屋，他已改成患者接收室。室内挖了一个盛满消毒水的池子，池子正中用砖砌起来一座小平台。患者先抬到平台上，全身迅速脱光，衣服全投进池子里。患者全身洗净擦干，换上医院的粗布衬衫，再送到里厄的诊室治疗，然后才住进病房。一所学校的防雨操场也不得不利用起来，总共能容纳五百张病床，现在几乎全住满了。每天上午，里厄亲自主持接纳病人入院，给病人接种疫苗，切除腹股沟淋巴结肿块，再核实一遍入院病人的统计数字，下午再回来诊治患者。直到晚上，他才能出诊，回到家中已是深夜了。昨天夜里，母亲将儿媳的电报交给里厄时，她发现做大夫的儿子双手发抖。

“是的，”里厄说道，“不过，坚持下去，我就不会这么紧张了。”

里厄身体健壮，能吃苦耐劳。其实，他还没有感到疲倦。不过，有些头痛的事，例如出诊，就变得让他难以忍受了。确诊疫病发烧，就意味着必须尽快移走病人。于是，确实就开始了抽象的难题，因为患者家属知道，只有等痊愈或者死掉，才能再见面了。“行行好吧，大夫！”洛雷太太央求道！她就是塔鲁下榻的那家旅馆清扫女工的母亲。这话是什么意思？他当然有怜悯之心。可是，这样对任何人都没有益处。必须打电话。很快就传来救护车的铃声。起初，邻居们还打开窗户瞧一瞧。后来，他们就急急忙忙关上窗户了。于是，就开始了抗争，哭天抹泪，劝说，总之进入抽象环节。这些人家因高烧和焦虑而成为火药库，上演了一幕幕疯狂的场面。最终病人还是被拉走。里厄这才可以离去。

最初几次，里厄只是打电话通知，不等救护车开到，就奔向别的病人家。可是大夫一走，家人就关上房门，他们宁肯同鼠疫相厮守，也不愿和患病的亲人分离，现已知道分离的结果是什么了。喊叫，勒令，警察介入，接着动用武力，破门掳走病人。在头几周里，里厄只好留下来，一直等到救护车开到。后来，每位医生出诊时，就由一名志愿督察陪同，里厄就得以从一个患者家庭赶到另一个患者家庭。但是，最初那段时间，每天晚上都像今天晚上这样，他走进洛雷太太的家门，只见小套间装饰着扇子和假花。患者的母亲接待他，强颜一笑对他说道：

“但愿不是大家谈论的那种高烧。”

里厄掀起被子和衬衫，默默观察病人腹部和大腿上的红斑。那是肿大的淋巴结。母亲看着两腿之间的情景，不由得惊叫起来。天天晚上如此，母亲面对子女腹部呈现的所有致命的症状，无不失魂落魄，大声呼号；天天晚上如此，多少手臂揪住里厄的胳臂，徒费多少唇舌，接连许诺，接连哭泣；天天晚上如此，救护车的叮当铃声引起歇斯底里的发作，而这种发作跟所有痛苦一样，全都于事无补。天天晚上总这样千篇一律，经过这段长时间的出诊之后，里厄也不抱任何期望了，只能面对长长系列无休无止更新的相同场景。不错，鼠疫，作为抽象概念，实在单调得很。发生变化的也许只有一件事物，那就是里厄本身。那天傍晚，在共和国雕像脚下，里厄就有了这种感觉，他一直望着朗贝尔走进去的旅馆的正门，心里仅仅意识到艰难的冷漠开始充塞他的头脑。

在这过劳的几周之后，在这全城人拥上街头兜圈子的所有暮晚之后，里厄方始憬悟，他无须再抵御怜悯之心了。当怜悯成为无用之物时，大家就都鄙弃了。大夫在这些疲惫不堪的日子，在这颗慢慢封闭的心灵的感受中，找到了唯一的安慰。他知道自己的任务会因此而轻松些。这就是为什么他很欣慰。母亲等到凌晨两点钟才见他回家，还用茫然的目光注视她，她心里不禁难过，而她叹息的，恰恰是里厄当时可能收到的唯一宽慰。要同抽象概念做斗争，就必须有几分相像的样子。但是，这怎么可能触动朗贝尔呢？对朗贝尔而言，抽象概念就是一切与他的幸福相对立的东西。里厄也知道，从某种意义上讲，这位记者并没有错。但是他同样知道，抽象概念有时比幸福更为强势，在这种时候，也仅仅在这种时候，就一定得予以重视。这正是要在朗贝尔身上所发生的情况，后来朗贝尔也向他交了心，他才得以了解详情。里厄就是这样，在一个新的层面上，关注着每个人的幸福与鼠疫的抽象概念之间沉闷的斗争，而正是这种斗争，在这个漫长的时期，构成了我们城市的全部生活。

三

不过，这些人视为抽象概念，另一些人则看作真实情况。鼠疫流行的头一个月，到了月底，由于疫情明显反弹，又由于帕纳卢神父作了一次情绪激昂的讲道，形势的确阴云密布了。帕纳卢神父，就是救助过刚患病的门房米歇尔老头的那位耶稣会会士，他以经常在奥兰地理学会的简报上撰文而闻名，又是学会里碑铭复原工作的权威。他还以现代个人主义为题，作了一系列讲座，因而比一位专家拥有更广泛的听众。他在讲座中，热忱捍卫天主教的一种严格教义：这种教义既远离现代的放纵生活，也远离旧时代流行了几个世纪的愚昧主义。他面对听众的时候，总是无所顾忌，讲出严酷的事实。因此，他也声名远扬。

且说这个月的月底，本市教会当局决定，要以他们特有的方式同鼠疫斗争，组织一周的集体祈祷。这种公众的宗教活动，最后于礼拜天奉行一场隆重的弥撒来收尾，以祈求曾感染上鼠疫的圣徒圣罗克[①]

① 圣罗克（Saint Roch，约1295—约1327），生于法国南方城市蒙彼利埃，据传他在前往罗马朝圣途中，治好了鼠疫患者。后感染上疫病，便独自待在森林里，一位天使来给他治疗，一条狗给他送面包，终于痊愈。十五世纪出现许多圣罗克善会，以示对他的崇拜。

来保佑。帕纳卢神父应邀在活动期间布道。他对奥古斯丁和非洲教会的研究独具匠心，在修会中占有特殊地位。这半个月以来，帕纳卢神父不得不撂下自己的研究工作。他天性热情洋溢，毅然决然地接受了这一使命。早在这场布道之前，城里就议论开了，而在这个时期的历史中，他的布道也以其特有的方式，标志了一个重要日期。

许多人参加了祈祷周，这并不表明奥兰的居民平时都格外虔诚。譬如说，礼拜天上午，海水浴就同弥撒进行激烈的竞争。这同样也不表明他们受到神明启迪，突然皈依了宗教。须知一方面，既封城又封港，不可能再去海滩游泳了；另一方面，他们的思想，正处于一种极其特殊的状态：他们从内心深处不肯接受这种打击他们的突发事件，但同时又明显感到发生了什么变化。不过，许多人还一直抱有希望，瘟疫会很快停止，他们和家人能幸免于难。因此，他们还感觉不到必须如何如何。在他们看来，鼠疫纯粹是个不速之客，既然来了，总有一天要走的。他们害怕归害怕，但是并不绝望：时候还没有到，他们不该把鼠疫视为他们的生活方式，还没有忘记鼠疫之前他们所能过的日子。总而言之，他们还在期盼。他们对待宗教也像对待其他许多问题一样，鼠疫赋予他们一种特殊的思维方式，既不冷漠，也无激情，可以用“客观”一词来界定。参加祈祷的人，大多数都认可一名信徒在里厄大夫面前讲的话：“不管怎么说，这也不可能有什么害处。”这就是个很好的例子。就连塔鲁本人也在笔记中记下，在类似的情况下，中国人就敲锣打鼓送瘟神，然后他也指出，根本就不可能知道事实上，鼓声是否比预防措施更有效。接着，他仅仅补充这样一句：必须弄清楚是否存在瘟神，这个问题才能迎刃而解，而我们在这方面无知，有多少见解也都是无稽之谈。

不管怎样，在祈祷周期间，本市大教堂信众几乎总是座无虚席。起初几天，许多居民还停留在大教堂门廊前的棕榈园和石榴园里，聆听一直涌上街头的祝圣和祈祷的声浪。逐渐有人带了头，外面的听众才决定进去，怯怯的声音掺进了全场应答轮唱的颂歌中。而这个礼拜天，大批民众蜂拥而入，大教堂正殿满了，都排到了门前的台阶和广场上。前一天就开始乌云满天，雨下得很大，站在外面的人都张开了雨伞。帕纳卢神父登上讲坛的时候，教堂里飘散着焚香和湿衣服的气味。

帕纳卢神父中等身材，但是很敦实。他两只大手抓住木栏，俯依在讲坛前沿，只能看到他那厚实的黑色形体，顶着满面红光的脸颊，戴着一副钢丝边眼镜。他的嗓音洪亮，充满激情，能传出去很远，一上来就抛出一句激烈的话，铿锵有力地抨击全体听众："弟兄们，你们在受苦受难。弟兄们，你们这是咎由自取。"全场一阵骚动，一直波及广场上的人。

他接下来说的话，从逻辑上看，似乎同他这句悲愤的开场白并无紧密关系。可是他的演说越往下听，我们的同胞才越明白，神父演说的方法巧妙，仿佛猛然一击，和盘托出他这场讲道的主题。果然，帕纳卢抛出了这句话，紧接着就引述《出埃及记》中有关埃及发生鼠疫的段落，并且说道："这种灾难在历史上头一次出现，就是要打击上帝的敌人。法老违抗天意，于是鼠疫就迫使他屈膝。有史以来，上帝降以灾难，让那些狂妄者和盲目者都匍匐在他的脚下。"

外面的雨更狂了，在急雨噼啪敲窗的声音而突显的绝对肃静中，神父讲出最后这句话，声音极其响亮，有几名听众略微犹豫一下，便不由自主地滑下座椅，跪到跪凳上。其他一些人以为应当效仿，结果陆陆续续，不大工夫全场听众都跪下了，寂静中只听见几张椅子的吱嘎声响。这时，帕纳卢神父又挺起身子，深吸一口气，调门越来越高，继续说道："如果说今天，鼠疫降临你们头上，就是因为反思的时刻到了。义人自不必恐惧，而恶人却理应颤抖。世界好似无比巨大的麦场，灾难如同连枷，无情地击打人类这片麦子，直到麦粒脱离麦秸。麦秸要多于麦粒，被召去的人也要多于上帝的选民，而这场灾难并不是上帝的初衷。这个世界同邪恶妥协时间太久了，这个世界依赖上天的宽容时间也太久了。只要痛悔一下，就可以为所欲为。要表示痛悔，人人都觉得游刃有余。时候一到，肯定就会有悔恨的感觉。不过，在那之前，最简便的做法就是放任自流，余下的事就由仁慈的上帝去处理了。要知道，这种状况不能持续下去了。上帝那张慈悲的面孔，太久太久俯视这座城市的居民，等得厌倦了，他那永恒的希望化为失望，已经移开了目光。我们失去了上帝的光明，就这样长期陷入鼠疫的黑暗啦！”

大堂里有人像急躁的马那样，打了一声鼻息。神父停顿了一下，放低声调接着说道：“《圣徒传》[①]上能看到这样一段话：在亨伯特国王[②]统治伦巴第[③]的时期，意大利遭受鼠疫的大浩劫，幸免于难者少得可怜，仅仅够埋葬死者的。鼠疫肆虐最凶的地方，当属罗马和帕维亚。一个善良的天使显形了，他命令恶神手持狩猎的长矛，去敲击各家各户，每家挨几下敲击，就要抬出多少死人。”

帕纳卢说到此处，伸出两只短粗的手臂，指着教堂前广场的方向，仿佛让人透过摇曳的雨幕看什么东西，他用力朗声说道：“弟兄们，如今在我们街道上奔跑的，是同样死亡的追猎。你们瞧啊，这个鼠疫的瘟神，他像撒旦那样漂亮，像疫病本身那样闪光，就停在你们的屋顶上方，右手执红色猎矛，抬起有他的头那么高，左手指着你们哪家的房舍。此时此刻，他的手指也许正指向您家的房门，长矛击打着房门的木板；此时此刻，鼠疫瘟神走进您的家，坐到您的房间里，等待您回去。瘟神守在那里，耐心等待，十分专注，就像人世的秩序那样胸有成竹。他那只手要朝你们伸去，世间任何力量，即使人类的科学，你们要记清，即使人类的科学也无济于事，无法使你们免遭打击。你们将在血淋淋的痛苦的打麦场上，被打得血肉横飞，最终连同麦秸一起被抛弃。”

神父讲到此处，越发展现这场灾难的悲惨景象。他又提起那根在城池上空盘旋的长矛，随意打击，落下又起来时血淋淋的，总之将鲜

---

① 《圣徒传》，意大利圣徒传记作家雅克·德·沃拉金（Jacques de Voragine，约1228—1298）的著作。

② 即亨伯特一世（Humbert，？—约1048），意大利萨伏依伯爵，萨伏依王朝的创立者。

③ 伦巴第，意大利北部地区，当时的首府为帕维亚。

血和痛苦散布开来，“以便播种，准备收获真理”。

这一和谐复合长句讲完之后，帕纳卢神父停了一下，他的头发披散在前额上，浑身颤抖，而双手又将这颤动传给讲台。接着，他的声音低沉下来，但以责备的口吻说道：“是的，反思的时刻到了。你们原以为，只要礼拜天来拜拜天主就够了，其余的日子就可以任性妄为了。你们还曾想，随便跪拜跪拜，就足以救赎你们罪恶的放肆行为。然而，上帝可不是这样不冷不热的。这种若即若离的关系，不足以赢得上帝的无限慈爱。他希望看到你们的时间更长些，这才是他爱你们的方式，老实说，这也是唯一爱的方式。这就是为什么，上帝等你们不来，实在厌倦了，就让灾难来光顾你们，正如有史以来，灾难光顾了所有罪恶深重的城市那样。现在你们懂得了什么是罪孽，正如古代该隐[①]及其儿子们、大洪水之前的人们、所多玛和蛾摩拉[②]两城的居民、法老和约伯，以及所有受到天谴的人，无不懂得了什么是罪孽。自从封城的那一天起，你们就跟灾难一起关在城墙之内，你们也就跟所有上述那些人一样，换了一种新眼光看待人和事物了。现在，你们终于懂得了，必须归到根本上来。”

这时，一股潮湿的风潜入了大堂，大蜡烛的火焰随风偃卧，发出细微的噼啪声响。蜡烛黑烟、咳嗽和喷嚏的浓烈气味，直朝帕纳卢神父的面门升腾。神父讲道巧发奇中，备受听众赞赏，他又以平静的声调说道：“你们当中许多人，我也知道，心里正在琢磨我这样讲是何用意。我就是想要你们认识真实情况，要你们尽管听了我讲的这番话，也会感到庆幸。进行劝导，伸出友爱之手，靠这种办法督促你们向善已经过时了。今天，真实情况就是一道命令。而救赎之路，现在就由红色长矛向你们指明，并且推动你们上路。我的弟兄们，上帝的仁慈

---

① 该隐（Cain），《圣经·旧约》中人物，亚当和夏娃的长子，他出于嫉妒，害死弟弟亚伯。耶和华因此将他赶出伊甸园，并诅咒他的子孙。

② 据《圣经·旧约》记载，约旦河谷地的两座古城，所多玛和蛾摩拉因民风淫乱，被天火焚毁。

最终就表现在这方面，即赋予一切事物以两面：善与恶，愤怒与怜悯，鼠疫与救赎。就连危害你们的这场灾难，也是对你们的教育，给你们指明道路。

“很久以前，阿比西尼亚[①]的基督教徒，从鼠疫中看出神喻获得永生的一种有效途径。没有感染上疫病的人务求一死，就用患者的被单裹住全身。当然了，这种狂热的救赎不值得提倡，表明急于求成，令人遗憾，近乎自命不凡了。不应当比上帝还要急切，凡是操之过急的行为，违反上帝建立起来的永恒秩序，就必然走向异端。不过，这种例子至少包含着教训，能让更有远见卓识的人独独看出，任何痛苦的深处都蕴藏着这种美妙的永恒之光。永恒之光照亮通往解脱痛苦的朦胧的道路，显示出坚持不懈变恶为善的天意。今天也是一样，永恒之光通过死亡、惶恐和呼号的途径，引导我们走向本原的沉寂和生命的前提。我的弟兄们，这就是我要带给你们的无限慰藉，而你们从这里带走的，不仅仅是谴责你们的话语，也是安抚你们的忠言。”

大家感到帕纳卢神父话已讲完。外面雨也停了。阳光和雨意相交织的天空，向广场洒下更为清新的光芒。街道又响起话语人声、车辆滑行的声音，一座苏醒的城市的全部语言。听众都在轻手轻脚地收拾随身带来的物品，发出隐隐的骚动声响。然而，神父又开口讲话了，他说在阐明鼠疫发自天意，以及这场灾难所包含的惩罚性质之后，作为结束语，如再施展雄辩的口才，去触及如此悲惨的话题，那就太不合时宜了。他认为他所讲的每句话，大家都应该听得明明白白。他只是提醒一点，马赛鼠疫大流行之际，编年史作家马蒂厄·马雷[②]就曾抱怨，自己深陷地狱，那样活着既无救护也无希望。此言差矣！马蒂厄·马雷是个睁眼瞎！与其相反，帕纳卢神父从未像今天这样，感到

---

① 阿比西尼亚（Abyssinie），原为古希腊对埃及以南地区的通称，十三世纪为在埃塞俄比亚地区建立的国家名称。阿比西尼亚是最古老的基督教国家之一。

② 马蒂厄·马雷（Mathieu Marais，1665—1737），法国编年史作家，著有《摄政时期和路易十五统治时期回忆录》。

赐予所有人的这种天助和基督教的希望。他不顾任何希望而期望，我们的同胞尽管经历了这些凄惨的日子，听到了垂死者的哀号，他们仍然向上天表达唯一的话：基督教徒的笃爱。余下的事，上帝自有安排。

四

这场布道，对我们的同胞是否产生了效果，还很难说。预审法官奥通先生就明确对里厄大夫说，他认为帕纳卢神父的陈述“绝对无懈可击”。然而，并不是人人都持如此明确的看法。只不过，一些人听了这场布道，此前一种模糊的想法就清楚多了：他们因为一种莫名的罪过，被判处了一种难以想象的监禁。于是，一些人就接着过他们的小日子，尽量适应这种幽禁的生活；另一些人则相反，此后他们只有一个念头，设法逃出这座监狱。

一开头，大家都接受了与外界隔绝的措施，无论什么麻烦，只要是暂时性的，仅仅打破他们的某些习惯，他们也都会同样接受。可是，他们猛然意识到，这是一种非法监禁，囚禁在夏日开始火热的天空之下，他们隐约感到，这种禁锢威胁到了他们整个生活，因此到了傍晚，他们随着凉爽而恢复了精力，往往就会有绝望之举。

首先，不管是不是巧合，反正从这个礼拜天开始，我们的城市产生一种相当普遍、相当深度的恐惧，能让人看出，我们的同胞真的开始意识到自身的处境了。从这个角度看，我们在城里的生活氛围有些改变了。不过，老实说，究竟是氛围还是心理发生了变化，这倒是问题之所在。

讲道后没过几天，里厄前往城郊街区，跟格朗一路议论这件事，夜幕中撞到一个摇摇晃晃却不往前走的男人。恰好这时，越来越迟点亮的路灯突然亮起来。这两位散步者身后亮亮的路灯，霎时射到那人身上，只见他紧闭双眼，无声地大笑，那张惨白的脸庞上嘴大大咧开，流下豆大的汗珠。他们二人闪身走过去。

“是个疯子。”格朗说道。

里厄刚才抓住他的胳臂拉他走过去，就感到这个职员紧张得发抖。

“过不了多久，我们的城墙里就只有疯子了。”里厄说道。

他身心疲惫，觉得嗓子眼儿发干。

“咱们喝点儿什么吧。”

二人走进一家小咖啡馆，只有柜台上方点亮一盏灯，发红的灯光中空气滞重，不知是何原因，顾客们说话都压低了声音。出乎大夫的意料，格朗在柜台上要了一杯烧酒，一饮而尽，并说他是海量。随后，他就想要出去。到了外面，里厄恍惚觉得夜色中充斥着哀吟。在路灯上方，漆黑天空的某处，隐隐有呼啸之声，让他想起那无形的灾难正持续搅动着暑热的空气。

“幸好，幸好。”格朗说道。

里厄心里揣摩他要表达什么意思。

“幸好，”对方又说道，“我有事儿干。”

“是啊，”里厄附和道，“这样才好。”

里厄决意不再听那呼啸之声，问起格朗事做得是否满意。

“还行，我认为自己走在正道上。”

“您还得干很久吗？”

格朗显得来了精神头儿，声调里渗出烧酒的热度。

“我也不知道。其实，问题不在那儿，那不是问题，不是。”

在昏暗之中，里厄猜想他一定挥舞着手臂。他似乎准备说什么，话突然来到嘴边，便滔滔不绝地讲起来：

“喏，大夫，我希图的就是，有朝一日，我的手稿能交到出版商手上，而出版商看完了，就站起身来，对他的手下人说：‘先生们，脱帽致敬吧！’”

这种表白突如其来，大大出乎里厄的意外。里厄恍若看见他这朋友做出脱帽的动作，手放到头顶，手臂再伸向前方。上空那奇怪的呼啸之声仿佛变本加厉了。

“是的，”格朗说道，“务求完美。”

里厄不大了解文学领域的习俗，但是他却觉得事情不会如此简单，举例来说，出版商在自己的办公室里，恐怕就不会戴着帽子。不过，事实如何，实在很难说，里厄最好不置一词。他又情不自禁，倾听鼠疫的神秘喧声。二人走近了格朗居住的街区，这里地势比较高，微风习习拂面，使他们顿感清爽，也一扫市井的喧闹。这工夫，格朗还不住嘴地讲，而里厄并没有完全听懂这位老兄所讲的内容，只听明白这部作品篇幅已经很多了，作者为求完善，修改润色，冥思苦想，是一个备受煎熬的过程。“多少个夜晚、多少个星期，只为推敲一个词……有时候，就单单一个连词。”说到这里，格朗停住了，他揪住大夫外衣的一颗纽扣，从他牙齿不齐的嘴里，磕磕绊绊挤出这些词语：

“您听明白了，大夫。严格来说，在‘但是’和‘而且’之间选择，还是相当容易。在‘而且’和‘接着’之间斟酌，就已经难些了。碰到‘接着’和‘然后’，难度就更大了。但是最难处理的，肯定就是究竟该不该用‘而且’。”

“是啊，”里厄说道，“我明白。”

说着，里厄又往前走去，格朗一时不知所措，重又跟了上来。

“请原谅，”格朗嗫嚅道，“真不知道今晚我怎么了。”

里厄轻轻拍了拍他的肩膀，对他说很愿意帮忙，而且对他所写的故事也很感兴趣。格朗这才显得略微放心，走到楼门口，他犹豫了一下，接着邀请大夫上去坐坐。里厄接受了。

他们走进餐厅，格朗请他坐到一张桌子前，只见桌子上堆满了手稿，页面字体很小，密布涂改的道道。

“对，就是这个，”格朗看到里厄询问的目光，便说道，“对了，您要喝点儿什么？我还有些葡萄酒。”

里厄谢绝了。他的目光投在手稿上。

“您别看，”格朗说道，“这是我写的第一句话，可让我吃了苦头，吃尽了苦头。”

格朗自己也同样在注视这些所有稿子，他的手似乎不可抗拒地被一页稿子吸引过去。他拿起那页稿子，凑到没安灯罩的电灯近前，照得透过亮来。稿纸在他的手中颤动。里厄注意到这个职员的额头沁出了微汗。

“您坐下吧，”里厄说道，“念给我听听。”

对方看了看他，带几分感激地微微一笑。

“好吧，”格朗说道，“我觉得自己也有这种愿望。”

他又略微等一等，眼睛一直盯着那页稿纸，然后才坐下来。与此同时，里厄也倾听城中一种隐隐的喧声，那似乎在回应鼠疫的呼啸。此时此刻，他的感官异常灵敏，能捕捉到在他脚下延展的这座城市的动静，城池所形成的封闭世界的动静，及其在夜间压抑的凄惨的哀号。格朗低沉的声音传到耳畔：“五月一天明媚的清晨，一位曼妙多姿的女骑士，座下一匹英俊的阿勒桑牝马，奔驰在布洛涅森林公园[①]的花径上。”随即再次静寂了，静寂中又传来受难的城市模糊不清的声响。格朗已经放下那页稿子，目光还逗留在那稿子上。过了半晌，他才抬起眼睛，问道：

“您看怎么样？”

里厄回答说，这个开头引起他的兴趣，想看下文。但是对方却兴奋地说，这种观点不够中肯。他用手掌拍了拍手稿。

“这些不过是大致的轮廓。等我一旦能够完全表达出我所想象

① 布洛涅森林公园，坐落于巴黎城西用来跑马休闲的大型园林。

的情景，那么，我的句子就会有遛马的那种节奏：一、二、三，一、二、三，余下的写起来就容易多了，尤其是那种幻象，一开始就浮现在眼前，简直可以说：‘脱帽致敬！’”

真能达到那种境界，他还有很长的路要走。他绝不会同意将这个句子原样不动就送交印刷所。因为，有时他对这句子虽然还颇为满意，但是心里清楚，这句话同现实还不完全贴切，而且在一定程度上，这种流畅的句式，即使相距甚远，也毕竟连得上陈词滥调。这至少是格朗所讲的意思，而恰巧这时，窗下传来一些人奔跑的声音。里厄站起身来。

“您会看到我修改好的稿子，”格朗说道，随即转向窗口，补充一句，“等这一切全结束时。”

这时，又响起急促的脚步声。里厄已经下了楼，来到街上，忽见两个人从他面前匆匆而过。看样子，他们是奔向城门。在暑热和鼠疫的夹击之下，我们有些同胞确实昏了头，想要胡作非为，企图蒙混过关，逃出城去。

五

还有一些人，如朗贝尔，也试图逃离这种开始惊慌失措的氛围，但是他们更执着，也更灵活，即使不能说更为得计的话。开头那段时间，朗贝尔继续走官方的门路。按照他的说法，他始终认为，只要坚持，没有办不成的事，从某种角度来看，遇事能排除万难，这正是他的职业特点。于是，他拜访了大批官员，以及通常公认神通广大的人。但是，在这件事情上，他们那种神通却根本不顶用了。这些人大多是行家，在银行、出口、柑橘或酒类贸易等事务上，都有精准的看法，说得头头是道；他们在诉讼或保险方面所掌握的知识不容置疑，且不说他们还有过硬的文凭、明显的助人的诚意。甚至可以说，他们所有人给人最深的印象，就是助人为乐的诚意。

不过，朗贝尔抓住每一次机会，向他们每个人陈诉自己的理由。他的论据的基调，就是一直强调他是外地人，因而他的情况应给以特殊考虑。这位记者的对话者，通常都乐意接受这一点。但是一般来说，他们也要向他指出，同样情况的人也有相当数量，因此，他的事情并不如他所想象的那样特殊。对此，朗贝尔可以回应说，这丝毫也改变不了他论据的实质，而对方就回答说，这改变了一点什么，给行政当局增添了困难，当局必须反对任何特殊照顾的措施，以免开个受人骂名的先例。按照朗贝尔向里厄大夫推荐的分类法，这样推理的人构成形式主义类。此外，还能碰到能说会道类，他们会安慰申请者，说这种状况绝不会持久，他们还推出一大堆好主意，以搪塞申请者要他们做出决定，安慰朗贝尔时断言这仅仅是个暂时的麻烦。再就是有权有势类，他们请来访者留下概述自己情况的材料，一旦对他的情况做出决定就会通知他。还有浅薄轻言类，他们就向他推销住房债券，或者提供经济型食宿公寓的地址。至于按部就班类，则要求他填写卡片，然后归类存档；忙忙碌碌类只是无奈地举起双臂，嫌麻烦类则转过脸去不予理睬。最后就是墨守成规类，他们人数最多，指点朗贝尔去找另一个办公室，去跑另一个门路。

这位记者到处拜访求助，跑得疲惫不堪，总是坐在仿皮漆布蒙面的长椅上等待，面对宣传免税国库券或参加殖民军队的大幅广告，他也经常出入一个个办公室，那一张张面孔跟拉板文件柜和档案架一样容易猜测，从而认清了一个市政府或省政府究竟是怎么回事。正如朗贝尔带几分辛酸地对里厄说的那样，这也有一样好处：这一阵折腾向他掩盖了真实情况。鼠疫的蔓延，在他的脑子里基本没有概念了。且不说这样一天天过得更快，而全城处于这种境况，可以说每过一天，只要还没死，每个人都接近一点他所受折磨的终点了。里厄不得不承认这一点不错，但是一点事实未免过分推而广之。

朗贝尔偶尔也萌生了希望。他收到了省政府寄来的一张空白调查表，请他据实填写。调查表要了解他的身份、家庭状况、过去和现在的经济来源，以及所谓的“履历”。他得出的结论是，这份调查登记旨在搜集可能被遣返原地的人的情况。从一个办公室搜罗来的含混不清的消息，也证实了这种结论。经过几次目标明确的探访之后，朗贝尔终于摸到了寄出调查表的部门，那部门的人便告诉他，搜集这些资料是“以防万一”。

“以防万一怎样呢？”朗贝尔问道。

于是，对方就向他说明，万一他感染上了鼠疫，丧了性命，他们一方面可以通知他的家庭；另一方面，也要弄清楚医疗费用是由市里财政负担，还是由死者的亲属偿付。显而易见，这表明他还没有同盼他回去的女人彻底分离，社会还在关心他们。这当然算不上一种安慰。更值得注意的是，朗贝尔也同样注意到了，在灾难最猖獗的时候，政府的一个办事机构还能以什么方式继续办公，还像往常那样自作主张，最高当局还往往不知道，而这样做的唯一理由是，这个办事机构就是为了办这种事而设立的。

接下来的这个阶段，对朗贝尔来说最好过也最难过。这是一个麻木迟钝的阶段。他已经跑遍了所有办事处，走了所有门路，这方面暂时路路不通。于是，他就闲逛，从这家咖啡馆出来，再进另一家咖啡馆。每天早晨，他坐在露天座上，面对一杯常温啤酒，读一份报纸，希望从报上发现这场疫病即将结束的一些征象，还观看街上来往行人的面孔，但是又把头扭开，憎恶他们那种愁眉苦脸的表情；无数次读过对面各商家招牌、业已停售的名牌开胃酒的广告之后，他便站起身来，沿着市里黄色街道游逛。孤独的散步者，泡咖啡馆，泡完咖啡馆再去饭馆，朗贝尔就这样混到晚上。恰巧一天傍晚，里厄看见这位记者来到一家咖啡馆门前，犹豫要不要进去。他似乎终于下了决心，走到餐厅里端落座。咖啡馆接到当局指令，正是这种时刻尽量晚些亮灯。暮色好似灰暗的水流，漫进了餐厅，而天空的晚霞映射在玻璃窗上，大理石的餐桌面在开始暗下来的厅里隐隐发亮。咖啡馆里空荡荡的，朗贝尔坐在那里，活似一个游魂。见此情景，里厄不禁想道，这正是他失魂落魄的时刻。不过，也是在这种时刻，所有被囚禁在这座城里的人，都同样感到了失落无助，必须有所行动，以求早日解脱。里厄转身走开。

朗贝尔也时而到火车站长时间逗留。站台入口封死了，但是候车大厅还开放，从站前可以进入。有时天气太火热，候车大厅倒很阴凉，就成了一群乞丐落脚的地方。朗贝尔走进去，辨读旧的列车时刻表、禁止吐痰的布告牌，以及列车警方的规定。看罢，他就到一个角落坐下。大厅里昏暗。一个旧铁炉，已经闲置了数月，周围的地面还残留着从前浇水的“8”字形水渍。墙壁上张贴的几份广告，宣传到邦多勒[1]和戛纳能过上自由自在的幸福生活。朗贝尔在此接触到了一种在极度贫乏中能找到的可怕自由。在这种时候，他最不忍看到的，至少据他对里厄所讲，就是巴黎的景象。古老建筑的石墙和一处水景、王宫的鸽子、火车北站、先贤祠一带行人稀少的街区，以及他当初深爱而不自知的一座城市其他几个地方，现在总是萦绕在朗贝尔的心头，妨碍他去干任何具体的事情。里厄只是认为，朗贝尔将巴黎的这些景象等同了他爱人的形象。且说那一天，朗贝尔告诉大夫，他喜欢凌晨四点钟醒来，想念自己的城市，大夫听了，不难从自身的体验来解释，他那是思念他留在那里的女人。的确，这正是他在想象中占有她的时刻。凌晨四点，一般什么也不干，就是睡觉，即使那是一个负情的夜晚。不错，凌晨这一时刻就是睡觉，这样可以安心些，只因一颗不安的心最大的欲望，就是时刻占有自己所爱的人，或者天各一方的时候，让她沉入无梦的睡眠中，直到团聚的那天才醒来。

① 邦多勒，同戛纳一样，是法国南方城市，濒临地中海，海水浴疗养胜地。

六

帕纳卢神父讲道之后不久，天气骤热，时值六月末了。布道的那个礼拜天的标志，就是迟来的一场大雨，而次日，夏季突如其来，弥漫在天空和房舍的上方。先是刮起一阵灼热的大风，持续一整天，吹干了墙壁。太阳挂在高空，固定不动了。整个白天，强光和热浪不断倾泻，淹没了全城。除了拱廊街道和住户的房间之外，全城似乎无处不置于极度耀眼的光芒之下。太阳在街道各个角落追逐我们的同胞，他们一停下来，就遭受光鞭的抽打。这初夏的酷热恰逢瘟疫的死亡人数直线上升，每周多达近七百人，一种沮丧的情绪笼罩了全城。在城郊各街区，在平坦的街道和带平台的房舍之间，热闹的场景消退了，而在这个街区，原先大家总在门口活动，现在家家户户都大门紧闭，百叶窗关严，无法断定他们这样做是抵御鼠疫还是太阳。不过，有些住宅里传出了呻吟声。从前出现这种情况，往往能看到一些好事者待在街上窥听。可是，日夜惕厉这么长时间之后，人心似乎变硬了，在生活中，走路时，听见旁边有呻吟声，无不当作人类的自然言语。

城门口发生斗殴，宪兵不免动用武器，从而造成动乱的隐忧。在斗殴中肯定有人受伤，传到城里就说死了人，什么事情都由炎热和恐惧夸大了。不管怎样，不满情绪确实在不断增长，行政当局担心事态发展到不可收拾的地步，便认真考虑应采取的措施，以防止处于水深火热的民众起来造反。各家报纸刊登政府重申禁止出城的法令，并威胁违令者要受牢狱之苦。多支巡逻队全城巡视。在晒得滚烫的空荡荡的街上，往往先闻嗒嗒的马蹄声，然后才看见骑警从两边门窗紧闭的房舍之间通过。巡逻队远逝了，满负疑虑的寂静，又重重压到这座受威胁的城市上。时而还能听到短促的枪声，那是特别行动队，遵照最新的法令，捕杀可能传播跳蚤的猫和狗。这种短促的枪声，越发加重了全城警戒的气氛。

我们的同胞身陷这种炎热和寂静之中，一颗心已惊恐万状，看什么事都极其严重了。显示四季变化过程的天空颜色和大地气味，第一次拨动每个人的敏感神经。人人都明白，也不由得胆战心寒，溽暑会助长瘟疫的蔓延，与此同时也都看到，夏季已经牢牢站住了脚。傍晚时分，雨燕在城市上空的鸣叫格外细弱，配不上这个地区天际日益开阔的六月暮晚。运到市场的花卉已不是蓓蕾，全部盛开了，早市一过，人行道上的尘埃中落满了花瓣。大家都清楚地看到，春天衰竭了，也曾风光一时，在万紫千红的花间飞舞，耗尽了精力，现在气息奄奄，受鼠疫和暑热的双重压力缓缓死去。在我们所有同胞的眼里，这夏日的天空，这些蒙上尘土和烦闷而变得灰白的街道，比起全城每天死亡上百人的沉重数字，也具有同样的威胁性。烈日当空，这些适于睡觉和休闲的时刻，不再像从前那样，邀人去水中嬉戏或床笫之欢，恰恰相反，在这封闭而沉寂的城市里却显得空虚了。这些时刻已然丧失了欢乐季节的那种古铜色。鼠疫猖獗时期的太阳，晒褪了一切色彩，驱逐了全部欢乐。

这正是疫病所引起的一种巨变。夏季来临，我们的同胞通常都会兴高采烈。于是，城池朝大海敞开胸怀，将城中的青年倾泻到海滩。今年则相反，毗邻的海洋成为禁区，人体再也无权享受海水浴了。在这种情况下，该怎么办呢？仍然是塔鲁，展开了我们当时生活的最真实的画面。自不待言，他关注着鼠疫总体的进展，准确地记录了由广播电台标出的瘟疫的一个转折点，即广播电台不再公布每周死亡几百人，而是每天死亡的人数：九十二人、一百零七人、一百二十人……“报纸和当局在跟鼠疫斗智，他们自以为这样，就能从鼠疫的手中夺取分数，因为一百三十要远远小于九百一十。”塔鲁也提到瘟疫的催人泪下或惊心动魄的场景。例如，在一个百叶窗紧闭的冷清街区，住在他楼上的那个女人突然打开一扇窗户，嗷嗷大叫两声，随后又放下百叶窗，关住房间里的浓重黑暗。此外，他还记录了为防止感染鼠疫，许多人口含薄荷片，以致药店已经脱销了。

塔鲁也继续观察他最关注的人物。据他说，那个捉弄猫的小老头儿，生活也很悲惨。原来，一天早晨，忽听几声枪响，正如塔鲁所记载的那样，这回吐出的是几颗铅弹，猫咪大部分打死了，余下的都仓皇逃出这条街。当天，那小老头儿按时走到阳台上，不免露出惊异之色，他俯下身寻觅，目光一直搜索到街道尽头，又耐着性子等了一阵，用手轻轻敲着阳台的铁栏杆。他仍然等着，撕了一些小纸片，返回房间，又出来望望，守了半晌，这才突然消失不见了，怒冲冲地进屋，随手关上了落地窗。接下来几天，同样的场面反复出现，不过可以看出那小老头儿脸上，哀伤和惶惶然的神情越来越明显了。一周之后，塔鲁就白白等待，再也不见那个每天按时出现的人了，窗户固执地紧闭着，将一种很好理解的忧伤关在里面。“闹鼠疫期间，禁止朝猫吐痰”，这是塔鲁的笔记所做的结论。

另一方面，塔鲁每天晚上回到旅馆，在过厅里总能遇见那个守夜人。此人脸色阴沉，在过厅里来回踱步，逢人便提醒说，他早就预见到降临的灾难。塔鲁承认听他预言过会有一场灾难，但是也提醒他当时说的是一场地震，这位老守夜人便回答说：“唉！真要是地震倒好了！剧烈震动那么一下，就再也没人谈论了……只是清点一下遇难者、幸存者，也就完事大吉了。可是，这种传染病也太歹毒啦！即使身体没有感染上的人，也有了心病。”

旅馆经理这块心病也不轻。开头阶段，由于封城，旅客不能离去，便滞留在旅馆。可是，随着疫病逐渐拖长，许多人就宁愿住到朋友家去了。由于同样原因，原先全部住满的客房，退房之后就都空出来了，也就是说本市不来新旅客了。留在旅馆的客人寥寥无几，塔鲁算是一个，而经理只要有机会就提示塔鲁，如果不是为了照顾最后几位顾客，他早就关门歇业了。他经常问塔鲁，估计这场瘟疫可能闹多长时间。塔鲁回答说："据说，寒冷能阻止这类疾病扩散。"经理一听就慌了神儿："可是，这里的气候，先生，从来就没有真正寒冷过。不管怎么说，我们还得熬好几个月呀。"而且他也确信，还会有很长时间，游客要避而不来本市。这场鼠疫毁了旅游业。

猫头鹰奥通先生短时间没有露面，重又在餐馆里现身，但是身后只跟随两只很乖的小狗。据了解到的情况，他妻子曾回娘家照顾并安葬母亲，现在正接受检疫隔离。

"这种处理我不赞同，"经理对塔鲁说道，"隔离不隔离，她都很可疑，因此，他们全家人都脱不了干系。"

塔鲁请他注意，照此观点，人人都可疑了。然而，对方一口咬定，他对这个问题的看法坚定不移。

"不对，先生，无论您还是我，都没有问题。他们才可疑。"

不过，奥通先生不会因为这点小变故就改弦易辙，这次鼠疫算是白费了工夫。他还是照老样子，走进餐厅，自己落座之后才让孩子坐下，对他们说的话还总是那么讲究，又那么满含敌意。只有小男孩样子变了。他跟姐姐一样，全身黑装，但是躯体有点儿往横里长，仿佛是他父亲缩小的影子。旅馆守夜人不喜欢奥通先生，他就对塔鲁说过：

"哼！那家伙，全身穿戴好了就等死吧。这样也免得再换寿衣了，可以直接进棺材了。"

帕纳卢神父的讲道，塔鲁也做了笔记，并且附有如下的评论："我理解这种赢得好感的热忱。灾难初起和结束时，有人总要耍耍嘴皮子。灾难初起的时候，习惯还未丧失，等到灾难结束时，习惯又已经恢复了。只有在灾难最严重的时候，大家才实事求是，也就是说保持沉默了。等着瞧吧。"

塔鲁最后还记载，他同里厄大夫长谈过一次，但只是提及谈话的效果很好，顺便强调里厄老太太那双淡栗色的眼睛，并以此奇怪地断言，如此善意迎人的眼神，总是比鼠疫更有力量，最后还长段长段记录了接受里厄治疗的那位老哮喘患者。

他们那次谈话之后，塔鲁还跟大夫去看望了那位病人。那老人搓着手，嘿嘿冷笑着迎接塔鲁。他背靠枕头坐在床上，眼前放着两锅鹰嘴豆。“嘿！又来一位，”他看见塔鲁，便说道，“这世界颠倒了，医生比病人还多。怎么样，传染得很快吗？神父说得对，那是罪有应得。”塔鲁事先也没有打声招呼，次日又去了。

如果相信塔鲁的笔记，这位老哮喘病人当初经商，开个服饰用品商品，干到五十岁那年，认为自己干够了。于是，他躺倒不干，就再也不起来了。其实，他这哮喘病站着更好些。他享有一小笔年金，得以轻轻松松活到七十五岁。他见不得钟表，家里的确连一块也没有。他常说：“一块表，又贵，又是个蠢物。”他估摸时间，尤其估摸他唯一看重的吃饭的时刻，全凭着那两只锅子。他早晨醒来，一只锅就装满鹰嘴豆，他一粒一粒将鹰嘴豆捡到另一只锅里，动作既专心又合节拍。他就是这样一锅一锅倒腾豆子，标志一天时间的划分。“每倒腾完十五锅，我就该吃饭了。这非常简单。”

此外，他妻子说的话如果属实，那么他很年轻的时候，就表现出了这种志向的征兆。的确，无论什么，工作、朋友、咖啡、音乐、女人，还是散步，他一概都不感兴趣。他从未出过城，只有一次例外。那天，他为了办家里的事，不得不去阿尔及尔，可是从奥兰上火车，刚开出一站就下车了，实在不敢冒险再往远走了。结果一来返程火车，他就上车回家了。

这位老人见塔鲁对他的蜗居生活显出惊异的神色，他就大致这样解释道：根据宗教的说法，人在前半生走上坡路，后半生走下坡路，而在走下坡路的过程中，人度过的每一天，就不再属于自己了，这些时日随时都可能被剥夺，因此不能用来做任何事情，最好什么也不干才是正理。况且，自相矛盾他也不害怕，因为没过一会儿，他就对塔鲁说，上帝肯定不存在，如果存在的话，那些神父就没有用了。不过，塔鲁随后听了他的一些想法，也就明白了这种哲学，跟他这教区经常募捐引起他的情绪密不可分。塔鲁描绘这位老人形象的最后一笔，就是一种似乎发自内心的祈愿，老人也多次向他的对话者表示：他希望活到很老再死。

“难道他是个圣徒？”塔鲁暗自思量。接着，他便回答：“是的，如果神圣性就是习惯的总和的话。”

与此同时，塔鲁还力图详细地描述疫城的一天情景，从而让人准确了解在这年夏季，我们同胞的营生与生活状况。塔鲁写道：“除了醉汉，没有人欢笑了，醉汉又笑得太过分。”接着，他便开始描述：

“清晨，微风习习，吹拂着城中还冷清的街道。这种时刻，介于夜间的死亡和白天的垂危之间，似乎鼠疫也暂时缓一缓劲，喘一喘气。所有店铺都关着门，有几家店铺门前还挂上‘鼠疫期间停止营业’的牌子，表明过一会儿，不会跟其他店铺一起开门了。一些报贩背靠着街角，还睡眼惺忪，没有叫卖新闻，只是把报纸全交给路灯，那种举动无异于梦游者。过一阵，他们就要被始发有轨电车惊醒，便上车散布到全城，高举着印有醒目大字‘鼠疫’的各家报纸。‘鼠疫秋天还会流行吗？’B教授回答说：‘不会。’‘死亡一百二十四人，这是闹鼠疫第九十四天的统计。’

“纸张供应日渐趋紧，有些期刊不得不削减篇幅，尽管如此，还是有一家新报，《鼠疫信使报》创刊了，其宗旨就是‘以十分严格的客观态度，向我们的同胞报道鼠疫的进展或消退的情况，提供有关鼠疫前景的最具权威的判断；设立多种栏目，以支持所有准备同这场灾难做斗争的知名或不知名人士，振作民众的士气，传达当局的指示，总之，聚拢同心同德者，有效抗击残害我们的病魔。’而事实上，过不了多久，这家报纸就仅限于刊登广告，宣传新制的预防鼠疫的特效药了。

“早晨将近六点钟，在各家商店开门之前一个多小时，所有各家报纸就开始卖给在商店门前排队的人，然后再登上开往城郊街区的拥挤的电车兜售。有轨电车成为城里唯一的交通工具，车的脚踏板上和护栏都挤满了乘客，行驶得非常艰难，然而车上的景象很奇特，所有人都背对背，以免相互传染。车一到站，大批男人和女人便一拥而下，急急忙忙走开，离群独自活动。只因情绪恶劣，吵架频频发生，也变成了一种慢性病。

“首发一批电车经过之后，全城逐渐醒来，最早开门营业的啤酒店，柜台上都摆放一块牌子，注明‘咖啡无货’‘自备白糖’等字样。各家商店接连开门，街上热闹起来。与此同时，太阳升起，七月的天空由于溽暑熏蒸而渐呈铅灰色。正是这种时候，那些闲极无聊的人都跑到大街上。大多数人似乎以摆阔为己任，用以预防鼠疫。每天快要到十一点钟，都有青年男女在主要大街上招摇过市，让人感到在大灾大难当中，他们身上滋长起来的那种及时行乐的欲望。如果瘟疫继续蔓延，那么道德观念也随之松弛，古代米兰人在墓前纵欲的场面，又将在我们这里重演。

“正午时分，各家饭馆转瞬间都已客满。没有找到座位的人，很快就三五成群，聚集在各家饭馆门前。溽暑熏蒸，热气太盛，蒙蔽了天空的光亮。烈日烤得街道噼啪作响，等待座位的人就躲在路边大幅遮阳篷下。饭馆人满为患，只因饭馆大大简化了食物定量供应的问题，但是丝毫也不能消除疾病传染的忧虑。顾客不惜花费时间，耐心地擦拭餐具。不久前，有些餐馆还张贴布告：‘本店餐具已经开水消毒。’可是，店家逐渐放弃了任何广告，反正顾客好歹都得来用餐，花多少钱都心甘情愿。喝酒就点高档酒，或者号称高档的酒，添加价位最高的菜，开始挥金如土了。据说也有惊慌失措的场面，发生在一家餐馆里：一名顾客突感不适，面失血色，急忙站起身，脚步踉踉跄跄，很快夺门而去。

“将近下午两点钟，全城街巷逐渐空了。这是寂静、灰尘、阳光和鼠疫在街上相会的时刻。热流顺着高大的灰色房舍不断地倾泻。这是漫长囚禁的几小时，一直到火辣辣的暮晚降临在这座人口稠密而喧闹的城市。在暑热的最初几天，也不知道为什么，傍晚时而也冷冷清清。可是现在，稍有点儿凉爽意，即使不是一种希望，也还是带来一点轻松。于是，所有人都出门，来到街上，说说话来消愁解闷，相互斗嘴，或者彼此垂涎，而在这七月晚霞的天空下，到处是情侣和喧哗的城市，又逐渐转入烦躁不安的夜晚。然而，每天晚上，总有一位接受神谕的老人，头戴毡帽，打着大花结领结，奔波在林荫大道上，不停地重复'上帝伟大，皈依上帝吧'，可是白费唇舌，大家匆匆忙忙，反而投向他们不了解的，或者他们认为比上帝更紧迫的事物。起初，他们以为鼠疫也跟别的疾病一样，宗教还稳坐其位。讵料，他们一旦明白这场灾难很严重，便想起了寻欢作乐。于是，白天满面的愁容，到了尘土飞扬的灼热黄昏，就化为失控的冲动和张狂的放荡，这种狂热席卷了全城市民。

"我也不例外，同他们一样。有什么了不得的！对于像我这样的人，死亡根本不算什么。这次变故给了他们及时行乐的理由。"

七

塔鲁在笔记中所讲的这次晤谈，还是他主动向里厄提出来的。那天晚上，里厄大夫等待塔鲁的时候，目光恰巧落到他母亲身上，老太太正静坐在餐室角落的椅子上。她操持完家务，就总是这样打发时日，双手并拢，搭在双膝上等待着。里厄甚至不敢确定她那是在等待儿子。不过，他一回到家，母亲脸上的表情就有所变化。她操劳一生刻在脸上的缄默，似乎又全活跃起来。继而，她重又陷入静默状态。那天晚上，她凭窗观望已无行人的街道。夜晚的路灯，有三分之二不开了，相距很远才亮一盏，往城市的夜影中投下微弱的光亮。

“在闹鼠疫期间，要一直这样管制街道照明吗？”里厄老太太问道。

“很有可能。”

“这种状况，但愿不要一直拖到冬天。拖那么久可就太愁人了。”

“是啊。”里厄附和一声。

他见母亲的目光落到他的前额，心下明白自己这些日子操心和劳累过度，脸又瘦了一圈。

“今天，情况还不好吧？”里厄老太太又问道。

“嗯！还跟往常一样。”

还跟往常一样！换言之，从巴黎新运到的血清，效果还不如第一批，统计的死亡人数还在上升。除了鼠疫患者家属，还不可能给其他人打预防针。要普遍打针预防，就必须大批生产血清。腹股沟淋巴肿块，大多不会自行溃破，好像已经到了硬化期，折磨得病人痛苦不堪。前一天，市里就发现两例新型鼠疫原来是腺鼠疫，现在又有了变异的肺鼠疫。当天在一次会议上，疲惫不堪的医生们和不知所措的省长面对面，他们请求并获准采取新的措施，以防止通过口传染的肺鼠疫[①]。还像往常那样，老百姓都一直蒙在鼓里。

里厄瞧了瞧母亲。母亲美丽的栗色眼睛勾起他那么多年的温情。

“您害怕了吗？母亲？”

“到了我这年纪，就没有什么可怕的了。”

“一天一天的时光这么漫长，我又不能待在你身边。”

“我等着你也一样，反正知道你准回来。你不在身边的时候，我就想着你在干什么。你有她的消息吗？”

“有哇，她最近还打来电话说一切都好。不过我也知道，她这样说是要让我放宽心。”

这时门铃响了。里厄冲母亲笑了笑，便去开门。楼梯平台上光线昏暗，塔鲁看上去活像一只大灰熊。里厄请客人坐到他的写字台前，他本人则站扶手椅后面。二人之间隔着写字台，上面的台灯是屋里唯一打开的电灯。

“我知道，”塔鲁开门见山，说道，“我跟您谈话可以直来直去。”

里厄默认了。

“再过半个月或一个月，您在此地就毫无作用了，事态的发展超出您的能力。”

---

① 肺鼠疫，鼠疫的一种。鼠疫有两种类型，腺鼠疫由跳蚤传播，肺鼠疫通过呼吸和唾液传播。

“是这样。”里厄说道。

“卫生防疫工作组织糟透了。你们既缺人手，又赶不及时间。”

里厄再次承认这是事实。

“听说省政府正考虑创建一种民间卫生组织，规定健康的人都要参加一般性的救护工作。”

“您的消息很灵通啊。不过，民众已经大大不满了，省长还在犹豫。”

“为什么不招募志愿者呢？”

“招募过，可是报名的人寥寥无几。”

“通过官方渠道进行，自己都有些不大相信。他们缺乏想象，始终不能跟灾难相匹敌。而他们所能想象出来的药方，勉强治治鼻炎吧。我们若是袖手旁观，他们那样干准得完蛋，也连累我们一起玩完。”

“这很可能，”里厄说道，“还应当说，他们也想到了囚犯，派去干所谓的粗活。”

“我更喜欢让自由人去干。”

“跟我的想法一样。不过，说到底，为什么呢？”

“对死刑我深恶痛绝。”

里厄看着塔鲁问道：“想怎么办？”

“想这么办，我有个计划，组织志愿卫生防疫队。请授权给我担当此任吧，咱们就把行政当局撂到一边。况且，行政当局穷于应付，已经焦头烂额了。差不多到处都有我的朋友，他们可以构成第一批骨干。不用说，我也要加入。”

“当然可以，”里厄说道，“您就料到了，我准会欣然接受。谁都需要帮助，尤其是干这行的。我来负责说明这种想法，让省里接受。再说了，他们也别无选择。不过……”

里厄沉吟了一下。

“不过，这种工作可能有生命危险，这一点您完全清楚。不管怎么说，我必须先提醒您。您认真考虑过了吗？”

塔鲁那双灰色的眼睛注视着里厄。

“您怎么看帕纳卢的讲道呢，大夫？”

问得非常自然，里厄也很自然地回答。

“我久在医院里生活，不可能欣赏集体惩罚的意念。不过，您也知道，基督教徒有时就这么说说，心里从来没有真正这样想。他们内里要比表象优越。”

“可是，您也跟帕纳卢神父一样认为，鼠疫有其裨益，能让人睁开眼睛，逼人思考！”

大夫不耐烦地摇了摇头。

“如同这世上所有疾病。其实，这世上疾病的实际情况，也同样符合鼠疫。鼠疫有利于一些人的思想升华，但是，看到鼠疫给人带来的灾难和痛苦，除非是疯子、瞎子或者懦夫，才会任其摆布。”

里厄只是稍微提高点声调。塔鲁那边就摆摆手，似乎让他冷静。里厄便微微一笑。

“是啊，”里厄耸了耸肩膀，说道，“不过，您还没有回答我问的话呢。您认真考虑过了吗？”

塔鲁动了动身子，好在扶手椅上坐得舒服些，他的头探到灯光下。

“您相信上帝吗，大夫？”

问题同样提得十分自然。不过这次，里厄犹豫了。

“不相信，可是，这又能说明什么呢？我身处黑夜之中，想尽量看清楚些。好久以前我就不再认为不相信上帝有什么独特的了。”

“恐怕这就是您跟帕纳卢神父的区别吧？”

“我并不这么看。帕纳卢是一位学者。他看到死人的场面不多，这就是为什么，他以真理的名义说话。然而，随便一个低级的乡村教士，在他的教区为信徒做过临终圣事，听到一个垂危者的喘息，他就会跟我的想法一样，想要阐明鼠疫的优点之前，先会去照顾深受苦难的人。”

里厄站起身，他的面孔现在处于昏暗中。

“咱们不谈这事了，”他说道，“既然您不愿意回答。”

塔鲁坐在扶手椅上没有动，微笑道：

“我能用一个问题回答您吗？”

大夫也微笑起来。

“您就喜欢故弄玄虚，”他说道，“您就问吧。”

“是这样，”塔鲁说道，“您本人，既然不相信上帝，为什么能表现出如此高的献身精神呢？您回答的话，也许能帮助我回答您的问题。”

大夫没有从暗影里出来，说他已经回答过了，他若是相信有一位万能的上帝，那就不必治病救人，让上帝来救苦救难好了。然而，这世上任何人，也不相信存在这样一位上帝，没有，甚至自以为相信上帝的帕纳卢也不相信，因为任何人都没有完全听天由命，在这方面，至少他，里厄，在同现实世界进行斗争，自认为走在通往真理的路上。

“嗯！”塔鲁说道，“这就是您干这行的理念吧？”

“差不多吧。”大夫回答，同时又回到灯光之下。

塔鲁轻轻吹了声口哨，大夫瞧了他一眼，说道：

“是的，您心里在嘀咕，还真够傲气的。可是，请相信我，我只有必要的骄傲。我不知道前面等待我的是什么，也不知道这一切结束之后还会发生什么情况。眼下，有这么多病人，应该给他们治好病。治好之后呢，他们要思考，我也要思考。但是，最急迫的还是治病，我竭尽全力保护他们，就是这样。”

“保护他们，反对谁呢？”

里厄转身面朝窗户，远远望见天际更为浓暗的长带，推测那必是大海。他仅仅感到疲倦，同时还在抗拒着突然萌生的一种不理智的渴望：同这个独特的、他有亲切感的人进一步交流。

“对此我一无所知，塔鲁，我向您发誓，对此我一无所知。我初入这行的时候，在一定程度上，想法还比较抽象，因为我有这种需要，而这一行也跟其他行业一样，是年轻人愿意谋求的。也许还有个缘故，像我这样工人家庭出身的人，要进入这一行尤其困难。此外，当时眼睁睁看着人死去。您可知道，有些人真不想死啊！您可听见过，一个女人临终时号叫‘决不’吗？是的，我听见过。当时我就发觉，这种情况我看不下去。那时我还年轻，不免憎恶这个世界的秩序本身。后来，我就变得谦抑一些了。不过，我还始终看不惯人患病早早死去。此外我就不甚了了。但是，不管怎样……”

里厄住了口，重又坐下。他觉得口干舌燥。

“不管怎样？”塔鲁轻声问道。

“不管怎样……”大夫接着说道，不过还有点犹豫，他注视着塔鲁，“这种事，像您这样一个人可以理解，对不对，可是，世界的秩序既然由死亡来节制，那么人不相信上帝，不抬头仰望上帝沉默的天空，而是竭尽全力同死亡做斗争，这样对上帝也许更好些。”

“不错，”塔鲁表示赞同，“我可以理解。但是，您的胜利永远是暂时的，不过如此。”

里厄的脸色似乎阴沉下来。

“永远是暂时的，这我知道。这不成其为停止斗争的理由。”

“对，这不成其为理由。但是我不免想象，这场鼠疫对您可能意味的是什么？”

“是啊，”里厄接口道，“意味连续不断的失败。”

塔鲁定睛看了大夫片刻，然后站起来，脚步滞重，朝门口走去。里厄随后赶上来，塔鲁似乎看着自己的脚，对他说道：

“这一切，是谁教会您的，大夫？”

回答冲口而出：

“是苦难。”

里厄打开书房的门，来到过道，他对塔鲁说也要下楼，去城郊街区看一名患者。塔鲁提议陪他一同去，大夫接受了。二人在过道口遇见里厄老太太，里厄把塔鲁介绍给母亲：

“是一位朋友。”

“哦！”里厄老太太应声说，“非常高兴认识您。”

等老太太走开，塔鲁又回过身去看她。他们来到楼梯平台上，大夫怎么也打不开定时廊灯。楼梯一片漆黑。大夫心中暗道，这会不会是一项节电新措施的结果。但是无从知晓。已经有一段时间了，无论住户还是城里，什么都出毛病了。或许只怪那些门房，以及我们全体同胞，什么事上都马马虎虎了。不过，大夫没有时间往深里追究，只因身后又响起塔鲁的声音：

“还有一句话，大夫，哪怕您觉得可笑：您完全正确。”

里厄耸了耸肩膀，但在黑暗中没人发现。

“真的，对此我不甚了了。那么您呢，您了解什么呢？”

“嗯！”对方回答，一点儿也不显得激动，“我要了解的事情不多了。”

大夫停下脚步，而跟在后面的塔鲁收不住脚步，在梯级上滑了一下，急忙抓住里厄的肩膀。

“您认为自己全部了解生活了吗？”里厄问道。

以同样平静的声音，从黑暗中传来回答：

“不错。”

二人来到街上，这才知道时间相当晚了，也许有十一点了。全城一片寂静，只闻轻微的窸窣之声。很远处响起一辆救护车的铃声。工人上了小轿车，里厄发动马达。

“明天，”里厄说道，“您必须到医院打预防针。在进入这段经历之前，最后再确定一下，要知道，您能有三分之一的机会幸免于难。”

“这种估计毫无意义，大夫，这一点您跟我同样清楚。一百年前，一场鼠疫大流行，夺走了波斯一座城市全体居民的性命，唯独一人得以幸免，恰恰是一直忠于职守的那个洗尸体的人。”

“他保住了他那三分之一的机会，不过如此，”里厄说道，声音突然变得低沉了，“说起来，在这方面，咱们还真得从头学起。”

现在，他们驶入城郊，车灯照亮空荡荡的街道。他们停下来，里厄在车的前面问塔鲁是否愿意进去，塔鲁回答愿意。一抹天光映现在他们脸上。

“对了，塔鲁，”里厄说道，“您管这种事，出于什么动机？”

“我也不知道。也许是我的道德观吧。”

“什么道德观？”

“理解。”

塔鲁转身朝向那幢房子，里厄看不见他的脸了，一直到他们走进患哮喘病老人的家中。

八

从第二天起，塔鲁就投入工作，拉起第一支小队，随后，其他许多小队也陆续组建起来。

不过，叙述者谈到这些卫生防疫组织的重要性，无意夸大其词。我们的许多同胞，如今若是处于叙述者的位置，的确会经不住诱惑，难免夸饰这些组织的作用。但是叙述者宁愿相信，过分抬高义举，最终会间接地大力颂扬罪恶。因为，这会让人猜想，义举十分罕见，才显得如此可贵，而邪恶与冷漠则是人的行为更常见的动力。这样一种看法，叙述者不能苟同。世间的罪恶，几乎总是来自愚昧无知，善意如不明智，就可能跟邪恶造成同样的损害。人性中善的成分还是多于恶的成分，但事实上，问题并不在这里。人无知只有程度之分，这就是所谓的美德与恶行了。最可恨的恶行就是愚昧无知的行为，自以为无所不知，因而自赋权力杀人。杀人凶手的心灵是蒙昧的，而没有真知灼见，明察秋毫，也就谈不上真正的善良和崇高的仁爱。

因此，由塔鲁倡导而组建起来的卫生防疫队，应给以充分客观的评价。这也就是为什么，叙述者不会高歌称颂人的意愿和英雄主义，适当地重视英雄主义也就够了。但是，他还要继续以历史学家的笔法，记述当时鼠疫肆虐，怎样使我们所有同胞的心破碎而又苛求。

献身于卫生防疫组织的人，他们那样做，其实也算不上丰功伟绩，只因他们知道那是唯一可做的事情，不下决心去做反倒是不可思议的。这些组织促进我们的同胞深入了解鼠疫，并在一定程度上说服他们相信，既然病魔降临，那就责无旁贷，必须与之斗争。鼠疫就这样变成了某些人的职责，正因为如此，也就真正暴露其本相，即成为所有人的事情。

这很好。然而，我们不会因为一位小学教师教学生二加二等于四，就大肆赞扬他。也许可以称赞他选择了这种高尚的职业。这么说吧，塔鲁和其他一些人做出了选择，证明二加二等于四而不是其他，这是值得夸奖的，但是也应当说，这种良好的愿望是他们共有的，那位小学教师，以及心胸跟那位小学教师一样的所有人，莫不如此，数量要比我们想象的多得多，这实在是人类的光荣，至少这是叙述者的信念。况且，叙述者也非常清楚地看到，有人可能向他提出质疑，说是这些人毕竟冒了生命危险。然而，历史总会出现这样的时刻，敢于说出二加二等于四的人被判处死刑。小学教师也完全清楚这一点。问题并不在于认同这样推理会受到奖励还是惩罚，而在于认清二加二是否等于四。至于我们同胞中当时冒了生命危险的那些人，他们要确定自己是否身陷鼠疫的危害之中，自己是否应该与之斗争。

本市许多新派伦理学家当时竟然说，无论做什么都无济于事，只能跪下求饶。可是，塔鲁和里厄以及他们的朋友，可能做出这样或那样的回答，但是结论始终限于他们所知道的这样一点：必须以这种或那种方式进行斗争，绝不能跪下求饶。问题全在于控制局面，尽量少死人，少造成亲人永别。为此也只有一种方法，就是同鼠疫搏斗。这个真理并不值得赞扬，这只是顺理成章的事。

这就是为什么，老卡斯泰尔满怀信心，就地取材，不遗余力生产血清，正是自然而然的事情。他和里厄都希望，利用在本城传播的鼠疫细菌培养液生产血清，能比从外面调运来的血清疗效更直接，因为本地细菌跟通常确认的鼠疫杆菌略有差异。卡斯泰尔期待他的首批血清很快就能生产出来。

同样，跟英雄毫不沾边的格朗，现在就负责卫生防疫组织的秘书处工作，也是自然而然的事情。塔鲁组建起来的一部分小分队，在人口稠密的街区，已经扎实地开展防疫保健工作。他们力图引入必要的卫生措施，统计有多少顶楼和仓库还没有经过消毒。另一部分小分队则随同医生巡诊，负责运送鼠疫患者，后来，在专职人员短缺的情况下，他们就开车运送病人和尸体。所有这一切，都必须登记，进行统计，格朗就接受干这一工作。

从这个角度看，比起里厄或者塔鲁来，叙述者认为格朗更具有代表性，真正代表了推动卫生防疫工作的这种笃定的美德。他毫不犹豫，当即就接受了，显示他那特有的良好愿望，但求在细小的工作中发挥作用。他年纪也太大，干不了别的活了。从十八点到二十点的时间，他可以奉献出来。里厄向他表示衷心感谢，他不免惊诧，说道："这又不是最难做的事。既然闹了鼠疫，就必须自卫，这是明摆着的事。嘿！无论什么事，若是都这么简单该有多好！"还是不忘他的口头禅。晚上，格朗登记完卡片之后，有时里厄就跟他聊聊。最后，他们还把塔鲁拉进来，格朗显然谈兴越来越浓，对两个伙伴讲了心里话。而这两位也饶有兴趣，关注格朗在鼠疫期间坚持做的这种耐心的工作。他们俩也同样，最终也从中找到了一种精神的放松。

"那位女骑士怎么样啦？"塔鲁时常这样问格朗。格朗也是一成不变地回答："她骑马小跑，她骑马小跑。"同时艰难地微笑着。一天晚上，格朗说他最终放弃了"曼妙多姿"这个修饰词，今后要用"身材修长"来形容他的女骑士。"这样更具体。"他还补充道。还有一次，他把修改好的开篇第一句话念给两位听众："五月一天明媚的清晨，一位身材修长的女骑士，座下一匹英俊的阿勒桑牝马，奔驰在布洛涅森林公园的花径上。"

"看上去，她这样更好些吧，"格朗说道，"我更喜爱：'五月一天清晨'，如果写成'时值五月份'，小跑就显得有点儿拖沓了。"

接着，"英俊的"这个修饰语，也让他颇犯踌躇。据他说，这没有什么表现力，他要思索出一个字眼，把他想象中的非常神气的牝马，一下子就生龙活现出来。“肥壮”一词不贴切，这倒写实，但是略带贬义。有一阵，他想用“光彩夺目”，但是又不大合节奏。一天晚上，他得意扬扬地宣布找到了：“一匹黑色阿勒桑牝马。”黑色含蓄地表示“俊雅”，这当然还是他的看法。

“这可不行。”里厄说道。

“怎么不行呢？”

“阿勒桑[①]指的不是马的品种，而是毛色。”

“什么颜色？”

“哎，一种颜色，反正不是黑色。”

格朗显得很伤心。

“谢谢，”他说道，“幸好有您在身边。您也看到了，这有多难啊。”

“‘华贵’这个词，您觉得如何？”塔鲁说道。

格朗看着塔鲁，想了想，说道：

“可以，可以呀！”

于是，他的脸上又逐渐绽开笑容。

又过了几天，他承认“花径”的“花”字把他难住了。他只熟悉奥兰和蒙特利马尔，不知道布洛涅森林中路径开花是怎样情景，有时他就请教这两位朋友。如果较真的话，那些路径给里厄或塔鲁的印象，从来就没有开满鲜花。可是，这位职员坚信不疑，倒让他们俩动摇了。见他们模棱两可，格朗不免诧异。“只有艺术家懂得观赏。”有一次，里厄大夫发现他异常兴奋。他用“开满鲜花的小径”替代了“花径”。他连连搓着双手。“那些鲜花，终于看得见，闻得到香味了。脱帽致敬吧，先生们！”他得意扬扬地朗诵这个句子：“五月一天明媚的清晨，一位身材修长的女骑士，座下一匹华贵的阿勒桑牝马，奔驰在布洛涅森林公园开满鲜花的小径上。”然而，这样高声一朗诵，句

① 阿勒桑，法文为 alezane，来自西班牙语 alazan，意为“栗色”“枣红色”。

子末尾表示属格的三个“de”[①]字，就突显出不和谐了，格朗也不免结巴起来。他神情沮丧，干脆坐下了。继而，他请求大夫准许他先走。他需要再考虑考虑。

后来获悉，正是在这个时期，格朗在办公室工作显得有点儿心不在焉，恰逢市政府工作人员减少，又要应对繁重事务的时候，他这种表现实在令人遗憾。他的不专心影响了工作，办公室主任严厉责备了他，并且提醒说，他领薪水就应该完成工作，而他恰恰没有完成。“您在工作之余”，主任说道，“好像参加了卫生防疫组织的志愿服务。这与我无关。但是，您的本职工作，就关系到我了。在这种危难的时刻，您要发挥作用的首要方式，就是做好本职工作。否则的话，其他什么都谈不上。”

“他说得对。”格朗对里厄说道。

“是啊，他说得对。”大夫附和道。

“可是，我总走神儿，不知道如何改好这句话的末尾，摆脱这种状态。”

他曾考虑删去“布洛涅”，认为删掉了，大家也都能明白所指。但是那样一来，句子中原本与小径相连的词，就同“鲜花”更紧密了。他也曾琢磨这样写是否可行:“开满鲜花的森林公园小径。”然而，将“森林公园”置于中间，隔开修饰语和名词，在他看来未免生硬，有肉里扎根刺的感觉。有些晚上，他那样子确实显得比里厄还要疲倦。

是的，他疲惫不堪，全副精力耗在推敲词语上了。但是他也毫不松懈，继续卫生防疫组织所需要的累计和统计工作。每天晚上，他都把卡片填完整理好，并相应画出曲线，花这种慢工夫，尽量准确地标示出事态的变化。他也时常去某家医院，找到里厄，在办公室或者医

---

① 法语用“de”表示属格，汉语则译为“的”，但往往省略。这句话末尾的分句，如果把三个“de”全译出来，则应是“奔驰在布洛涅的森林公园的开满鲜花的小径上”，故显拖沓而不和谐。

务室要一张桌子，坐下来摊开材料，就跟他在市政府办公一模一样，只是医院里弥漫着消毒水和疾病本身的气味，空气浊重，他得摇晃纸张才能挥干墨迹。这期间，他诚心诚意克制自己，不再想他的女骑士，只做好他手头的事情。

不错，如果人真的非要为自己树立起榜样和楷模，即所谓的英雄，如果在这个故事中非得有个英雄不可，那么叙述者恰恰要推荐这个微不足道、不显山不露水的英雄：他只有那么一点善良之心，还有一种看似可笑的理想。这就将赋予真理其原本的面目，确认二加二就是等于四，并且归还英雄主义其应有的次要地位，紧随幸福的豪放欲求之后，从来就没有超越过。同样，这也将赋予这部纪事体小说应有的特点，即叙述过程怀着真情实感，也就是说，不采用演出的那种恶劣手法，既不恶意地大张挞伐，也不极尽夸饰之能事。

这至少是里厄大夫看报或听广播时的想法。外界通过空运和陆路，送来了救援物资，与此同时，也通过报纸和广播，给这座疫城送来呼吁和鼓励：每天晚上，电波或报纸负载着大量同情或赞赏的评论，纷纷涌入这座孤城。那种史诗般的，或者学校颁奖演说词式的腔调，每次都让里厄大夫不胜其烦。他当然知道，这种关怀不是虚情假意。但是这种关怀只能用约定俗成的语言来表达，使用通常描述人与人休戚与共关系的套话。可是，这种语言用以说明格朗每天努力做的小事就不适合，譬如说，讲不明白在鼠疫肆虐中，格朗的所作所为意味着什么。

到午夜时分，空荡荡的城市一片死寂，里厄大夫已过分压缩睡眠时间，他临上床有时还打开收音机。于是，陌生而友爱的各种声音，穿越数千公里的距离，从天涯海角传来，相当笨拙地试图表示他们道义上的声援，这一点也确实做到了，但同时也表明他们完全无能为力，任何人都不可能分担自己看不到的痛苦：“奥兰！奥兰！”越过重洋的呼唤也是枉然，里厄日夜惕厉也是枉然，不久又要振振有词，高谈阔论，越发加深格朗与演说者这两个陌路人之间的本质隔阂。“奥兰！是啊，奥兰！不然，”大夫想道，“相爱或者共生死，别无出路。他们远在天涯。”

九

值此灾难正聚集全部力量，准备猛扑并彻底摧毁这座城市之际，在鼠疫达到高峰之前，还需要讲述一下像朗贝尔这样最后一些人，为找回自己的幸福，为在这场自身保卫战中能从鼠疫的魔爪下安然脱身，他们作了怎样长时间绝望而又单调的努力。他们正是以这种方式抵御试图奴役他们的威胁。尽管从表面上看来，这种拒绝方式并不比别种方法有效，但是叙述者却认为，这种方式自有其意义，即在其自负和矛盾中也证实了在危难时刻，我们每个人心中的那份自豪感。

朗贝尔在抗争，以阻止鼠疫将他吞没。他确认不可能通过合法途径出城之后，就曾对里厄说过，他决心另辟蹊径。这位记者首先向咖啡馆伙计探路子。咖啡馆伙计消息总是非常灵通。不过，他询问了几个，主要了解到这种行为要受到非常严厉的刑事处罚。有一回，他甚至被视为外逃的煽动者。直到他在里厄家中遇见了科塔尔，事情才有一点进展。那天，朗贝尔又同里厄谈论他跑行政部门徒劳的尝试。几天之后，科塔尔在街上遇见朗贝尔，对待这位记者的态度十分爽快，现在他同谁交往都是这种态度。

“还是一无所获？”科塔尔问道。

“是啊，一无所获。”

“那些行政部门指望不上，那就不是为了理解人而设立的。”

“不错。现在我正另找路子呢。很难啊。”

“嗯！”科塔尔接口道：“我明白。”

他认识一个团伙，见朗贝尔有些诧异，就解释说他早就出入奥兰各家咖啡馆，交了些朋友，了解到有一个组织就经营这类业务。其实，科塔尔已经入不敷出，就参与了配给物品的走私活动，贩卖价格不断上涨的走私香烟和劣质烧酒，渐渐发了一笔小财。

“您有把握吗？”朗贝尔问道。

“有哇，既然有人向我提议了。”

“那您怎么没有趁机出城呢？”

“不要疑神疑鬼，”科塔尔一副直率的样子，说道，“我没有趁机出城，是因为本人还不想走。我自有我的道理。”

他沉吟一下，又说道：“您就不问问我是什么道理吗？”

“想必这与我无关。”朗贝尔说道。

“从某种意义上讲，确实与您无关。但是，从另一种意义上……总之，唯一明显的事实，就是自从我们这里闹起鼠疫，我感觉好受多了。”

朗贝尔听了他这番话，便问道：“怎么跟那个组织联系呢？”

“哦！”科塔尔应声说道，“这可不容易，您跟我走吧。”

这时正是下午四点钟。天气闷热，城市慢慢变成烤炉。各家商铺全放下了遮阳帘，街道上也不见行人了。科塔尔和朗贝尔专挑带拱廊的街道行走，许久谁也没有讲一句话。这正是鼠疫匿影藏形的时刻。这种寂静、色彩和活动的消亡，既可以是夏天的特征，也可以是瘟疫的征象。空气这么滞重，不知是满负荷威胁，还是弥漫着灰尘和灼热。必须观察和思索，才能跟鼠疫联系起来。因为，鼠疫只能通过负面的征兆呈现出来。譬如说，跟鼠疫气味相投的科塔尔，就向朗贝尔指出，城里的狗已经绝迹了，而在正常的情况下，狗找不到阴凉的地方，就侧卧在长廊口喘息。

二人走上棕榈大街，穿过阅兵场，再下坡走向海军街区。左侧一家墙壁涂成绿色的咖啡馆，门前斜撑着黄色帆布遮阳帘。科塔尔和朗贝尔走进去，擦了擦额头上的汗水，走到绿色铅皮面桌前，捡两张公园租用的那种折椅坐下来。餐厅里一个顾客也没有。苍蝇嗡嗡地飞来飞去。有点儿倾斜的柜台上，放着一只黄色鸟笼，笼里一只鹦鹉栖在架子上，全身羽毛耷拉着，一副垂头丧气的样子。挂在墙上的几幅旧画表现战争场面，上面满是污垢和厚厚的蜘蛛网。所有铅皮桌面上，包括朗贝尔面前的那张，都有正在阴干的鸡粪，弄不清是从哪儿来的，直到传来一阵响动，从幽暗的角落忽然跳出一只神气的大公鸡，才算真相大白。

这工夫，气温似乎还在上升。科塔尔脱掉外衣，敲了敲铅皮餐桌。从里面出来一个矮小的男子，仿佛全身都裹在长长的蓝围裙里，他从远处一瞧见科塔尔就立即打声招呼，趋步走上前，飞起一脚踢开那只公鸡，在“咯咯咯”鸡叫声中问两位先生点什么。科塔尔要了白葡萄酒，然后就打听一个叫加西亚的人。据那矮子说，已有好几天没见他来咖啡馆了。

“您看他今天晚上会来吗？”

“哎！”对方回答，“我又不是他肚子里的虫儿。对了，您了解他常来的时间吧？”

“了解，不过，也不是特别重要的事，只是想给他介绍个朋友。”

这伙计在围裙上擦了擦那只湿手。

“嘿！先生也做买卖？”

“对呀。”科塔尔回答。

矮人用鼻子吸了一口气：

“那好吧，请今天晚上再过来吧。我派孩子去找他。”

二人离开时，朗贝尔问科塔尔做什么买卖。

“当然是走私啦。他们通过各个城门，将走私物品偷运进来，再高价卖出去。”

“哦，”朗贝尔说道，“他们有同伙吧？”

“这还用说。”

到了晚上，遮阳帘已经卷上去了，鹦鹉在笼子里学舌。铅皮餐桌围坐着只穿衬衣的男人。其中一人，一见科塔尔进来便站起身，他草帽扣在脑后，白衬衣敞着怀，露出焦土色的胸膛，黝黑的脸膛，五官倒还端正，那双黑眼睛很小，一口牙齿雪白，手上戴着两三枚戒指，看样子有三十来岁。

“你们好，”那人说道，“咱们到柜台上喝几杯。”

他们默默喝过了三巡。于是，加西亚提议：

“咱们出去走走吧？”

他们出了门，下坡走向码头，加西亚问他们找他有什么事。科塔尔回答说，想把朗贝尔介绍给他，确切地说并不是为了做生意，只是为了他所说的“出门”。加西亚抽着烟，径直往前走。他提了一些问题，提到朗贝尔时就称“他”，仿佛没有发觉这个人就在眼前。

“出门干什么？”加西亚问道。

“他妻子在法国本土。”

“嗯！”

沉吟片刻，又问道：

“他是干哪行的？”

“记者。”

“干这行的人话很多。”

朗贝尔沉默不语。

“他是朋友。”科塔尔说道。

三人默默往前走。到了码头，入口处设置了大栅栏，禁止入内。他们便朝一家小酒馆走去，那里卖油炸沙丁鱼，香味一直飘进他们的鼻孔。

“不管怎样，”加西亚下了结论，“这事不由我来干，是拉乌尔经手管。我得找到他才成。找他可不容易。”

“哦！”科塔尔赶忙问道，“他躲起来啦？”

加西亚没有回答。快走到小酒馆了，他停下脚步，转身第一次面对朗贝尔。

“后天十一点，在海关营房的拐角，在城里的制高点。”

他表示要走了，但是又转身，对两人说道：

“要收费用。”

这是要敲定。

“那当然了。”朗贝尔同意。

过了一会儿，记者向科塔尔致谢。

“哎！不必谢，”科塔尔爽快地回答，“很高兴能为您效劳。再说了，您是记者，早晚您会还上我这份情的。”

两天之后，朗贝尔和科塔尔前往城中的高地，沿上坡路穿过一条条没有树荫的大街。海关营房有一部分已改成诊疗所，大门前聚集了一群人，有的是希望探视病人而不可能获准，有的则是来打听瞬息万变的消息。不管怎样，既有人群聚拢，就必然人来人往，加西亚自然考虑了这一点，才约定在此处跟朗贝尔见面。

“真是怪事，”科塔尔说道，“就这么执意要走。大体上说，这里发生的事相当有趣。”

“对我则不然。”朗贝尔回应道。

“嗯！当然了，是冒些风险。不过，在闹鼠疫之前，要穿过车辆特别多的十字路口，毕竟也同样危险。”

这时候，里厄的汽车在他们身旁停下。塔鲁开车，里厄好像半睡着了。

里厄醒来，介绍他们彼此认识。

“我们俩认识，”塔鲁说道，“都住在同一家旅馆。”

里厄请朗贝尔上车，捎他回城。

“不用，我们这里有约会。”

里厄注视朗贝尔。

“没错。”记者又说道。

“啊！”科塔尔惊问道，“大夫也知道啦？”

“预审法官来了。”塔鲁看着朗贝尔，发出警告。

科塔尔大惊失色。果然是奥通先生，他沿着斜坡街道下来，步伐沉重，走向他们这几个人，到了他们跟前时摘下帽子。

“您好，法官先生！”塔鲁先打招呼。

法官回礼，也向车里的人问好，又瞧了瞧站在后面的科塔尔和朗贝尔，一脸严肃地向这二人点头致意。塔鲁就向他介绍记者和拿年金的人。法官仰首望了望天，叹息一声，说这真是一个伤心惨目的时期。

“塔鲁先生，有人对我说，您担当起预防措施的实施工作。对此我不大苟同。大夫，您认为这场疫疾会蔓延开吗？”

里厄回答说但愿不会蔓延，法官附和道，总得抱有希望。上天的意图神秘莫测，塔鲁又问他，这场灾难是否给他带来额外的工作。

“正相反，我们所说的普通法[①]案件减少了。现在我要预审的案子，全是严重违犯新法规。而旧法律，还从来没有像今天这样得到遵守。”

“这就表明，”塔鲁说道，“比较而言，旧法律似乎更好些，必然会这样。”

法官神态变了，不再凝望天空而遐想，现在目光冷峻，审视起塔鲁。

“那又怎么样呢？起作用的不是法律，而是判决。对此谁也无能为力。”

等法官一走，科塔尔便说道：

“这家伙，可是头号敌人。”

汽车启动了。

不大工夫，朗贝尔和科塔尔就看见加西亚到了。他走过来，没有同他们打招呼，说了一句“还得等等”，就算问好了。

他们周围的一群人，大多是妇女，都在一片沉默中等待。几乎每个妇女都挎着一个篮子，空抱着希望能转交给患病的亲人，甚至妄想

---

① 普通法，在欧美法系中由习惯与判例形成，通行全国，普遍适用，故称普通法，又称一般法。

那些亲人能享用这些食品。大门口设了武装岗哨，不时有一声怪叫，从营房发出，穿过院子传到大门口。于是，人群中一张张焦虑的脸转向那诊疗所。

这三人正在观看这种场景，忽听背后一声“你们好”，语调清晰而低沉，引得他们转过身去。天气这么热，拉乌尔穿戴还是非常整齐，身穿深色双排扣西服，头戴卷边呢帽。他身材高大强壮，脸色相当苍白，灰色的眼睛，嘴唇紧紧抿着。他说话又快又明确。

“咱们下坡往城里走，”拉乌尔说，“加西亚，你就自便吧。”

加西亚点着一支香烟，看着他们走远。朗贝尔和科塔尔跟上居中的拉乌尔的步伐，三人走得很快。

“加西亚向我说明了，”拉乌尔说道，“这事办得到。您总归要花上一万法郎。”

朗贝尔回答说他可以接受。

“明天，请跟我用午餐吧，到海军的西班牙餐馆。”

朗贝尔说一言为定，拉乌尔同他握手，第一次冲他微笑。拉乌尔走后，科塔尔说抱歉，第二天他没空，况且，朗贝尔也用不着他陪同了。

第二天，我们这位记者走进西班牙餐馆，所经之处，人人都扭头看他。这是一间阴暗的地下室，上面一条黄色小街被太阳晒枯干了。顾客多为西班牙长相的男人。拉乌尔坐在餐厅里端的一张餐桌，向记者打了个手势，朗贝尔立即朝他走去，那些顾客脸上好奇的表情就随即消失，又都埋头用餐了。拉乌尔的同桌有一个瘦高个男人，满脸胡茬儿，头发稀疏，长一副马面，而肩膀奇宽，衬衣袖子卷起来，露出两条布满黑毛的又细又长的胳臂。给他介绍朗贝尔时，他点了三下头。拉乌尔提到他时，没有道出他的名字，只说“我们的朋友”。

“我们的朋友认为可能帮上您的忙。他会让您……”

拉乌尔住了口，只因女招待过来，问朗贝尔点什么菜。

“他会让您跟我们的两个朋友接上头，那两个朋友再介绍您认识我们买通的城门哨兵。这还不算完，必须由哨兵本人判断有利的时机。最简易的办法，就是您到一个哨兵家住几个晚上，那住宅离城门很近。不过，先得由我们的朋友介绍您同他们接洽。等一切安排妥当之后，也由他来跟您结算费用。”

这位马面朋友再一次点点头，同时不断地咀嚼他切碎的西红柿拌甜椒沙拉。继而，他开了口，略带西班牙口音，约朗贝尔在第三天早上八点钟，到大教堂门廊下见面。

“还得等两天。”朗贝尔指出。

“这事就是不容易办啊，”拉乌尔说道，“必须联系上那些人。”

马面又点了点头，朗贝尔颇不情愿地同意了。午餐余下的时间，就试着寻找个话题。朗贝尔一发现马面是足球运动员，谈话就变得极为容易了。朗贝尔本人也经常踢球。于是，他们聊起法国甲级联赛①、英国职业球队的价值和 W 战术②。午饭结束时，马面完全活跃起来，他用“你”来称呼朗贝尔，力图要朗贝尔相信，一支球队的最佳位置莫过于前卫。他说道：“你也清楚，前卫，就是助攻进球的角色。助攻进球，这才叫踢球。”朗贝尔一直踢中锋，还是同意他的观点。他们的讨论，却被收音机的广播节目打断了。先是播放几支低沉的抒情乐曲，接着广播宣布，昨天鼠疫死亡人数为一百三十七人。顾客中谁也没有反应。马面人耸了耸肩膀，站起身来。拉乌尔和朗贝尔也随之起身。

临走时，前卫用力地跟朗贝尔握手。

“我叫贡萨雷斯。”他说道。朗贝尔觉得，这两天时间无比漫长。他到家拜访里厄，对他详细讲述了自己活动的情况。然后，他陪大夫出诊，到了疑似患者的家门口，就同大夫分手了。走廊响起奔跑和说话的声音：有人跑去告诉患者家人大夫到了。

“但愿塔鲁不会迟到。”里厄喃喃说了一句。

---

① 法国甲级联赛，法国足球甲级联赛于 1932 年 9 月 11 日开赛，共有二十支职业球队参加。

② W 战术，即排三个前锋和两个内锋，形成 W 字形，故名；而两名中场球员和三名后卫，形成 M 字形，故这一战术亦称 WM 战术，二十世纪三四十年代流行于欧洲。

他一脸倦容。

“瘟疫传染得太快了吧？”朗贝尔问道。

里厄回答说不是这个原因，统计的曲线甚至上升有所减缓。只不过，抗击鼠疫的手段还不够多。

“我们物资匮乏，”他说道，“世界上所有军队，一般都用人力弥补物力不足。然而，我们也同样缺乏人力。”

“外地不是支援来医生和防疫人员嘛。”

“不错，”里厄回答，“来了十位医生，一百来个医护人员。表面上看，人数很多，但是，照眼下的疫情，也只能勉强应付局面。如果瘟疫再蔓延，人手就不够了。”

里厄侧耳细听居民楼里边的声响，接着对朗贝尔微笑道：

“对了，您应当抓紧，一举成功。”

朗贝尔的脸上掠过一片阴影。

“您也知道，”他声音低沉，说道，“并不是这种局面促使我走的。”

里厄回答说他知道，但是，朗贝尔还是说下去：

“我自认为不是懦夫，至少大部分时间如此。我也有过机会证明了这一点。只是有些念头，现在无法忍受了。”

大夫直视朗贝尔，说道：“您一定能跟她重逢。”

“也许吧，但是，我忍受不了这种念头，想到这会持续下去，而这期间她会变老。人一到三十就开始衰老，什么都得抓紧。不知道您是否能理解。”

里厄喃喃说他觉得理解得了，这时，塔鲁兴冲冲赶到。

“我刚才请帕纳卢加入我们的行列。”

“什么反应？”大夫问道。

“他考虑了一下，就说可以。”

“我很高兴，”大夫说道，“我很高兴了解到，他讲道好，做得更好。”

“人人都如此，”塔鲁说道，“只要给他们机会。”

塔鲁微微一笑，朝里厄眨了眨眼睛。

“我这一生要做的事，就是给别人提供机会。”

“请原谅，”朗贝尔说道，“我得走了。”

约定是在这星期四，朗贝尔差五分八点钟，来到大教堂的门廊下。空气还相当清爽。天空还形成了几小朵圆团的白云，过一会儿，就要被上升的热流一下子吞噬。晒干的草坪上倒还散发着微潮的气息。太阳升到东边房舍的后面，仅仅晒热了广场上全身镀金的贞德雕像的头盔。一座自鸣钟响了八下。朗贝尔在空荡荡的门廊下踱了几步。教堂里隐约传出歌唱的圣诗，混杂着老酒窖和焚香的香气。唱圣诗戛然而止。十来个黑色的矮小身形出了教堂，开始小跑回市里去了。朗贝尔开始不耐烦了。又有一些黑色的身形登上大台阶，朝门廊走来。朗贝尔点着一支香烟，随即又想到这里也许不准吸烟。

八点一刻了，大教堂里弹起管风琴，乐声低回。朗贝尔走进幽暗的侧殿，过一会儿他才看清，刚才从他面前走过的那些黑影，现在正聚集在正殿的一个角落，对着一座临时搭起的祭台，台上新安放一尊圣罗克雕像，也是本市一家雕刻工作室赶制出来的。那些黑影跪在雕像前，仿佛蜷缩成一团，在灰暗中依稀可见，好似一个个凝固的影子，略比他们在其间飘浮的烟雾颜色深一点。管风琴弹奏的变奏曲，在他们上方回环流转。

朗贝尔走出教堂，瞧见贡萨雷斯已经走下大台阶，朝市里走去。

“我还以为你走了，”他对记者说，“这很正常。”

他解释说，他在附近还有一个约会，约在八点差十分，他白等了二十分钟，未见他几个朋友来。

“肯定有什么事绊住了。干我们这种营生的，不是总那么顺手。”

他提议次日同一时间，到烈士纪念碑前见面。朗贝尔叹了口气，将呢帽往脑后一推。

“这没什么，”贡萨雷斯笑嘻嘻地总结说，“你想想看，在球场上要经过多少配合，要推进，传球，才能破一次门。”

“当然了，”朗贝尔还是有话，“可是，一场球只踢一个半小时。”

奥兰的烈士纪念碑矗立在唯一能望见大海的地点：那是一条散

步的大道，与俯瞰港口的悬崖平行，而且相距不远。第二天，朗贝尔先到约会地点，仔细阅读阵亡将士名单。过了几分钟，两个男子走到近前，若不经意地看了他一眼，然后走开，俯到散步大道一侧的栏杆上，仿佛全神贯注，观赏空空如也的码头。他们俩身体一般高，都穿着同样短袖海魂衫和蓝色长裤。记者走开一点，坐到一张椅子上，可以从容打量他们。他这才看清楚，他们肯定超不过二十岁。这时候，他看见贡萨雷斯一边朝他走来，一边还表示歉意。

“那就是我们的朋友。”贡萨雷斯说道。他把记者带到两个青年面前，介绍给他。一个叫马塞尔，一个叫路易。正面看上去，他们俩长得很像，朗贝尔认为他们是哥儿俩。

“行了，”贡萨雷斯说道，“现在，大家都认识了。想法把事办好吧。”

马塞尔或者路易便说道，两天之后，轮到他们上岗，值勤一周，一定得找个最合适的日子。他们有四个人把守西城门，另外那两个是职业军人。不考虑把他们拉进来，他们不可靠，况且，那又要增加费用了。不过，值勤期间，有些夜晚，那两个伙伴要去他们熟悉的一家酒吧的后屋，消磨一部分时间。马塞尔或者路易当即提议，朗贝尔住到他们位于城门附近的家中，等人来接他。这样出城就畅通无阻了。不过，事情必须抓紧，因为近来听说，城外也要加设岗哨了。

朗贝尔同意了，他仅余的香烟又取出几支请人。那二人中还未开口的那个就问贡萨雷斯，费用问题是否解决，能否收些定金。

“不行，”贡萨雷斯说道，“没有这个必要，他是朋友。费用在出发时结清。”

大家商定再见一次面。贡萨雷斯提议第三天，到西班牙餐馆吃晚饭。饭后，可以直接去两名哨兵的家中。

“头一个夜晚，”他对朗贝尔说道，“我同你做伴。”

第二天，朗贝尔上楼回客房时，在旅馆楼梯上迎面遇见塔鲁。

“我去见里厄，”塔鲁对他说，“您愿意一道去吗？”

“我一直拿不准，会不会打扰他。”朗贝尔迟疑一下，回答说。

"我看不会，他常向我提起您。"

记者又想了想，说道："听我说，晚饭后，你们若是有点儿时间，晚点儿也无妨，你们俩就来旅馆酒吧。"

"这要看他和疫病的情况了。" 塔鲁回答。

不过，到了晚上十一点，里厄和塔鲁果然走进狭小的酒吧。三十来人一个挨一个，都高声说话，他们二人刚从疫城的寂静中来，有点儿晕头转向，不觉停下脚步。看到这里还供应烧酒，他们就明白了为什么这么吵闹。朗贝尔坐在柜台一端的高凳上，向他俩打招呼。他们坐到朗贝尔两侧，塔鲁平静地一把推开身边一个喧哗的家伙。

"你们喝烧酒没事儿吧？"

"没事儿，"塔鲁回答，"正相反。"

里厄闻了闻杯中酒，一股苦涩的草药味。周围这样喧闹，根本没法儿交谈，不过，朗贝尔似乎一门心思在喝酒。大夫还判断不出来他是否醉了。这个狭小的酒吧摆放着两张桌子。一名海军军官占了一张，他左拥右抱两个女人，这时他正给一个红脸胖子讲述开罗流行的那场斑疹伤寒瘟疫。"那些营地，"他说道，"给土著人建造的营地，搭了帐篷安置患者，周围设岗哨，拉起防疫线，如有家人想偷偷往里送土方药，哨兵就会朝人开枪。那种做法很冷酷，但是完全正确。"另一张桌子围坐着几个衣着讲究的青年，他们的谈话难以捕捉，淹没在置于半空的电唱机所放《圣詹姆斯医院》的乐曲节奏中。

"您还满意吧？"里厄提高嗓门问道。

"这事儿快了，"朗贝尔回答，"也许就在这个星期。"

"真遗憾。"塔鲁嚷了一句。

"为什么？"

塔鲁瞧了瞧里厄。

"嗯！"里厄说道，"塔鲁这样讲，是因为他想您在这里，很可能对我们有用处。不过我呢，非常理解您要走的愿望。"

塔鲁也请大家喝一杯。朗贝尔从高凳上下来，第一次直面看着塔鲁。

"我对你们有什么用？"

"有用啊，"塔鲁说着，手不慌不忙伸向酒杯，"就到我们的卫生防疫队里来。"

朗贝尔又恢复他那习惯性的钻牛角尖的神态，重又登上他那高凳。

"这些卫生防疫队，在您看来没用吗？"塔鲁问道，他喝了几杯酒，定睛看着朗贝尔。

"很有用。"记者回答，他也喝了一口酒。

里厄注意到朗贝尔的手在发抖，心想他肯定醉了，对，完全醉了。

第二天，朗贝尔第二次走进西班牙餐馆，从一小伙人中间穿过去：那些人把椅子搬到门口，享受热气开始减退的绿荫下的金色黄昏。他们抽的叶子烟气味呛人。餐厅里几乎空无一人。朗贝尔走向最里面，还是坐到他和贡萨雷斯初次见面的那张桌子。他对女招待说要等人。现在是十九点三十分。外面那些人又陆续回到餐厅落座。开始给各餐桌上菜了，低矮的扁圆拱顶下，一片刀叉撞击声响和低沉的人声话语。已经二十点了，朗贝尔一直在等待。电灯打开了。又来一些顾客，坐到他这张餐桌了。他点了晚餐的菜肴。二十点三十分，他吃完了饭，仍不见贡萨雷斯的影子，也不见那两个青年来。他一连吸了几支香烟。餐厅里的顾客渐渐走空了。外面，夜幕很快降临。海上吹来的一阵暖风，微微掀动落地窗的帘子。到了二十一点，朗贝尔发现餐厅已空无顾客了，女招待惊讶地看着他。于是，他付了钱，走出餐馆。对面一家咖啡馆还开着门。朗贝尔坐到柜台前，眼睛盯着那家餐馆的门口。到了二十一点三十分，他就走回旅馆，一路上怎么也想不出法子，没有地址，就找不到贡萨雷斯，他不免心慌意乱，不承想又得重新开始找各种门路。

夜色中不时有一辆救护车疾驰而过，正是这种时刻，朗贝尔发觉，正如后来他对里厄大夫所讲的那样，在这段时间，他全部心思放在找一条通道，以便穿过把他和妻子隔开的城墙，竟然在一定程度上忘记了妻子。但是，也正是在这种时刻，所有出路再次被堵死之后，他在自己的欲念中心又找回了妻子，而且痛苦爆发得如此突然，不由得开始跑向旅馆，要逃避这种五内俱焚的灼痛，殊不知这种灼痛就附在他身上，吞噬着他的太阳穴。

次日一大早，他又去见了里厄，问他如何找到科塔尔。

“我所能做的事，”朗贝尔说道，“只有跟那个团伙重新接上头。”

“明天晚上您来吧，”里厄说道，“塔鲁要我邀请科塔尔，我也不知道是何缘故。他大约十点钟到，您就十点半来吧。”

第二天，科塔尔来到大夫家时，里厄正跟塔鲁讨论在他的诊所里，出现一个意外治愈的病例。

“十人当中的一人。他就是运气好。”塔鲁说道。

“哦！好哇，”科塔尔插言道，“那就是没有感染上鼠疫。”

这两位明确告诉他，治愈的恰恰是这种病症。

“既然治好了，那就不可能是鼠疫。你们跟我同样清楚，鼠疫是不治之症。”

“一般来说是这样，”里厄说道，“可是，稍微不信这个邪，就能获得意外的惊喜。”

科塔尔笑起来。

“看起来不是这样。今天晚上公布的数字，你们听到了吗？”

塔鲁友善地看着这个享有年金的人，说他知道数字，形势很严峻，但是这能证明什么呢？这证明还必须采取更为特殊的措施。

“哎！你们已经采取了。”

“对，但是，人人还必须为自身采取这些措施。”

科塔尔不明白，注视着塔鲁。塔鲁则说，消极无作为的人太多了，而瘟疫是大家的事，人人都应该尽自己的责任。卫生防疫志愿组织，敞开面向所有人。

“这是一种观念，”科塔尔说道，“但是观念什么也不顶。鼠疫太强大了。”

“究竟如何，我们会知道，”塔鲁以耐心的语气说道，“等我们所有办法都试过之后。”

这工夫，里厄一直在写字台上抄写卡片。塔鲁的目光始终盯着在椅子上躁动不安的科塔尔。

“为什么您不来同我们一起干呢，科塔尔先生？”

科塔尔忽地站起身，一脸受触怒的神态，拿起他的圆帽，来了一句：

“我不是干这行的。”

接着，他又操起虚张声势的口气：

“况且，这样闹鼠疫，我的日子过得挺滋润，我看不出自己为什么要掺和进去，出手遏制鼠疫。”

塔鲁拍了拍额头，好像恍然大悟：

“哦！真的，我倒忘记了，没有这场灾难，您就会被捕了。”

科塔尔浑身一激灵，赶紧抓住椅背，就好像会跌倒似的。里厄停下抄写，也注视着科塔尔，一副又严肃又关切的表情。

“这事儿是谁告诉您的？”这位拿年金的人嚷道。

塔鲁显出惊讶的神色，说道：

“就是您本人啊。至少，大夫和我都是这么理解的。”

科塔尔一时盛怒，说话含混不清，无法理解了，塔鲁见状，就补充说道：

“您也不要冲动，无论大夫还是我，都不会去告发您。您那段事与我们无关。再说了，那些警察，我们从来就不喜欢。好了，您还是坐下去吧。”

这位年金享有者瞧了瞧椅子，犹豫了一下，这才又坐下了。过了半晌，他叹了口气。

“这是一段老黄历了，”他承认道，“不知怎么他们又翻出来。我还以为早就忘了呢。不料有个人讲了。他们传唤了我，并且对我说案子调查结束之前，要我随叫随到。当时我就明白，他们最终会逮捕我。”

“事还挺严重的？”塔鲁问道。

“这要看您怎么说了。反正不是人命案。”

“会判坐牢还是服苦役？”

科塔尔显得万分懊丧。

“坐牢嘛，那还算我运气……”

然而，片刻之后，他语气激烈，又说道：

“那是个过错，谁都会犯错。可是，一想到要因此被抓走我就受不了，受不了离开我的家，离开我的生活习惯和我熟悉的人。”

“啊！”塔鲁问道，“您想到上吊自杀，就是这个缘故？”

“是啊，当然，干了一件蠢事。”

里厄这才头一次开口，对科塔尔说，自己理解他那种忐忑的心情，但是到时候，也许什么都会解决。

“嗯！我知道，眼下我无须担心什么。”

“看起来，”塔鲁说道，“您不会参加我们的志愿队。”

对方则用手摆弄着帽子，朝塔鲁抬起游移不定的目光。

“不要怨恨我。”

“当然不会。不过，”塔鲁说道，“您至少也不要故意传播细菌哪。”

科塔尔争辩说，他并不希望发生鼠疫，而灾难就这么降临了，如果这暂缓了他那案子，总归不是他的过错。这时朗贝尔来到门口，这位年金享有者正铿锵有力地补充道：

“况且，我也认为，你们会一事无成。”

朗贝尔得知，科塔尔并不晓得贡萨雷斯的住址，不过，总还可以再去那家小咖啡馆。二人约定次日见面。里厄表示渴望了解情况，朗贝尔就请他和塔鲁到客房去找他，周末晚上什么时候去都成。

次日早晨，科塔尔和朗贝尔去了那家小咖啡馆，给加西亚留话晚上见面，如有事不能赴约，就改为第二天。当天晚上，他们俩没有等来加西亚。第二天，加西亚终于来了，他默默地听朗贝尔讲述事情的经过。这些情况他还不了解，但是他知道，有些街区核查户口，实施二十四小时封锁。贡萨雷斯和那两个青年大概未能通过路障。不过，他所能做到的事，就是帮他们重新联系上拉乌尔。自不待言，这事儿两天之内是办不到的。

“看起来，”朗贝尔说道，“一切又得从头开始了。”

到了第三天，在一条街的街角见面，拉乌尔证实了加西亚的推测：地势低的街区实施了封锁。必须重新联系上贡萨雷斯。两天之后，朗贝尔和这位足球运动员一起吃午饭。

“蠢到这份儿上，”贡萨雷斯说道，“早就应该约定一个联系的办法。”

朗贝尔也是这种看法。

“明天早晨，咱们到那两个小伙子家里去，尽量全安排妥当。”

第二天，那两个小伙子不在家，于是留了话，约他们次日中午在中学广场见面。朗贝尔下午回旅馆，他那副表情，让碰见他的塔鲁十分惊诧。

“事不顺吗？”塔鲁问他。

“总是得从头开始。”朗贝尔回答。

他重申了原先的邀请：“你们晚上来吧。”

晚上，两个人走进客房时，朗贝尔正躺在床上。他起身往准备好的杯子里倒酒。里厄接过递给他的那杯酒，问记者进展是否顺利。记者回答说他又重新转了一大圈，回到原点，很快就要最后一次赴约了。他喝了口酒，又加了一句：

“不用说，他们不会去的。”

“也不能把这当成一种规律。”

“你们还不明白。”朗贝尔答道，同时耸了耸肩膀。

“明白什么？”

“鼠疫。”

“啊！”里厄惊叹一声。

“是的，你们还不明白，这就表现在总是周而复始。”

朗贝尔走到房间一个角落，打开一台小型留声机。

“什么唱片？”塔鲁问道，“我听过。”

朗贝尔回答说是《圣詹姆斯医院》。

唱片放到中间，就听见远处传来两下枪声。

“打一条狗或者一个逃逸者。”塔鲁说道。

不大工夫，唱片放完了，而一辆救护车的鸣声越来越清晰，越来越大，从旅馆的窗下呼啸而过，随后鸣声渐小，最终消隐了。

“这张唱片没什么意思，”朗贝尔说道，“而且算起来，今天我听了有十遍了。”

“您就这么爱听吗？”

“不是，我就这么一张。”

过了片刻，朗贝尔又说道：

“我还是要对你们讲，这就表现在总是周而复始。”

他问里厄防疫队组建进展如何。已有五支防疫队投入工作，还希望组建几支。记者坐到床上，仿佛专心检查自己的指甲。里厄在端详他那侧面的身影：躯体蜷缩在床边，显得短粗而健壮。他猛然发现朗贝尔也在注视他。

“要知道，大夫，”朗贝尔说道，“你们的组织，我也想了很多。我没有跟你们一起干，也有我自己的理由。说起别的方面，我认为我还能够奋不顾身，我参加过西班牙内战①。”

“站在哪一边？”塔鲁问道。

“站在战败者的一边。但是事后，我也思考了一下。”

“思考什么？”塔鲁问道。

“思考勇气问题。现在我知道，人能有壮举，但若是不能有崇高的情感，我也不感兴趣。”

---

① 西班牙内战，发生在1936至1939年间。1936年2月，西班牙左翼人民阵线在国会选举中获胜，成立联合政府。右翼势力与反动军官勾结在一起，由佛朗哥等发动叛乱，并得到德国和意大利法西斯政权的大力支持。国际进步力量则积极支持西班牙政府，组织国际纵队同西班牙人民并肩作战。1939年3月28日，马德里陷落，共和政府倾覆。西班牙开始了佛朗哥的法西斯独裁统治。

“我倒觉得，人无所不能。”塔鲁说道。

“不然，人就是不能长期忍受痛苦或者享受幸福。凡是有价值的东西，人都无能为力。”

朗贝尔注视他们，接着又说道：

“喏，塔鲁，您能为爱情而死吗？”

“说不好，但是我觉得，现在不能。”

“果然。您能为一种理念而死，这一眼就看得出来。而我呢，已经厌倦了为理念而死的人。我不相信英雄主义，知道那很容易做到，也了解死了很多人。我所感兴趣的是，人要为自己所爱而活着，而死去。”

里厄专心听完记者的这番话，他目不转睛，看着朗贝尔，语气和蔼地说道：

“人不是一种理念，朗贝尔。”

记者跳下床，激动得满脸通红。

“这是一种理念，而且从背离爱的时候起，就成为一种短视的理念了。恰恰如此，我们再也不能爱了。我们只好认了，大夫。等待我们变得能够爱的时候吧，如果真的不可能爱了，那也不要硬充英雄，我们就等待全体解脱吧。我呢，也就不再往深里想了。”

里厄站起身，脸上突然显露倦怠的神色。

“您说得对，朗贝尔，说得完全有理，而我无论如何，也绝不会让您背离您要做的事情，觉得这是正确的，是好事。然而，我还是应该告诉您：这一切与英雄主义无关，而是诚挚的问题。这种理念也许会惹人发笑，但是同鼠疫做斗争，唯一的方式就是诚挚。”

“诚挚是指什么呢？”朗贝尔问道，表情也忽然变严肃了。

“我不知道诚挚通常指什么。但是就我的情况而言，我知道诚挚就是做好本职工作。”

“哼！”朗贝尔恨恨说道，“我不知道什么是我的本职工作。我选择爱情，也许确实走错了路。”

里厄正面看着他。

“不，”里厄有力地说道，“您没有走错路。”

朗贝尔若有所思地注视着他们。

“你们二人，你们做这一切，想必不会有任何损失。如此这般，站到好的一边很容易。”

里厄干了杯中酒。

“好了，”他说道，“我们还要办事。”

他走出去了。

塔鲁正要跟出去，好像又改变了主意，转身走向记者，对他说道：

“里厄的妻子远在数百公里之外，正在一家疗养院里疗养，这情况您知道吗？”

朗贝尔不禁吃了一惊，可是塔鲁已经走了。

次日一大早，朗贝尔就给里厄大夫打电话：

“我愿意和你们一起干，直到我有了办法出城为止，您肯接受吗？”

电话线另一端一时沉默不语，继而说道：

“接受，朗贝尔。我要谢谢您。”

第 三 部

安于绝望比绝望本身还要糟糕。

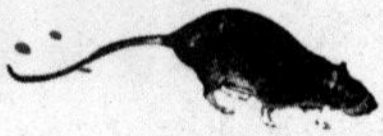

一

整整一周时间，鼠疫的囚徒们就这样拼命挣扎。看得出来，其中有些人，如朗贝尔，甚至臆想他们还像自由人一样行动，还可以自主选择。然而，到这一时刻，到了八月中旬，可以说实际上，鼠疫已经席卷了一切。因此，个人命运已不复存在，唯有一段集体的历史，即鼠疫和所有人的共同感受。感受最深的莫过于骨肉分离和放逐感，以及其中包含的恐惧和反抗。因此之故，叙述者认为，值此暑热和疫情达到高峰之际，应当描述一下总体形势，举例说明我们活着的同胞过激的行为，描述一下死者埋葬的情景和情侣分离的苦痛。

正是这一年的中期，大风刮起，一连数日扫荡这座疫城。奥兰城居民特别惧怕大风天，因为城池坐落在高地上，毫无天然屏障。狂风可以长驱直入，灌进大街小巷，势不可当。数月之久，没下一滴雨，全城覆盖着一层灰尘的薄壳，被大风掀起来，尘土和纸片随风飞扬，势如浪涛，击打着日渐稀少的散步者的腿脚。只见他们用手帕或手掌捂住口鼻，弓着身子在街上疾行。暮晚时分，大家不再聚在一起，尽可能延长时日，恐怕每一天都可能是末日，现在只能遇见一小股一小股的人，脚步匆匆，赶回家或者走进咖啡馆。因而刮大风那几天，暮色降临得快些，街巷空荡荡的，只有风持续不断地悲鸣。始终看不见的大海波涛汹涌，卷起一股海藻和盐的气味。这座不见人迹的城市，被尘土染成白色，充斥着海水的气味，回响着风的呼啸，当时就像一座苦难的孤岛那样哀吟。

此前，鼠疫肆虐，城郊街区的受害者大大多于市中心区，因为城郊人口密集，居住条件差。不料，鼠疫突然发威，逼近商业区，也在市中心立足了。居民指责狂风把传染病细菌运送过来。“大风把事情全扰乱了。”旅馆经理如是说。且不论究竟如何，市中心街区的居民心知肚明，现在轮到他们头上了，无怪乎深夜里，他们越来越频繁地听到，救护车鸣叫着从他们家窗下驶过，那正是鼠疫悲切而轻慢的召唤。

即使在城内，当局也想到将疫情格外严重的街区隔离开来，只准许执行必要公务的人员出入。一直生活在这些街区的人，都不免认为这项措施是故意捉弄他们，不管怎样，相比之下，他们就把其他街区的居民视为自由人了。而其他街区的居民身处艰难时刻，一想到还有比他们更不自由的人，倒觉得有一种安慰了。“总有囚禁得比我们还严的人”，这样一句话概括了当时唯一可能心存的希望。

差不多就在这期间，火灾也频频发生了，尤其靠近西城门的娱乐街区。据了解，那是检疫隔离期满的人纵的火，他们死了亲人，遭到不幸的打击，一时神经错乱，便放火焚毁自己的房子，幻想将鼠疫葬于火海。这种举动极难制止，火灾频仍，又借狂风之势，将整片整片街区时刻置于危险之中。当局对房屋全面消毒，足以排除传染的危险，怎么宣传也无济于事，只好颁布法令，严惩头脑简单的纵火者。让那些不幸的人望而却步的，当然不是会坐牢的想法，而是所有居民都确信坐牢就等于判死刑的考量，这也事出有因：根据统计数字，市监狱里的死亡率极高。居民确信这一点，当然不是毫无依据。由于显而易见的原因，鼠疫似乎特别喜欢袭击习惯过集体生活的人群，如士兵、修道士、囚犯等。有些囚徒虽然单独关押，但监狱毕竟是一个群体。就说本市监狱，狱卒也和囚犯一样，要向疫病进贡，便是一种明证。从鼠疫高瞻的角度来看，监狱所有人，从典狱长一直到命不值一钱的囚犯，无不判了死刑，也许这是破天荒第一次，一种绝对的公正统治了监狱。

当局力图将等级制度引入这片碾平的地界，打算授勋给死在监狱岗位上的看守也是枉费心机。既已颁布了戒严令，从某种角度看，监狱看守可以被视为征召入伍的军人，于是他们死后便被授予了军功章。然而，即若囚犯们没有提出任何异议，军界可不怎么看好，并且理直气壮地指出，这会在公众的头脑里造成令人遗憾的混乱。当局接受了他们的要求，认为最简便的办法，就是给死去的监狱看守追授抗疫奖章。但是，对于头一批人，错已铸成，又不能收回已授予他们的军功章，军界就仍然坚持己见。另一方面，所谓的抗疫奖章，也有其弊病，不能像授军功章那样激励士气，因为在闹瘟疫期间，获得这种奖章不足为奇。结果人人都不满意。

况且，监狱系统的行政管理，不可能像教会的高层，更不能像军事当局那样运行。市内仅有两座修道院，修道士实已分散，临时住进虔诚信徒的家中。同样，每当只要可能，军营便派出小分队，驻扎到学校和公共大楼里。因此，这场疫病看似迫使居民像围城中的人那样万众一心，但同时也摧毁了传统的关系，把个人重又投入孤独的状态。这就造成了全城恐慌。

可以想见，这些情况集中显现，再借助风势，也在一些人的头脑里引起大火。夜间，各个城门重又遭受袭击，而且事件发生多起，但这次肇事者却是几小股武装分子。双方交火，打伤了几个人，有几个人闯出城去。于是，城门加强了守卫，很快就遏制了逃跑的企图。然而，这种企图困在城里，又足以煽起动乱之风，导致几桩暴力事件。有些房舍失了火，或者由于防疫原因而查封，就被人抢劫一空了。其实，这些行为很难讲是有预谋的。在大多情况下，突然有了机会，本来正派的人就顺势做出应受谴责的行为，而且当场就有人效仿。就这样出现一些胆大妄为的人，冲进正在燃烧的房屋，根本不顾因痛苦而傻愣在一边的房主人。许多围观的人一见房主都不管不问，也就跟着冲进去。于是就出现这种场景：在这条昏暗的街道上，只见火光中憧憧黑影四处逃散，而那些黑影又因将熄的火焰的影映，或因肩扛物品或家具而变得奇形怪状。正是这些突发事件迫使当局将瘟疫状态视同戒严，并且实施相应的法令。枪毙了两个盗窃犯，但是此举能否起到杀一儆百的效果值得怀疑，只因瘟疫死了那么多人，枪毙两个也没人注意，无异于沧海一粟。事实上，类似的场景时常重演，也不见当局想要管管的样子。实行宵禁是唯一给人留下深刻印象的措施。夜里十一点开始，全城便化作石头，沉没在一片黑暗中。

在挂着月亮的天穹下，城里排列着一面面灰白色的墙壁、一条条笔直的街道，从未映现过黝黑的树影，从未被游荡者的脚步声或犬吠声打扰过清静。这座寂静的庞大城池，就完全化为死气沉沉的一堆高大的立方体，中间夹杂着一尊尊默默无言的雕像：唯独这些早已被人遗忘的慈善家，或者永远禁锢在青铜躯壳里的古代伟人，还试图通过他们的石雕或铁铸的假面具，向人昭示世人曾经的光彩逐渐褪去的形象。在厚重的天幕下，在毫无生气的十字街头，这些平庸的偶像高高居于宝座上，这些冷漠的凶煞，相当形象地展现了我们进入的僵化不变的统治，起码展现了这个世界的最后秩序，即由鼠疫、石头和黑夜最终窒息一切声音的大墓地。

而且，黑夜也侵占了每个人的内心，这些真实情况，也像转述的关于丧葬的传说，都不能让我们的同胞放心了。因为，丧葬问题必须谈谈，叙述者不揣冒昧，心里明知这可能引起别人对他的指责，而他唯一能为自己辩解的理由，就是丧葬贯穿那个时期的全过程，在一定程度上，他也跟所有同胞一样，被迫关心丧葬问题。不管怎么说，他对葬礼的仪式不感兴趣，恰恰相反，他更喜欢跟活人社会打交道，譬如说海水浴。不过，总体来说，海水浴早已取缔，活人社会终日惶惶不安，恐怕不得不退让给死人社会。这是一目了然的现状。当然了，人总还可以尽量视而不见，蒙上眼睛，拒绝面对，然而，明显的事实自有巨大的威力，最终总要荡涤一切。譬如说，您所爱的人需要埋葬的那天，您有什么办法拒绝去参加葬礼吗？

说起来，我们的葬礼起初的特点，就是草草了事！所有程序都简化了，就一般而言，殡仪馆那一套统统取消。患者死在远离家人的地方，还打破习惯，禁止夜间守灵，因此，晚上死的人独自过夜，白天死的人立时埋葬。当然要通知家属，但是大多数情况下，家属也不能随意走动，因在患者身边生活过而还在检疫隔离。如果家属不曾与死者同住，那么他们就按照指定的时间到达，随棺木一道前往公墓，届时死者的遗体已经擦洗干净入殓了。

我们姑且假定，这道程序就在里厄大夫主持的附属医院进行。学校主楼后身有一条走廊出口，对着那条走廊的一大间屋原本堆放杂物，现在暂放一口口棺木。家属赶到那条走廊，看到只有一口已封盖的棺木。当即进入最重要的程序，由死者家属在文件上签字。随后便把盛有遗体的棺木抬上车，有时还是真正的灵车，有时则是改装的大型救护车。家属便登上一辆还准许运行的出租车，于是，两辆汽车开往墓地，沿着城郊街道疾驶，到达城门口，宪兵拦下车队，在官方颁发的通行证上盖了印章。没有这张通行证，就根本得不到我们同胞所说的最后归宿。宪兵们闪开一条路，两辆车开到方形墓地停下来，只见许多墓穴等待填满。一位神父迎候，因为取消了教堂里的追思仪式。在祈祷声中抬出棺木，拴上绳索，拖到墓穴边放下去，触到墓穴底部之后，神父便摇晃着圣水瓶洒下圣水，紧接着，第一铲土就落到棺盖上弹起来。救护车稍微提前开走进行消毒，随着一铲铲土填下去，撞击的声响渐渐低沉，家属也都挤进出租车。一刻钟之后，他们又回到家中。

由此可见，丧葬的全过程，确实以最快的速度完成，又冒最小的风险。毫无疑问，至少在初期，这样做伤害了家人的亲情。然而，在闹瘟疫期间，就不可能考虑这么多了：为了效率，一切都舍弃了。希望体面地安葬亲人，这种意愿比大家想象的还要普遍，如果说那种安葬法起初给民众的精神造成苦恼，那么幸而过了不久，食品供应成为最难解决的问题，居民的注意力便随之转移，忧虑这种更急迫的事了。大家想要吃饭，就得排队，走各种门路，办各种手续，精力全被占用了，也就没有闲工夫去想周围的人如何死法，自己有一天死了怎么办。这样一来，物资匮乏原本是坏事，随后又显出其裨益来。大家都看明白了，如果不是鼠疫这样蔓延，本来什么事都可以心满意足。

就连棺木也越用越少，裹尸布和公墓的穴位也供不应求。必须另想办法。始终从效率出发，最简便之法，似乎就是分批举行葬礼，如有必要，灵车就连续多次往返于医院和墓地之间。例如，里厄主持的医院便是如此，这一阵可供支配的只有五口棺材，一旦盛满遗体，便装上救护车运至墓地。铅灰色的尸体从棺木里移到担架上，停放在临时改为停尸间的库房里。腾出来的棺材喷洒灭菌液消毒之后，再运回医院，接着重新送葬，根据需要，多少次都不在话下。可见，丧葬的组织工作有条不紊，省长表示相当满意。他甚至还对里厄说，看历史记载，从前发生鼠疫，尸体堆在火车里，由黑人运走；比较起来，说到底，这里要好多了。

“是的，”里厄说道，“同样是埋葬，但是我们不同，我们为死者做了卡片。这种进步是不容置疑的。”

尽管行政工作取得了这些成绩，现在这种丧葬程序的特点还是令人不快，省政府迫不得已，就不准亲属参加葬礼了，只能容忍他们来到公墓的门口，但这也不是官方的规定。因为，就连葬礼的最后程序，情况也稍有变化。公墓最里端有一片空地，长满了乳香黄连木，在那里挖了两个大坑：一个是男尸坑，另一个是女尸坑。从这个角度看，政府还算尊重社会习俗，只是过了很久之后，为形势所迫，才丢弃这最后一点廉耻，顾不得体面了，无论男女，都胡乱一起掩埋了。所幸这种极端的混乱，仅仅标志这场灾难到了尾声。在我们所关注的那个阶段，男女分葬还存在，省政府也特别坚持这种分葬法。每个大坑的底部，垫了厚厚一层生石灰，总在冒烟沸腾。坑边的生石灰堆成小山，溢出的气泡升到空气中便啪啪爆裂。救护车一趟一趟运送完毕，担架排列起来，让一具具略微弯曲的赤裸尸体滑落到坑里，差不多相互挨着，这时，就给尸体覆盖上生石灰，再填一层泥土，厚度适可而止，还要给后来的宿客留下空间。次日，家属应邀前来在登记簿上签字，这表明人与其他生灵，例如与狗之间，可能存在的差异：人始终可以核查。

所有这些勤务都需要人手，始终处于告急的前夕。这些护士和掘墓人，起初都是政府员工，后来便临时聘用，他们许多人都死于鼠疫。不管采取何等防护措施，总有一天要受到传染。不过，真要仔细想想，最令人惊奇的是，在瘟疫流行期间，自始至终也不缺少干这行的人手。最紧张的阶段，出现在鼠疫达到高峰之前不久，里厄大夫当时的忧虑也不无道理。无论是干部，还是他所说的粗活工，人力都捉襟见肘。然而，正是从那时候起，鼠疫真正席卷全城，猖獗到极点，完全打乱了经济生活，反而带来了解忧的后果，造成了大量失业人员。在大多数情况下，失业者不是聘用干部的来源，但是应招干粗活的则大有人在。的确，也正是从那时候起，显见贫困比恐惧更厉害，尤其是干的活儿越危险报酬越高。各个卫生组织都有一份求职者名单，位置一旦空出来，立即通知名单上靠前的求职者，他们肯定会招之即来，除非在此期间，他们也腾出了在世间的位置。要不要利用有期徒刑或无期徒刑犯人干这种活儿，省长犹豫了很久，现在就能避免采取这种极端措施了，他认为只要有失业者，就可以等等再说了。

一直到八月底，我们死难的同胞还能勉勉强强被送到最后的归宿，虽然谈不上体面，至少还算有点章法，当局也就心安理得，总归尽职尽责了。不过，必须稍微提前谈谈后来的局势，才能介绍一下当局不得不采取的极端手段。实际上，从八月份起，鼠疫就保持着高压态势，死难累积的人数，大大超出了我们小小公墓所能接纳的容量。即便拆掉部分围墙，扩出来地段埋葬死者，也还是杯水车薪，必须从速另谋良策。起初决定夜间埋葬，这就一下子省了许多麻烦，不必有所顾忌了。救护车里可以越来越多堆放尸体了。不料还是被一些行人看到了，他们在宵禁之后，不顾任何法令，还迟迟在城郊街区游荡（或者一些去上班的人），有时就遇见一长列白色的救护车疾驶而过，夜晚冷清的街道回响着低调的车铃声。急匆匆地，尸体全被扔进坑里，不待晃动的死者静止下来，一铲铲生石灰便扔下去，砸在他们的脸上：坑越挖越深，泥土掩埋的尸坑已不辨姓名了。

然而，时过不久，又不得不另寻出路，扩大地盘。省政府一个决定，就剥夺了墓主的永久居住权，遗骸挖出来送到火葬场。紧接着，死于鼠疫的人也都送去火葬。于是，又得起用东城门外的旧焚尸炉。守卫的岗哨设置到更远的地方，好在市政府的一位职员提出建议，利用现已弃置的沿海岸悬崖行驶的有轨电车运送尸体，这就大大方便了当局的工作。为此，电车的机身和车身内部进行改装，拆除全部座位，同时轨道改线延长，焚尸炉也就成了终点站。

整个夏末那段时间，秋雨连绵，每天深夜都能看见一辆辆没有乘客的奇特有轨电车，沿着海岸峭壁摇摇晃晃地行驶。居民终于知道了那是怎么回事，尽管有巡逻队禁止闲人走上峭壁的路段，三五成群的人还是溜进俯瞰大海的岩壁之间，往经过的电车上抛鲜花。因此，在夏夜里，还能听见满载鲜花和尸体的电车咕隆咕隆行驶的声响。

每天凌晨，至少最初几天，一片令人作呕的浓烟笼罩了东城街区。医生们一致认为，这种烟雾气味固然难闻，但是不会危害任何人。然而，这些街区的居民则坚信，鼠疫能乘烟雾空降袭击他们，当即威胁要迁移；当局只好建造复杂的管道系统排烟，总算让居民平静下来。只是大风天，从城东刮来一股似有若无的气味，还提醒他们身处一种新的生存境况，每天夜晚，鼠疫的烈焰都在吞噬它的作品。

这正是瘟疫的最严重后果，所幸随后疫情没有再加剧，否则可以想见，我们各个行政机构的才干、省政府的措施，甚至焚尸炉的焚化能力，也许都应付不了局面了。里厄知道，已有万不得已的预想方案，如抛尸大海，也不难想象，尸体投下蓝色海面所溅起的巨大浪花。里厄也同样知道，统计数字如果继续上升，再怎么出色的组织也必定一筹莫展，省政府的措施就等于一纸空文，染病的人就会死在尸堆上，腐烂在街头，全城有目共睹，眼看着垂死者在广场上紧紧揪住活人不放，那种举动混杂着合乎情理的仇恨和愚昧透顶的希望。

不管怎样，正是这种明显的事实，或者这种直观的感受，维系着我们同胞的流放感和离别感。在这方面，叙述者也完全清楚，这里根本没有任何引人入胜的东西可以报道，该有多么遗憾，譬如类似老故事中的那种鼓舞人心的英雄，或者不同凡响的行为。须知最不引人入胜的事情，莫过于一场灾难了，光是持续较长时间这一点，大灾大难就够单调的了。鼠疫流行的那些可怕的日子，在经历者的记忆中，不像大火那样壮观而又残酷，倒像无休无止的来回践踏，所经之处一切都辗得粉碎。

不，这场鼠疫跟里厄大夫的想象不可同日而语，绝非瘟疫初起时萦绕他头脑的那种激情澎湃的壮观景象。首先，这场鼠疫运行良好，如同一种谨慎而无可挑剔的行政管理。因此，顺便说一句，叙述者的态度倾向于客观，以求杜绝歪曲事实，尤其杜绝昧良心的话。他几乎不肯为求艺术效果而改变什么，仅仅照顾到叙述大体连贯的基本需要。正是这种客观性本身指导他现在要说，那个时期的巨大痛苦，最普遍又最深重的痛苦，如果说是生离死别的话，重新描绘鼠疫的那个阶段，如果说在思想上是责无旁贷的话，那么这种痛苦本身当时就丧失其感人的特点，也同样是千真万确的。

我们的同胞，至少是那些受离别之苦最深的同胞，是否习惯了那种境况呢？断言他们已经习以为常了，恐怕不完全准确；若是说在身心两方面，他们都饱受枯槁之苦，也许更加确切些。鼠疫流行的初期，他们还能清楚地记得失去的亲人，并且时时缅怀。然而，如果说他们能清晰地回忆起心上人的音容笑貌，回忆起始自哪一天，他们开始铭记心上人的幸福时光，那么他们却想象不出就在他们思念的此时此刻，对方远在天涯可能在做什么。总而言之，那一阵子，他们记忆力很好，但是想象力不足。到了鼠疫的第二阶段，他们也同样丧失了记忆力。倒不是说他们忘记了那副面容，而是说那不再是有血有肉的面容——其实这是一码事儿，他们在内心深处已经看不见了。于是，在头几个星期，他们就喜欢抱怨在情事爱意中，他们只能跟影子打交道了，继而又发觉，这些影子还能变得更加干瘪，乃至连残留在记忆中的那点色彩也化为乌有。这样长久别离到头来，他们再也想象不出他们曾耳鬓厮磨的这种柔情蜜意了，也想象不出怎么可能有个人曾经生活在他们身边，他们随手就能触摸到呢。

从这个角度来看，他们才算步入了鼠疫的法则，而这种法则越是平庸就越有效力。我们中间再也没人满怀豪情壮志了。所有人的感受都十分单调。“这种状况也该结束了。”我们的同胞总这样讲，也是因为在大灾期间，盼望集体受难结束完全是正常的，而实际上这也是人心所想所愿。不过，这种愿望讲出来，已没有了初期那种火辣或尖刻的情绪，只有我们还清楚的那几点可怜巴巴的理由。头几个星期所表现的那种激愤，已被一种沮丧的情绪所取代，而这种沮丧情绪，认作是听天由命恐怕有误，但也不失为一种暂时的默认。

我们的同胞已经随和顺从了，可以说已经适应了，只因不如此也别无他法。自不待言，他们对不幸和痛苦还有自己的态度，但是感觉不到椎心泣血之痛了。况且，就拿里厄大夫来说，他认为这恰恰就是不幸，安于绝望比绝望本身还要糟糕。从前，相分离的人算不上真正的不幸，他们的痛苦中还有一点灵光，而现在这种灵光也已然熄灭了。现在，无论在街头巷尾，在咖啡馆还是朋友家中，看他们那呆呆的、心不在焉的样子，看他们眼中那种百无聊赖的神色，就会明白正是借助于他们，整座城市就堪称一座候车大厅了。至于那些有职业的人，他们做事也按鼠疫调整了步调：谨小慎微而又无声无息，人人都低首下心。相睽违的人，第一次打消了心理障碍，跟人谈谈在异地他乡的亲人，并且使用大众的语言，还以瘟疫的统计数字的角度来审视他们的别离。在此之前，他们避之犹恐不及，绝不肯将自己的痛苦跟不幸混为一谈，可是现在，他们却接受了这种混淆。他们没了记忆，也没了希望，就立足于当下了。其实，在他们眼里，一切都变为当下了。实话实说，鼠疫剥夺了所有人爱的能力，甚至剥夺了友爱的能力。因为，爱要求一点儿未来，而我们只剩下一些当下的瞬间了。

当然，这一切没有什么是绝对的。即便分离者真的都到了这种地步，也还应该补充一句，并不是所有人都同时落到这种境况，因而一旦确定了这种新的姿态，由于灵光闪现，猛然醒悟，这些病态的人又重获一种更为时新、更为痛苦的敏感性。于是，分心消遣的时刻就有必要了，他们在这种时刻，就当鼠疫已经结束，拟定了某种计划。他们一定得有点运气，意外地感到了毫无来由的一种嫉妒的咬噬。另一些人也会找到忽然再生的感觉，一周里有些天脱离麻木不仁的状态，当然是星期天，还有星期六下午，因为亲人在家那时候，这两个日子总是用来做习惯性的活动。再不然，到了暮晚时分，一股忧伤涌上心头，向他们警示，但是并不总能得到证实，他们即将恢复记忆了。对于信徒来说，傍晚正是反省的时刻，而这一时刻，对于囚徒或者流放者特别难熬，只因他们内心空虚，毫无反省的依据。一时间，他们恍若身悬半空，继而，他们又返回麻木状态，禁锢在鼠疫的淫威之中。

大家已然明白，这就等于放弃他们最为个性的方面。鼠疫初起那段时间，他们为一大堆自己十分看重的小事而苦恼不堪，生活中丝毫也不关心他人，一味体验着个人生活；现在则相反，他们的兴趣完全放在别人感兴趣的事情上，头脑里只有公众的想法了，就连他们的爱情，在他们的心目中，也化为极抽象的面貌了。他们自暴自弃，完全听任鼠疫的摆布，有时甚至但求长睡不醒，还不由自主地想道："腹股沟淋巴结炎，赶紧完蛋！"其实，他们已经处于睡眠状态，而整个这段时间，无非就是长眠。全城尽是醒着的睡眠者，他们难得有真正逃脱自己命运的时刻，只是寥寥数次，他们看似愈合的伤口，在夜间突然又开裂了。他们猛地惊醒，漫不经心地摸了摸创伤，恼怒地咬起嘴唇，刹那间重温了猝如新创的伤痛，同时又见到心爱的人惊慌失态的面孔。到了清晨，他们又回到灾难中，亦即复归抱残守缺的状态。

不过，有人会问，这些相睽违的人究竟像什么样子呢？说起来很简单，他们什么也不像。如果爱这么讲也行，他们像所有人，一副完全普通的模样。他们冷漠，躁动不安，跟全城协调一致。他们丧失了批评意识的表象，同时却获取了冷静的表象。譬如说，可以看到他们当中最聪明的人，也佯装跟所有人一样，在报纸上或者无线电广播里寻找理由，相信这场鼠疫很快就会结束，表面上还构思虚无缥缈的希望，或者读到一名记者闲得无聊，打着呵欠随手写的评论，就毫无根据地感到恐惧。除此之外，他们喝啤酒还是护理病人，终日懒洋洋的还是忙得疲惫不堪，整理登记卡片还是放放唱片，他们彼此并没有什么别的差异了。换言之，无论做什么，他们都不再有所选择了。鼠疫已消除了价值判断。这种情况可见之于他们的生活方式：他们不再注重购买的衣服或食品的质量了。大家都全盘接受一切了。

最后，可以这样说，分离的人没有了起初他们赖以自保的这种特权。他们已经丧失了爱情的自私性以及从中获取的益处。至少是现在，形势已明朗：这场灾难殃及所有人。我们所有人，在城门口响起的啪啪枪声中，在印戳一下下敲出我们生死的节奏中，在一场场大火和一张张卡片中，在恐怖和行政手续中，我们都注定死得颜面尽失，但是登记在册，在滚滚的浓烟和救护车悠缓的铃声中，我们都啃着同样流放的面包，都无意识地等待着同样忧心惨切的相聚和安宁。固然，我们的爱始终还在，但是派不上用场，成为负担，死沉死沉地附在我们身上，如同罪恶和刑罚那样的不毛之地，完全化为一种毫无前景的耐性，一种执拗的等待。从这个观点看来，我们有些同胞的态度，能让人联想到本城各处食品店门前所排的长队。同样，安于现状，同样，隐忍不言，既遥无尽头，又不抱幻想。这种感受还必须提升上千倍，才谈得上离别之苦，因为那是另一类饥渴，可以吞噬一切的饥渴。

不管怎样，假如想要准确把握本市相睽离者的精神状态，就必须再度回顾那些恒久不变的金色黄昏：在尘土飞扬中，暮色降临这座无树木的城市，男男女女拥上大街小巷。因为，那景象十分奇特：平屋顶晒台仍然沐浴在残照中，但是升上去的不再是往常构成市井语言的汽车和机器的轰鸣，而仅仅是嘈杂的脚步声和低沉的话语，那是在沉重的天空里，成千上万双鞋按照瘟疫呼啸的节奏痛苦地移动，总之是无休无止的踏步，汇成令人窒息的声响，渐渐充斥全城，而且夜复一夜，赋予盲目的执着最忠实、最沉郁的声音，于是在我们心中，这种执着替代了爱情。

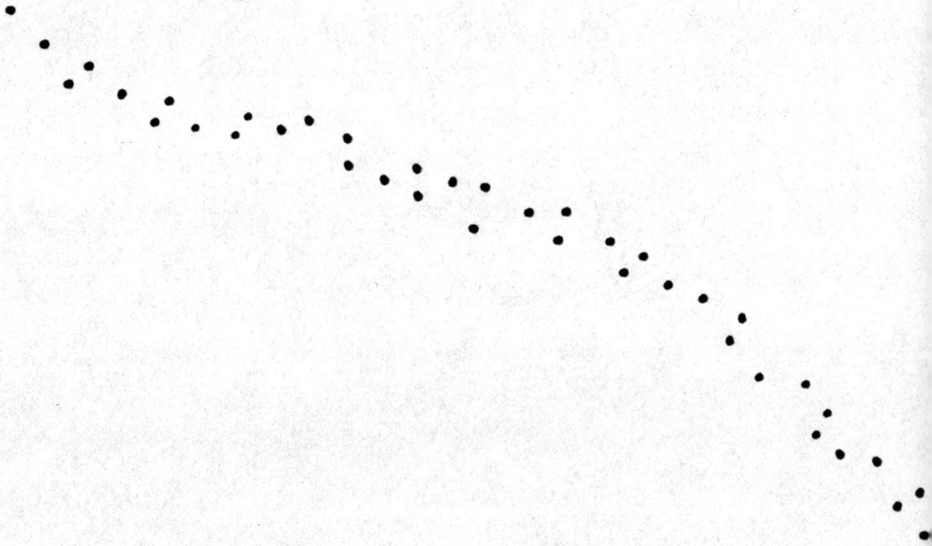

第四部

我们只剩下一件事好干了，

那就是做报表。

一

在九月和十月期间，鼠疫牢牢控制着这座委顿的城市。既然处于原地踏步的状态，那么全城数十万人，还是一周又一周没完没了地原地踏步。雾气、炎热和雨水，相继统御着天空。南来的椋鸟和斑鸠，一群群悄无声息地飞越高空，绕开这座城市，仿佛惧怕帕纳卢神父所讲的连枷，这种安在房顶呼呼作响的古怪木制工具。十月初，骤雨阵阵袭来，荡涤了街道。在这段时间，没有发生任何重大事件，依旧是大规模的原地踏步。

里厄和他的朋友们这时才发现，他们疲惫到何等程度。实际上，卫生防疫队人员再也消化不了这种疲劳了。里厄大夫觉察出这一点，还是观察到他的朋友们和他本身，滋长了一种不寻常的冷漠态度。譬如说，他们这些人一直特别关注疫情的所有消息，现在却根本不闻不问了。朗贝尔已临时受命，领导不久前设在他下榻旅馆中的检疫隔离室，有多少人接受观察，他全了若指掌。他也熟识紧急撤离办法的每个细小环节，是他为突然显出疫病征兆的人而制定的。检疫隔离者注射血清后的反应数据，无不铭刻在他的头脑里。然而，他却不能说出每周有多少人死于鼠疫，也确实不知道疫情进退的情况。而他不顾这一切，仍然抱着即将出城的希望。

至于其他人员，他们日夜忙碌，既不看报，也不听广播。如果向他们宣布某一成果，他们也佯装很感兴趣，但是实际上听不听都无所谓，那种漠然的态度，令人联想起大战时期的战士，他们修筑工事累得精疲力竭，但求能支撑下去，每天尽到本分，不再期望什么决战、什么停战的那一天。

格朗还继续进行疫情所必要的统计，当然不可能指明全面的结果。比较起来，塔鲁、朗贝尔和里厄，显然都能吃苦耐劳，格朗则相反，身体向来不好，而他却几样工作一身担，既在市政府做助理工作，又兼任里厄的秘书，夜晚还要加班干自己的活儿。因此可以看到，疲于奔命是他的常态，完全由两三个固定的念头支撑着，其中一个就是鼠疫过后，打算休个长假，起码一星期，那样他就可以扎扎实实，“兢兢业业”，干他正在干的事儿了。有时他也会忽然动了情，于是主动跟里厄谈起雅娜，心里琢磨此时此刻，她可能在什么地方，她若是看报，是否会想到他呢。而里厄从来没有跟他谈过自己的妻子，有一天却出乎意料，以十分平常的口气说起来。妻子打来一封封电报，总让他放心，他拿不准是否真如此，便决定打电报给那家疗养院的主任医师，询问他妻子的治疗情况。他收到回电获悉，女患者病情加重，但是疗养院保证尽一切努力，遏止病情恶化。而这条消息，他一直埋在心里，这次不知道为什么，也许是身心疲惫的缘故，要不怎么向格朗吐露心事呢。这名职员向他说起雅娜，然后就询问他妻子的情况，里厄也如实回答。格朗接着便说：“您也知道，这种病现在完全可以治愈。”里厄表示同意，只是想说，开始觉得分离时间不免长了，他若是在身边，也许能帮助妻子战胜疾病，而如今她一定感到十分孤单。随后他就住了口，格朗再问他什么，他回答就含糊其辞了。

其他人也处于同样状态。塔鲁倒是更有耐力，不过，他的笔记还是表明，他那好奇心深度虽说未尝稍减，却丧失其广度了。的确如此，这个阶段自始至终，看样子他只对科塔尔感兴趣了。他下榻的旅馆改为检疫隔离所之后，最终他就住进里厄家中。晚上，格朗或者里厄大夫说起统计结果，他不大注意听，马上转移话题，扯到他通常关注的奥兰人生活细节上去。

至于卡斯泰尔，他来向里厄大夫宣布制成了血清的那天，二人就决定首先在奥通先生的小儿子身上试验，里厄刚巧接收这孩子住院，认为病情恐怕无药可医了；当时，里厄就向这位老朋友通报最新统计数据，不料却发现对方躺在他的扶手椅上，已经沉沉睡过去了。这张脸平时总那么温和而略带嘲讽，显出一副永远年轻的样子，现在突然放松了，只见一条流涎连接起微张的两片嘴唇，让人看出他的衰老之态，里厄不禁感到喉咙一阵发紧。

正是在感情如此脆弱之际，里厄才可能判断出自己的疲劳程度。他的敏感性失控了。大多数时间，他的敏感受到约束，显得冷酷无情，因而逐渐衰微，将他抛给他再也掌握不住的冲动。他唯一的护身法，就是躲避在这种冷面硬心肠后面，收紧自身所形成的纠结。他很清楚，正因为有这种好方法，他才得以干下去。此外，他并没有多少幻想，而劳累又夺走了他尚存的幻想，只因他心里明白，值此他看不见尽头的时期，他的角色不再是治病救人，而是做出诊断。发现病情，看到征兆，描述并记录下来，然后判为绝症，这便是他的任务。一些患者的妻子抓住他的手腕，哀号道："大夫，救他一命吧！"然而，他职责所在，不是为了救命，而是命令隔离。他当即在人脸上看到的仇恨，又能解决什么问题呢？"您的心肠太狠了。"有一天别人对他这样说。其实不然，他心肠很好。正因为有这样一副心肠，他才每天能坚持二十小时工作，眼看着生于世上的人一个个死去。正因为有这样一副心肠，他才能周而复始，每天从头做起。从此往后，他的好心肠刚刚够他维持工作。这样一副心肠，怎么还有余力救人一命呢？

不，他整天整天分发给人的，并不是救护，而是情报。自不待言，这称不上男子汉的职业。不过，说到底，这群人已经丧魂失魄，数量锐减，还容得谁有这份闲暇去从事男子汉的职业呢？感到疲劳还算是幸运。假如里厄真的精神头儿更足些，那么，到处弥漫的死亡气息，很可能要使他黯然神伤。人总是据实看待事物，也就是根据公正的原则，又丑恶又可笑的公正原则。而其他人，那些患了绝症的人，他们也都明显感觉到了。在闹鼠疫之前，大家接待他，如同接待救命恩人。他给打一针，再给三片药，就把人给治好了，病人家属紧紧搂住他的胳膊，沿走廊给他带路。这恭敬有加，但是也危险。现在则相反，他去患者家，要带着几名士兵，敲门必须用枪托，人家才肯开门。他们恨不得拖着他，拖着全人类，跟他们一起同归于尽。唉！千真万确，人脱离不开人，他跟这些不幸的人同样陷入绝境，他离开他们时内心增长的这种怜悯的颤动，其实他本人也理应得到。

至少在这漫长的几周时间，里厄大夫的种种思绪，同他处于分离者状态的念头纠缠在一起。他看出这些念头在他朋友们的脸上也反映出来了。不过，疲惫逐渐侵袭所有继续跟瘟疫进行这场斗争的人，最危险的后果并不在于漠视外界发生的事件以及别人情绪的变化，而在于自己疏忽松懈，放任自流了。只因当时他们表现出一种倾向，避免任何并非绝对必要、在他们看来力不能及的举动。这些人就是这样越来越忽略他们自己制定的卫生规则，忘记他们必须对自身多次消毒的某些规定，有时甚至没有采取预防传染的措施，就跑去看肺鼠疫患者，因为他们总是在最后一刻接到通知，要尽快赶往受到疫病感染的家庭，而他们出发前，再回到某个医疗点实施必要的消毒，想想就力不能支了。这才是真正的危险所在，须知正是跟鼠疫进行的这场斗争，才把他们置于最容易受感染的境地。总之，他们是在跟运气打赌，而运气不由任何人支配。

然而，在这座城内却有那么一个人，看样子既不疲惫不堪，也不灰心丧气，始终是一副心满意足的活形象。此人正是科塔尔。他继续我行我素，同时也跟别人保持关系。不过，他早有选择，经常去看塔鲁，只要塔鲁的工作安排得开，一方面因为塔鲁了解他的底细，另一方面也是因为塔鲁善于待人接物，对这个矮小的吃年金的人始终那么亲热。塔鲁虽然工作繁忙，却总是那么和气迎人，关心体贴，这真是一个长年累月的奇迹。即使是有些夜晚，他累得身体要散了架，但第二天起来，他重又精力旺盛了。“跟他这个人在一起嘛，”科塔尔就对朗贝尔说过，“就能聊得起来，只因他是个男子汉，说什么都能够理解。”

因此，在这个时期，塔鲁的纪事就逐渐集中到科塔尔这个人物身上了。塔鲁要根据科塔尔向他吐露的，或者按照他的理解，概述科塔尔的反应和想法。这一概述题为《科塔尔和鼠疫的关系》，在这本笔记中占了好几页，叙述者认为有必要在此作一简介。对这个矮小的吃年金的人，塔鲁总的看法可以概括为一句话：“这个人物在成长。”而且看起来，他在好心情中成长。他对事态的这种变化谈不上不满。他在塔鲁面前，有几次用这样生动的话，坦露他内心深处的想法：“当然了，这种境况不见得好。但是至少，每个人都不能置身事外。”

“那是自然，”塔鲁附记道，“他跟其他人一样面临威胁，但问题恰恰是，他跟其他人处境一样。此外，可以肯定，他并不真的认为自己能感染上鼠疫。他似乎就依赖这种念头生活：一个人身患重病，或者有一种深度忧虑，也就同时免除了其他所有疾病或忧虑，这种想法还真不那么愚蠢。他就对我说过：‘您注意到了吗，人不会兼得多种疾病。假如说，您患了重病或者不治之症，患了严重的癌症，或者名副其实的肺结核，就绝不会再感染上鼠疫或者斑疹伤寒，那是不可能的。还有一种情况，就更不可能了，因为，您从未见过一名癌症患者死于车祸。’这种想法不管对错，总归能让科塔尔保持好心情。只有一件事他不希望发生，那就是同其他人分开。他宁肯同大家困在一起，也不愿意独自去坐牢。现在闹了鼠疫，就谈不上暗中调查，立档案，填卡片，秘密审讯并立即逮捕了。严格说来，这里没有了警察，也没有了新旧罪案和罪犯，只有坐以待毙的患者，等待着极其专断的特赦，其中就有那些警察。”因此，始终按照塔鲁的解释，科塔尔在看待我们的同胞所表现出来的惊慌与忧虑时，完全有理由带着那种既宽容又理解的得意神情，那种神态可以用一句话来表达：“尽管说下去，在你们之前我经历过。”

“归根结底，不同其他人分开的唯一办法，就是问心无愧，我怎么对他讲也是枉然。他恶狠狠地注视我，说道：‘算了，照这样的话，谁跟谁也永远不会在一起。’接着又说道：‘不信您就试试看，我先把话给您撂在这儿。能把人拢在一起的唯一办法，还得是给他们降下瘟疫。您好好看看自己的周围吧。’老实说，我完全理解他要讲的意思，理解如今的生活在他看来该有多么舒服。他怎么会看不出来所经之处，人人都是他从前那样的反应呢？譬如说，每人都力图让所有人跟自己在一起；给一个迷路者指路，有时表现得很热心，有时又显得很不耐烦；大家都急忙赶往豪华饭店，置身其间并久久逗留而感到心满意足；乱哄哄的人群，每天都拥到电影院门前排队，剧院和舞厅也都人满为患，总之，人群如汹涌的潮水，冲进了所有的公共场所；一方面规避任何接触，另一方面又渴求人的热情，把一些人推向另一些人，臂肘挨向臂肘，男性挨向女性。这一切，显然早在他们之前，科塔尔都体验过了。除开女人，只怪他那副尊容……我猜想他感到自己要去嫖妓时，临阵就会打退堂鼓，以免给人留下坏印象，以后可能坏他的事。

“总之，鼠疫成就他的好事。鼠疫碰到一个孤独而又不甘寂寞的人，就结成了同谋关系。显而易见，他是个同谋，一个欣喜若狂的同谋者。他是所见一切的共犯。诸如这些惊魂的迷信，无缘无故的恐惧、毫无来由的恼怒；他们想尽量少谈鼠疫，却又不住嘴谈论的怪癖；他们得知这种病症初起的征兆是头疼，稍感头疼便惊慌失措，面失血色；最后还有，他们情绪极不稳定，神经脆弱，动辄发怒，将别人的疏忽视为冒犯，为短裤上失落一颗纽扣而伤心不已。”

晚上，塔鲁时常和科塔尔出去。后来，他在笔记中讲述，他们如何扎进暮色或夜色笼罩的黑压压一片的人群中，如何肩并肩投入一片黑白相间的群体，隔很远才有一盏路灯投下罕见的亮光，而他们陪伴大群人走向欢乐的场所，抱团取暖来抵御鼠疫的寒冷。几个月之前，科塔尔到公共场所要寻求的，他梦寐以求而又得不到满足的奢侈豪华的生活，也就是荒淫无度的生活，现在成了全体市民的追求。于是物价飞涨，不可扼制，有人挥金如土，前所未见；正当大多数人缺少生活必需品的时候，奢侈品却从来没有像现在这样大量消费。应无所事事者，即失业者的需求，可以看到各种赌博娱乐业成倍增长。塔鲁和科塔尔有时尾随一对情侣好半天，知道那些情侣从前极力掩饰他们的关系，现在却紧紧偎依在一起，固执地在街上游荡，穿越全城，根本不理睬周围的人，正是热恋中有点儿专注，旁若无人的情态。科塔尔未免动了情，感叹道："嘿！好快活的青年！"他说话声音提高了，在集体的狂热中也心花怒放了，豪爽丢下的小费在周围当啷作响，而偷情野合就在他们眼前进行。

然而，塔鲁却认为，科塔尔的这种态度没有夹杂着什么恶意。他这句"我在他们之前就经历过了"，主要表明不幸而非得意。"我相信，"塔鲁说道，"他开始喜爱上这些囚禁在天空和城墙之间的人了。譬如说，如果办得到，他会主动给他们解释，其实这并不那么可怕。他就言之凿凿地对我说过：'您能听到他们讲，这场鼠疫过后，我要干这事儿，这场鼠疫过后，我要干那事儿……他们非但不过安稳日子，反而毒化了自己的生活。他们甚至连自己的利益都闹不清楚。就拿我为例，我怎么能说：我被捕之后，要干这事儿呢？被捕是个开端，而不是终结。至于鼠疫嘛……您想听听我的看法吗？他们那么不幸，是因为不能顺其自然。我这可不是随便乱讲。'

"的确，他不是随便乱讲，"塔鲁补充写道，"他准确地判断了奥兰居民的矛盾心理，说他们深深感到需要那种把他们拉近的热情，但同时又因为互不信任而疏远，不能真正地热诚相处。人人都清楚，不可能信赖邻居，邻人可能在您不知不觉中，把鼠疫传染给您，趁您松懈就让您感染上这种疾病。谁有过科塔尔那种经历，见过自己想结交的那些人当中可能有告密者，就能理解他这种感受。有些人很值得同情，他们生活中抱着这样的念头，鼠疫随时可能一把抓住他们的肩膀，而正当他们庆幸自己安然无恙的时候，也许鼠疫就准备行动了。就算有这种可能性，在恐怖的气氛中，科塔尔仍然自得其乐。只因早在他们之前，所有这些感受他都领教过，我认为面对这种前途未卜的折磨，他跟其他人的感受不可能完全相同。总之，他同我们这些还没有死于鼠疫的人在一起，就清楚地感到每日每时，他的自由和生活都处于毁灭的前夕。不过，他本人既然在恐怖中生活过，那么其他人也尝尝这种滋味，他认为是很正常的事。再确切点说，如果不是他独自一人承受，恐怖也就不显得那么沉重了。他错就错在这一点上，也比别人更难理解。不过，归根结底，也正是在这方面，他比其他一些人更值得我们去理解。”

塔鲁笔记的这段记述结尾讲的一件事，表明科塔尔和鼠疫患者具有一种相同的独特心理。这段叙事大体上再现了这个时期的艰难氛围，因此，叙述者要予以足够的重视。

市歌剧院演出《俄耳甫斯与欧律狄刻》[①]，科塔尔邀请塔鲁，二人一同去观赏。该剧团于发生鼠疫的春天来本市演出，不料困在城中，不得已同市歌剧院商定，每周重演一场。就这样，几个月以来，每到星期五，市歌剧院就回响起俄耳甫斯的咏叹调，以及欧律狄刻无力的呼唤。然而，这出歌剧继续受观众的热捧，票房收入居高不下。科塔尔和塔鲁坐在最贵的包厢里，俯瞰着爆满的正厅，全是我们同胞中最优雅的人士。刚走进剧场的人，显然极力要引人瞩目，在乐师们轻轻调音的时候，一个个身影出现在幕布前耀眼的灯火下，从一排座走向另一排座，姿态优美地躬身问候，在高雅交谈的低沉的嗡嗡声中，他们又找回几小时前在黑暗街道上还缺乏的自信。漂亮的衣着驱逐了鼠疫。

在第一幕，俄耳甫斯的咏叹如行云流水，引得几位穿长裙的女士优雅地评论他的不幸遭遇，接着小咏叹调又唱出爱情的主题。全场观众的反应热情而有分寸。观众几乎没有注意到，俄耳甫斯在第二幕的唱段中，引进了原作没有的颤音，哀婉的音调稍显过分，用眼泪恳请

---

① 《俄耳甫斯与欧律狄刻》，三幕歌剧。由德国作曲家格鲁克（1714—1787）作曲，1762 年 10 月 5 日在维也纳首演。歌剧取材于希腊神话传说：诗人和歌手俄耳甫斯善弹竖琴，琴声可使猛兽俯首，顽石点头。妻子欧律狄刻死后，他追到阴间；冥后珀耳塞福涅被他的琴声所打动，答应他把妻子带回人间，但是一路上不准他回头。俄耳甫斯快要走到地面时，忍不住回头瞧瞧妻子是否还跟在身后，结果导致欧律狄刻又重返阴间。

冥王的怜悯。他不由自主，做出一些不连贯的动作，连最老到的观众也认为是别出心裁，给歌唱演员增添了表现力。

直到第三幕，俄耳甫斯和欧律狄刻二重唱重头戏（也正是欧律狄刻又脱离她心爱的人而返回阴间之时），几分出乎意料的情绪才传遍全场。男歌唱演员似乎专等观众的这种反应，再确切点儿说，他似乎认为观众席上发出的骚动证实了自己的感受，便选择这一时刻，以颇为滑稽可笑的动作朝台前脚灯走去，不顾古装扮相，张开双臂并叉开双腿，在羊圈的布景中间瘫倒地上；这种布景始终显得不合情节，而此刻在观众看来，第一次变得完全南辕北辙了。因为，与此同时，乐队演奏戛然而止，正厅的观众纷纷站起身，开始缓慢地离开剧院，起初还都默默无言，好似做完礼拜走出教堂，或者吊唁之后离开灵堂，女士们整理好衣裙，低着头往外走，男士们则拉着女伴的臂肘引路，以免绊到可折叠的加座。不过，人群移动逐渐加快，窃窃私语就变成了赞叹，大家拥向出口，争先恐后，最终挤作一团，叫嚷起来。科塔尔和塔鲁这时才起身，独自面对他们现实生活的一幅场景：鼠疫以演员四仰八叉倒在地上的丑陋形象出现在舞台上，而大厅里以遗忘的扇子、红色座椅套耷拉下来的花边所显现的全部奢华，顿时变得虚设无用了。

二

九月份头几天，朗贝尔在里厄身边工作很认真，仅仅请了一天假：那天他要到男子中学校门前，同贡萨雷斯和那两个青年见面。

那天中午，贡萨雷斯和记者站在约会地点，看见两个小青年笑呵呵走来了。他们说上一次没有找到时机，不过这种情况应在预料之中。不管怎样，反正这周不行，不是他们值勤，还是耐心等到下星期。到那时还得重新安排。朗贝尔说，就是这话。贡萨雷斯提议下周一见面。不过，下次见面，就要安排朗贝尔住进马塞尔或者路易的家中。“你和我，我们约个时间见面，如果我没有去，你就直接去他们那里。有人会告诉你地址。”可是，马塞尔或路易当即说，最简单的办法，就是立刻带这位朋友去家里。他若是不挑剔的话，家里有足够四个人吃的东西。这样一来，他也就知道怎么走了。贡萨雷斯说这个主意非常好，于是他们就顺着下坡走向港口。

马塞尔和路易住在海军街区的边缘，靠近通向悬崖大道的城门。那是一幢西班牙式的小房子，墙体很厚，外窗板上了油漆，几个昏暗的房间光秃秃的。兄弟俩的母亲，一位西班牙老太太，带着微笑的脸堆满皱纹，她端上来米饭。贡萨雷斯不免惊讶，城里已经买不到大米了。马塞尔说道："守着城门，总有办法弄到。"朗贝尔又吃又喝，贡萨雷斯说他真够朋友，而记者心里却在想他还要等上一周的时间。

实际上，他还得等两个星期，因为守城门站岗改为每两周轮换了，以便减少守城小队。这半个月，朗贝尔不间断地、不遗余力地工作，可以说一门心思，从清晨一直干到深夜。到了深夜，他一上床便沉沉睡去。原先闲得要死，现在累得要命，这样骤然变化，躺到床上一点儿劲也没了，便进入几乎无梦的黑甜乡。他很少提起即将逃离之举。只有一件事值得一提：过了一周，他向里厄大夫透露，前一天夜里，他第一次喝醉了。他从酒吧出来，突然感觉腹股沟肿胀，双臂绕腋窝转动也有点儿困难，心想必是传染上了鼠疫。当时他唯一可能做出的反应，后来他也跟里厄同样认为不够理智的反应，就是跑向本城的制高点，从那里一个小场地，虽然照样望不到大海，却能多看到点儿天空，他从城墙的上方，大声呼唤他的妻子。他回到住处，察看自己的身体，却没有发现一点儿感染的症状。这场虚惊，他实在难以启齿。里厄则说他非常理解人会有这种反应。他说道："不管怎样，人有时就可能产生这种幻觉。"

"今天上午，奥通先生还向我提起您，"里厄在朗贝尔正要走时，突然又说道，"他问我是否认识您。他还对我说：'您劝劝他，不要跟那些走私团伙来往。他开始引起别人注意了。'"

"您讲这话是什么意思？"

"这话是说您必须抓紧。"

"谢谢。"朗贝尔说着，紧紧握住大夫的手。

走到门口，他又猛地转过身来。里厄注意到，自闹鼠疫以来，朗贝尔第一次面露微笑。

"您干吗不阻止我走呢？您有这种手段。"

里厄习惯性地摇了摇头，说这是朗贝尔自己的事，朗贝尔早已选定的幸福，而他里厄，没有什么理由去反对。在这件事情上，他感到自己没能力判断怎么样好，或者怎么样不好。

"在这种情况下，干吗又对我说赶快行动呢？"

"也许我也有这种愿望，为了幸福做点儿什么吧。"

第二天，他们俩一起工作，什么都不再谈了。到了下一周，朗贝尔终于住进了那幢西班牙式小房子。主人在公用房间给他搭了一张床。两个青年不回家吃饭，又嘱咐他尽量少出门，因此，大部分时间他独自一人待着，或者跟老太太说说话。老太太身体干瘦，但是闲不住，她穿一身黑衣裙，棕褐色的脸上布满皱纹，一头白发十分洁净。她终日沉默寡言，看着朗贝尔时只是用眼睛微笑。

她偶尔也问朗贝尔，就不怕把鼠疫传染给他妻子吗。朗贝尔认为，这是一件碰运气的事儿，但是传染的危险总归不大，如果留在这城里，他们就很可能永远分离了。

"她人好吗？"老太太微笑着问道。

"非常好。"

"漂亮吗？"

"我看漂亮。"

"嗯！"老太太说道，"为的就是这个。"

朗贝尔寻思起来。当然为的是这个，但是又不可能仅仅为的这个。

"您不相信仁慈的上帝吗？"老太太问道，她本人每天早晨都去做弥撒。

朗贝尔承认不相信，老太太还说为的就是这个。

"一定得跟她团聚，您这样做得对。不然的话，您还会剩下什么呢？"

余下的时间，朗贝尔就沿着房间墙壁转悠，粗糙的灰泥墙光秃秃的，只能抚摸钉在上面的一把把扇子，再不就数数台毯垂下来的流苏有多少羊毛球。到了晚上，两个青年回家。他们的话不多，只讲现在还不是时候。吃罢晚饭，马塞尔弹起吉他，他们还喝一种茴香酒。朗贝尔一副若有所思的神情。

星期三，马塞尔回来说道："就定在明天午夜。你准备好了。"同他们一起值班的两个人，一个感染上了鼠疫，另一个是同寝室的室友，也正在接受隔离观察。因此，这两三天，也只有马塞尔和路易两个人当班了。这天夜里，他们去安排好这次行动最后一些细节。第二天，就有可能出城了。朗贝尔表示感谢。老太太问他：“您满意了吧？”他说满意了，而心里却另有所思。

次日，天气闷热潮湿，让人喘不上来气。疫情大为不妙。西班牙老太太还照样那么安详。“这人世在造孽，”她说道，“必有天灾人祸！”朗贝尔也跟马塞尔和路易一样打着赤膊。然而，不管做什么，汗水总顺着他的两肩之间和胸膛往下流淌。百叶窗关着，屋里半明半暗，他们的上身呈现为棕色，仿佛涂了一层油漆。朗贝尔一言不发，总在转悠。到了下午四点钟，突然间，他穿好衣服，说是出去一趟。

“注意，”马塞尔说道，“确定在午夜。什么都准备妥当了。”

朗贝尔先去里厄大夫家。里厄的母亲告诉朗贝尔，他去上城医院便能找见里厄。还是原来那群人，在医院的门岗前转来转去。“你们走开吧。”一名金鱼眼睛的中士对他们说道。那些人走开，但是又绕回来。“你们等也是白等。”中士又说道，他的军装已浸透了汗水。那些人也是这种看法，但是仍然守在那里，根本不顾能热死人的天气。朗贝尔出示了通行证，中士向他指明塔鲁的办公室。办公室的房门对着院子。朗贝尔迎面撞见从办公室出来的帕纳卢神父。

白色小屋挺脏，散发着药味和潮湿被褥的气味，塔鲁坐在黑色木制办公桌后面，衬衫袖子卷着，他正用手帕擦拭臂肘上的汗水。

“还在这儿呢？”塔鲁问道。

“对，我想跟里厄谈谈。”

“他在大厅里呢。不去麻烦他就能解决问题，那就更好了。”

“为什么？”

“他太累了。我能办的事，就不找他了。”

朗贝尔瞧了瞧塔鲁，人又瘦了一圈。塔鲁也疲惫不堪，两眼发花，面容憔悴，那副健壮的肩膀也蜷缩成球状。有人敲门，一名男护士走进来，戴着白色大口罩。他将一沓病历卡放到塔鲁的办公桌上，只是说了“六个”，隔着口罩声音显得沉闷，说罢便离去了。塔鲁注视着记者，又将病历卡展成扇形给他看。

“病历卡挺精美，嗯？其实不然。这是昨夜死的人。”

他皱起眉头，重又叠好病历卡。

“我们只剩下一件事好干了，那就是做报表。”

塔鲁站起来，身子靠在办公桌上。

“您就要走了吧？”

“今晚，午夜时分。”

塔鲁说这消息他听了很高兴，让朗贝尔多多保重。

“您这可是由衷之言？”

塔鲁耸了耸肩：“人到了我这年纪，势必讲真话。讲假话太累了。”

“塔鲁，”记者说道，“我想见见大夫。请原谅。”

“我知道。他比我有人情味。走吧。”

“并不是这个原因。”朗贝尔为难地说道。他欲言又止。

塔鲁瞧了他一眼，突然又冲他微微一笑。

他们沿着一条狭窄的走廊，穿过漆成浅绿色、映现水族缸般光线的墙壁，快要走到两道玻璃门时，只见门里有几个动作奇特的人影。塔鲁将朗贝尔让进一间满墙都是壁橱的小厅。他打开一个壁橱的门，从消毒器里取出两只脱脂纱布口罩，一只给朗贝尔，一只自己戴上。记者问戴上口罩顶不顶事儿，塔鲁回答说不顶事儿，但是能让人放心。

他们推开玻璃门，走进一间大厅，虽然天气炎热，窗户却仍旧紧闭。墙壁上方安有几台换气扇，螺旋形风叶嗡嗡作响，搅动着两排灰色病床上方浑浊而灼热的空气。低沉或尖厉的呻吟，从各个方位升起，汇成一种单调的怨声。几个身穿白大褂的男子，在安有铁栅栏的高窗射进来的耀眼阳光下，慢腾腾地走来走去。这大厅里酷热难耐，朗贝尔一走进来就不自在，他好不容易认出里厄，只见大夫俯向一个呻吟的形体，由两名站在床两侧的女护士协助按住病人叉开的双腿，正给患者切开腹股沟。里厄直起身子，一松手，让手术器械掉进助手递过来的盘子里，他伫立着半晌未动，注视着这个正接受包扎的患者。

“有什么新情况？”他问走到近前的塔鲁。

“帕纳卢同意了，愿意接替朗贝尔在检疫隔离所的工作。他已经做了很多事。还有，朗贝尔走后，第三调查队需要重新组织。”

里厄点头表示同意。

“卡斯泰尔完成了头一批疫苗，他提议进行试验。”

“嗯！”里厄说道，“真不错。”

“最后，朗贝尔来了。”

里厄转身，口罩上面的眼睛眯缝起来，看见了记者。

“您到这儿来干什么？”里厄问道，“您应当去别的地方。”

塔鲁说定在今天晚上，午夜上路，朗贝尔随即补充一句：“计划上。”

他们当中哪个每次一说话，纱布口罩就鼓起来，对着嘴的部位也随之潮湿了。因此，这种谈话颇显得虚幻，仿佛雕像在对话。

“我要同您谈谈。”朗贝尔说道。

“您若是愿意的话，我们就一道出去。您到塔鲁的办公室里等我。”

片刻之后，朗贝尔和里厄坐到车后座上，塔鲁开大夫的车。

“没油了，”塔鲁启动车时说道，“明天就得步行了。”

“大夫，”朗贝尔说道，“我不走了，愿意留下来和你们一起干。”

塔鲁不露声色，还继续开车。里厄似乎还不能从疲惫的状态中挣扎出来。

“那她呢？”他瓮声瓮气地问道。

朗贝尔说他又进一步考虑了，还保持原来的看法；但是，他如果走了，就会感到愧疚。这也会妨碍他去爱留在那里的心上人。不过，里厄这时挺起了身子，声音坚定地说道，这样看问题很愚蠢，去追求幸福并不可耻。

“对，”朗贝尔说道，“不过，独自享受幸福，就可能问心有愧。”

此前，塔鲁一直缄默，这时他也没有回头看他们，但是开了口，指出如果朗贝尔愿意跟大家共患难，那他恐怕就再也没有时间眷顾幸福了。取舍之间，必须做出选择。

“问题不在这儿，”朗贝尔说道。“我一直认为，在这座城市里，我是个局外人，跟你们没有任何关系。可是现在，我目睹了，就知道不管我愿意不愿意，我属于这里了。这场疫灾关系到我们所有人。”

没有人应声，朗贝尔显得有点儿不耐烦了。

“况且，你们心里都明明白白！要不然，你们在这所医院里干什么？你们呢，都做出选择，舍弃幸福了吗？”

无论塔鲁还是里厄，谁都照样不应声。冷场持续很久，一直到汽车驶近大夫的家。朗贝尔再次提出他那最后的问题，而且又加重了语气。只有里厄转过脸面对着他，吃力地挺起身子。

“请原谅，朗贝尔，”里厄说道，“不过，我也说不清楚。既然您有这种愿望，那就留下来，同我们一起干。”

汽车猛然往旁边一闪，里厄就不讲话了。继而，他凝望前方，又说道：

“在这人世上，什么都不值得人离开自己所爱。然而，我也离开了，却弄不清到底为什么。”

他身子一放松，又倒在靠垫上。

“这是个事实，仅此而已，”他倦怠地说道，“这种事，我们就记录下来，承担其后果吧。”

“什么后果？”朗贝尔问道。

“唉！”里厄回答，“人不能同时治病又知道结果。既然如此，我们就尽快治病救人。这是当务之急。”

午夜时分，塔鲁和里厄还给朗贝尔画地图，标明他负责调查的那个街区。这时，塔鲁看了看表，抬起头，正巧遇到朗贝尔的目光。

“您给他们打过招呼了吗？”

记者移开目光，吃力地说道：

“我来看你们之前，已给他们寄去一封简信。”

三

卡斯泰尔研制的血清，到十月末才投入试验。实际上，这是里厄最后的希望了。试验一旦再次失败，大夫就确信这座城市要受病魔任意摆布了，瘟疫或者再猖獗数月之久，或者莫名其妙地自行停止。

就在卡斯泰尔来看里厄的前一天，奥通先生的儿子病倒了，全家人不得不接受检疫隔离。孩子的母亲刚隔离完不久，现在又得隔离起来。这位法官遵纪守法，一见儿子身上发现症状，立即派人请来里厄大夫。里厄赶到时，父母正站在孩子的床边。他们的女儿已经送走了。孩子正进入衰竭时期，任由大夫检查，也没有呻吟一声。大夫抬起头来，遇到法官的目光，看到法官身后孩子母亲那张苍白的脸：她嘴上捂着手帕，瞪大眼睛注视着大夫的一举一动。

“就是了，对不对？”法官声音冷冷地问道。

“对。”里厄回答，又瞥了一眼孩子。

孩子的母亲眼睛睁圆了，但是她始终不讲话。法官也沉默不语，继而，他放低了声调，说道：

“那好，大夫，我们就应当照章办事。”

里厄避而不看一直用手帕捂着嘴的孩子的母亲。

“办起来很快，”里厄颇为犹豫，说道，“只要我能打个电话。”

奥通先生说立刻带他去。然而，大夫转过身，对法官的妻子说道：

“实在遗憾。您应当准备些衣物。您了解该怎么办。”

奥通太太仿佛愣在那里，直直地看着地面。

“是的，”她点点头说道，“我这就去准备一下。”

里厄辞别之前，不由自主地问奥通夫妇，是否有什么要求。法官的妻子还是默默地看着他。不过，法官这次却避开目光。

“没有，”他说着，咽了一口唾沫，“但请您救我孩子一命。”

检疫隔离的措施，开头不过是一种形式，但是经过里厄和朗贝尔的组织，就规定得非常严格了，尤其是要求同一家庭的成员彼此始终隔离。家庭某个成员，如果不知不觉中染上了瘟疫，那就不能留给疫病大量传播的机会。里厄解释这些理由，法官也认为这理所当然。不过，他妻子和他对视的那种眼神，让大夫感到这次又要分离，他们心慌意乱到何等程度。奥通太太及其小女儿，可以安排到朗贝尔管理的改成检疫隔离所的旅馆。但是没有预审法官的床位了，他只能住进市体育场隔离营，那是省政府用路政管理处提供的帐篷，正在搭建的隔离营。里厄对此表示歉意，而奥通先生倒是说，规则对所有人都一样，服从才是正理。

至于患儿，他被送到附属医院，住进了由教室改成的病房，里面安放了十张病床。观察了二十个小时之后，里厄认为这孩子没救了。小小的躯体任由传染病毒吞噬，丝毫也没有反应了。腹股沟刚刚长了几个小肿块，十分疼痛，孩子瘦弱的四肢受阻而难以活动了。在他的身上，病魔不战自胜。有鉴于此，里厄就想到卡斯泰尔研制的血清，可以在这孩子身上试验。就在当天晚上，晚饭之后，他们实施了长时间接种疫苗，而没有引起孩子一点儿反应。次日天刚亮，所有人都来到患儿跟前，以便判断这次具有决定性的疫苗试验的效果。

孩子已经脱离了麻木状态，躯体在被子里抽搐辗转。里厄大夫、卡斯泰尔和塔鲁，从凌晨四点起，就一直守在患儿床前，一步步跟踪观察病情的发展或者停顿。塔鲁在床头，他那大块头的躯体有点儿弯曲。里厄站在床尾，卡斯泰尔坐在他旁边，正看一本旧书，显得十分平静。在这间从前的小学教室里，晨曦渐渐扩展，其他人也陆续到来。帕纳卢头一个进病房，站到病床的另一边，背靠墙上，同塔鲁面对面。他脸上赫然可见一副痛苦的表情，这些日子拼老命，辛劳在他充血的额头刻下道道皱纹。约瑟夫·格朗也到了。已经七点钟了，这名职员跑得气喘吁吁，连声表示歉意。他只能稍留片刻，也许现在已经有了些确切的情况。里厄没有说话，指给他看那孩子。患儿双眼紧闭，脸已经失态，用尽余力紧咬牙关。小身子纹丝不动，只是头在没有枕套的枕头上左右转动。终于天色大亮，教室里端仍在原地的黑板上，还能辨认出从前写的方程式的字迹。朗贝尔来了，他身子靠在邻床的床脚上面，掏出一包香烟。可是，他瞥了一眼患儿，又将那包香烟塞进兜里。

卡斯泰尔依然坐在那儿，他从眼镜上方注视着里厄。

“您有孩子父亲的消息吗？”

“没有，”里厄回答，“他父亲在隔离营。”

患儿在床上呻吟，大夫用力握住病床的横档，两眼紧盯着患儿，只见孩子的躯体突然僵直了，牙关重又咬紧，腰部略微塌陷，四肢缓缓叉开。赤裸的小身子盖着军用毛毯，这时散发出一股羊毛和汗酸的气味。孩子的躯体又逐渐松弛，四肢也重又收拢，蜷缩到床铺中央，眼睛始终闭着，也不发出声音，呼吸似乎更加急促了。里厄同塔鲁的目光不期而遇，塔鲁随即移开视线。

他们已经见过一些孩子夭折，只因几个月以来，鼠疫肆虐，根本不选择打击对象。不过，他们还从来没有像现在这样，从凌晨起，就一分钟一分钟观察孩子经受的病痛。自不待言，让这些无辜的孩子遭受痛苦，在他们眼里始终是活生生的现实，是令人愤慨的事。不过，在此之前，至少在一定程度上，他们所感到的愤慨有点儿抽象，因为他们还从来没有这么长时间，直面观察一个无辜孩子垂危的过程。

恰好这时，孩子仿佛胃部被咬噬，身子重又蜷缩起来，同时发出微弱的呻吟。身子蜷缩了好一阵子，不时因打寒战和痉挛而抖动，他那副细弱的骨骼，就好像被鼠疫的狂风吹弯了，在高烧的热风不停劲吹中咯咯作响。狂风过后，他的身子稍微放松了，高烧似乎退去，把他抛在潮湿而毒化的海滩上，气喘吁吁，歇息的样子已与死亡相似。热浪第三次袭来，把患儿的身子稍微掀起来一下，他全身重又蜷缩成一团，怕被火焰烧灼，恐惧地退缩到床铺的紧里边，同时拼命地摇晃脑袋，完全掀掉了毯子。大滴大滴的泪水，从他红肿的眼皮下涌出，开始在铅灰色的脸上流淌，孩子染上鼠疫四十八小时，胳臂和腿上的肉就全化了，这次发病之后，他已经精疲力竭，瘫在凌乱的床上，那姿势粗略像钉在十字架上受难的耶稣。

塔鲁俯下身去，用粗重的手掌擦拭孩子脸上的泪水和汗水。卡斯泰尔合上书本有一阵工夫了，他一直注视着患儿。他开口一句话讲到半截，不得不咳嗽两声才讲完，因而声音突然洪亮起来：

“没有过早晨病情缓解的情况，对不对，里厄？”

里厄说没有过，但是这孩子超出了正常，挺的时间长多了。帕纳卢靠在墙上，身子有点儿往下沉，他瓮声瓮气地说道：

“如果孩子迟早也是个死，那么挺时间长更遭罪。”

里厄猛地转向帕纳卢，张口要说话，但是又咽下去，显然他克制自己，又收回目光，移到孩子身上了。

阳光充满了病房。在另外五张病床上，一些形体在蠕动、呻吟，但是都很有节制，仿佛商量好了似的。唯独一人叫喊，在房间的另一端，他隔一阵就轻轻号叫几声，似乎在表示惊讶，而不是疼痛。即使是病人，好像也不如起初那样畏惧了。现在他们对待病症的态度，有了默许的成分了。只有这孩子还在全力挣扎。里厄不时给孩子把把脉，其实多此一举，他主要还是想摆脱自身这种无能为力的静止状态，闭起眼睛，感受这种脉动跟自身血液的翻腾相交织。于是，他跟这个受病痛折磨的孩子相混相通了，试图以他尚未耗损的全部力量支持这孩子。可是他们两颗心的跳动，有一分钟会合，随后又不一致了，孩子脱离他的掌控，他的努力落了空。他只好放下孩子纤细的手腕，回到自己的位置。

阳光沿着粉刷的白墙照进来，由粉红色变成黄色。玻璃窗外面，火热的上午开始噼啪作响了。格朗走时说他还要回来，几乎没人听见，人人都在等待。患儿一直闭着眼睛，似乎安稳了一点儿。他的双手弯成爪子状，轻轻地划着床铺的两侧。他的手又抬上来，搔着挨近膝盖的毯子，接着，孩子又突然蜷曲双腿，大腿收拢到贴近肚子，然后就不动弹了。这时，他第一次睁开眼睛，瞧着站在他面前的里厄。现在他的脸如泥塑一般，凹陷处的嘴巴张开，几乎同时发出一声拖长的号叫，这唯一的叫声随着呼吸而略微变化，猛然充斥病房，成为一种单调的、不协调的抗议，听来不似人声，却仿佛同时发自所有世人之口。里厄咬紧了牙关，而塔鲁则转过身去。朗贝尔凑到床边，而坐在床边的卡斯泰尔又把摊在双膝上的书本合上。帕纳卢注视孩子的嘴，只见嘴里因疾病而脏兮兮的，积满了世世代代的这种呼号。神父不由得双膝跪下，声音有几分哽咽，但很清晰地说道："上帝啊，救救这孩子吧。"他这句祷告，在持续不断的无名的怨声衬托下，谁听到都觉得极其自然。

这工夫，孩子还继续叫喊，周围的病人也都骚动起来。在病房另一头不断哀吟的那个人，也加快了抱怨的节奏，最后同样变成真正的呼号了，汇入其他病人越来越高的呻吟。整个病房哭泣声如潮涌动，盖过了帕纳卢的祷告声。里厄紧紧抓住床架的横档，闭起双目，一时感到极度疲惫和厌恶。

里厄睁开眼睛时，瞧见塔鲁站在身边。

"我得走开了，"里厄说道，"实在受不了。"

然而，猛然间，其他患者都住了声。大夫这时才听出来，孩子的叫声也已微弱，而且还在减弱，终于止息了。可是，孩子周围哀怨声又起，不过很低沉，犹如刚结束的这场搏斗遥远的回音。这场搏斗的确结束了。卡斯泰尔已经走到病床另一头，说了一句"全完了"。孩子的嘴张着，但是无声无息了，躺在凌乱被子的凹陷处，身子突然就缩小了，脸上还残留着泪珠。

帕纳卢走到床前，做了祈福的手势。然后，他搂起教袍，走中间通道出去。

“难道还得从头做起吗？”塔鲁问卡斯泰尔。

老大夫晃了晃脑袋。

“也许吧，”他强颜一笑，说道，“不管怎样，他挺的时间够长的。”

这时，里厄已经要离开病房，他脚步飞快，情绪又那么冲动，在超过帕纳卢的当儿，被神父一把拉住。

“别这样，大夫。”神父对他说道。

里厄正冲动不已，猛然转身，粗暴地抛给神父一句：

“哼！至少，这孩子是无辜的，这您完全清楚！”

他随即转过身去，抢在帕纳卢之前走出病房，来到小学校院子的里端，在蒙尘的小树中间，捡了一条长凳坐下，擦拭一下已经流到眼角的汗水。他还想喊几嗓子，以便震开压在他心头的死结。热气从榕树的枝叶之间沉降。早晨的碧空很快就蒙上一层淡白色的烟雾，这使得空气更加闷热了。里厄坐在长凳上缓劲儿。他望着树枝、天空，呼吸又渐渐平稳下来，也慢慢吸纳了疲劳。

“跟我说话，为什么这么大火气呢？”他身后有人说道，“这景象惨不忍睹，对我也一样。”

里厄朝帕纳卢转过身去。

“不错，”里厄说道，“请您原谅。真的，疲劳也是一种疯狂的形态。在这座城市里，有些时候，除了反抗，我没有别的感觉了。”

“我理解，”帕纳卢低声说道，“这种情况超出了我们的容忍度，是会让人愤然而起。不过，也许我们就应该热爱我们不能理解的东西。”

里厄腾地一下子站起身，定睛看着帕纳卢，眼神里汇聚了他所能调动的全部力量和愤慨，随后又摇了摇头。

“不，神父，”他说道，“对于爱，我另有看法。我誓死也不会爱这个让孩子受折磨的世界。”

帕纳卢的脸上掠过一丝震惊的神色。

“哎，大夫，”神父怅然地说道，“我刚刚理解了所谓的宽容。”

这时，里厄由着身体，重又坐到长凳上。他从卷土重来的疲惫的深处，语气更为和缓地回答道：

“这正是我所缺乏的，我也知道。然而，我并不想跟您讨论这个问题。我们一起工作，正是这件超越渎神和祈祷的事把我们聚在一起。唯独这一点才重要。”

帕纳卢坐到里厄的身边，他那样子有点激动。

“是的，”神父说道，“是的，您也一样，是为拯救人而工作。”

里厄挤出个微笑。

“拯救人，这话对我未免过誉。我没有做那样的大事，只是关心人的健康，首先是人的健康。”

帕纳卢有些迟疑。

“大夫。”神父开了口。

但是他欲言又止，他的额头也开始汗如雨下。他喃喃说了一声“再见”，站起身来时两眼发亮。他刚要离去，若有所思的里厄也站起来，走上前一步。

“再次请您原谅，”里厄说道，“这样发火不会再有了。”

帕纳卢伸出手，感伤地说道：

“然而，我并没有说服您！”

“这又有什么关系呢？”里厄说道，“我所憎恨的，是死亡和病痛，这您完全清楚。不管您意下如何，我们走到一起，就是为了忍受死亡和病痛，并且与之斗争。”

里厄握住帕纳卢的手。

“您瞧，”里厄说道，并且避开神父的目光，“现在，就连上帝也不可能将我们分开。”

四

自从参加了卫生防疫组织，帕纳卢就没有离开过医院和鼠疫传播的地方。在救护人员中，他置身于自认为合适的位置，也就是第一线，死亡的场面自然见过不少。他虽说注射过疫苗，有了免疫力，却未能免除他对死的忧虑。不过，表面上，他总能保持镇定的神态。可是自从那天，他长时间观看一个孩子死亡的过程，似乎就变样了。越来越紧张的神色，明显写在他的脸上了。且说那天，他对里厄笑道，此刻他正写一篇小论文，题为《神父能否看医生》，大夫便感到，事情似乎远比帕纳卢所说的更为严重。大夫表示愿闻这篇论文的详情。帕纳卢便告诉大夫，他在男教徒的弥撒上要有一场布道，届时他至少会阐述他的一些观点。

“我希望您能到场，大夫，讲道的主题会引起您的兴趣。”

神父第二次讲道，正赶上大风天。老实说，没法儿跟第一次讲道相比，这次全场听众座席稀稀落落了。原因很简单，在我们的同胞看来，这种场面已无吸引人的新意了。在全城经历艰难的时期，“新意”这个字眼早已失去意义。此外，大多数人，即使没有完全弃绝他们的宗教义务，或者，即使没有参加礼拜的同时又过着极不道德的私生活，他们也会用一些毫无理智的迷信来取代正常的宗教活动。他们宁愿佩戴护身圣牌或者圣罗克护身符，也不肯去做弥撒了。

举例便可说明，我们的同胞开始滥用预言了。的确，在春季那会儿，大家就期待鼠疫会随时结束，既然大家都确信疫情不会持续下去，谁也想不到去问问别人，瘟疫究竟能流行多长时间。然而，随着时间一天天流逝，有人开始担心，这场灾难真的没有头儿了，于是瘟疫停止流行，一下子就成了众望所归了。占星术士或天主教圣徒的各种预言，就这样一手传一手。本城印刷所老板也很快就看出，公众对预言的这种执迷有利可图，于是排印成册，大量发行。他们又发现公众的好奇心难以餍足，便组织人力到市里各家图书馆查阅野史，尽量搜集所有见证资料，汇编起来在全市发行。如果史书上的预言还嫌不足，还可以向一些记者定制：这些记者至少在这方面，表现出来的专业水准不亚于那些世代的楷模。

这些预言有些甚至在各家报纸上连载，而大家阅读的浓厚兴趣，丝毫不逊于灾难前看连载的言情小说。有些预言还依据稀奇古怪的计算，即在计算中纳入闹鼠疫年份的千位数、死亡的人数，以及瘟疫持续的月份数。另一些预言则比较历次鼠疫大流行，找出其中类似的方面（即预言中所谓的常数），再运用同样古怪的计算，便声称得出了认识当前灾难的数据。不过，最受公众赞赏的预言，无疑是效仿《启示录》的语体写成的，宣告即将发生一系列事件，每一个都可能成为考验这座城市的大事件，其复杂性可以做出多种多样的阐释。就这样，诺斯特拉达穆斯[①]和女圣徒奥狄尔[②]便成为天天咨询的预言家，而且总能获得相应的回答。况且，所有预言都有共同之处，最终总能给

① 诺斯特拉达穆斯（Nostradamus，1503—1566），法国占星术士、医生。约 1547 年开始预言活动，1555 年将其预言结集出版，题为《世纪连绵》。他颇受法国王室的器重，曾被查理九世任命为侍从医官。在 1781 年天主教会焚书目录簿中，他的预言受到谴责。

② 奥狄尔（Odil，约 660—约 720），阿尔萨斯修女。阿尔萨斯圣奥狄尔山上霍亨堡修道院创建者。她原是阿尔萨斯公爵之女，后成为阿尔萨斯的主保圣人。

人以宽慰。唯独鼠疫例外。

可见，在我们同胞的心目中，这种迷信替代了宗教信仰，因此，帕纳卢讲道的教堂，上座率只达到四分之三。讲道是在晚上，里厄到达时，风一阵阵从入口两扇自动关闭的门缝隙间钻进教堂，在听众之间自由穿行。里厄走进这清冷而寂静的教堂，在一色男信徒的座位中间坐下，看到神父正登上讲坛。帕纳卢开始讲道，比起头一次来，他这次语气更加温和，也更为审慎，而且，听众也多次注意到，他在演讲中有几分迟疑。还有个情况很怪，他不再讲“你们”，而是说“我们”如何如何。

不过，他的声音渐渐有了底气。他开始提醒说，鼠疫在我们中间流行了数月，多少次看到它坐到我们餐桌旁，或者坐到我们所爱的人床头，看到它在我们身边走动，在工作地点等待我们到来，因此，现在我们更了解鼠疫了，现在也许我们更能接受它不间断对我们讲的事，而在初期惊愕之余，我们不可能很好地听取。帕纳卢神父在同一地点布道已经讲过的话，仍然是对的，至少他深信不疑。然而，这种情况我们每人都碰到过，他也痛悔得捶胸顿足，当时他布道所考虑并讲出来的话，也许还缺乏慈悲心怀。不过，有一点始终是对的，就是说任何事情，总有可取的方面。最严酷的考验，对于基督教徒仍有裨益。而基督教徒遇事所应当寻求的，恰恰是事情的益处，这种益处由什么构成，怎样才能够找到。

这工夫，里厄周围的人两臂搭在扶手上，似乎舒舒服服坐在长椅上，尽量保持最惬意的姿势。教堂入口的一扇软垫隔音门在轻轻地来回摆动。有人离座去把门扶住。里厄因这种骚动而分心，几乎没有听见帕纳卢接着讲道说些什么。神父所讲的大致内容是，不必试图解释鼠疫这种现象，而应尽量学会可能学会的东西。里厄听得很模糊，以为神父主张什么都无须解释。等到帕纳卢用力强调，在天主看来，有些事情可以解释，另一些事情不能解释，这时里厄的注意力才开始集中。世间当然有善恶，一般来说，也很容易解释善恶的区别。然而，深入恶的内部，就开始碰到难题了。譬如说，世间存在看似有必要的恶，也有看似没必要的恶。有堕入地狱的唐璜，也有一个孩子的夭折。要知道，如果说唐璜这个浪荡的恶少天打雷劈，是罪有应得的话，那么这孩子遭受这么大罪，就无法理解了。事实上，在这人世间，最重要的事情，莫过于一个孩子遭罪，以及这种痛苦所带来的恐惧，并且务必找出这其中的缘由。在人生的其他方面，上帝向我们提供了一切便利，因而到此为止，宗教也就乏善可陈。在这里则相反，天主将我们逼到墙根儿。我们全落入鼠疫的围墙里，我们必须在这种死亡的阴影中，找出有益于我们的方面。帕纳卢神父甚至不肯随便利用廉价的优势，一举而跨越围墙。他本可以轻而易举地说一句，等待这孩子的永福，足可以补偿他们遭受的痛苦。而其实，他对此却一无所知。归根结底，谁又能断言，永恒的福乐便可补偿人所遭受的片刻痛苦呢？那肯定不会是个基督徒，只因我主耶稣四肢和心灵都尝到过痛苦。神父不会那么做，依然停留在墙脚，面对着一个孩子的痛苦，坚守这种十字架便是象征的极痛深悲。他可以无所畏惧地对那天听他讲道的人说：“我的弟兄们，时刻到了。不是相信一切，就是否定一切。可是在你们中间，谁又敢否定一切呢？”

里厄刚想到神父接近了异端邪说，但是不容他细想，帕纳卢已经接着有力地断定，这种命令，这种纯粹的要求，正是基督徒的特惠。这也是基督徒的美德。神父心知他要讲的美德中有过火的成分，许多习惯了更为宽容和传统的道德的人，听了会反感。不过鼠疫时期的宗教，不可能等同于平时的宗教，如果说天主可能容许，甚至渴望人的灵魂在幸福的时期安详而怡然自得，那么他也希望在极端的不幸中，人的灵魂就应该有极端的表现。今天，天主将他的造物置于不幸的境地，这是赐予他们的恩惠，促使他们重新找回并担当起这种至高无上的德行，即全相信或全否定。

十九世纪有一位世俗作家，断言并不存在炼狱，便声称揭示了教会的秘密。言下之意，他认为不存在半路，只有天堂和地狱，人根据生前所做的选择，死后不是升天堂而得永福，就是下地狱而受永罚。但是，按照帕纳卢的观点，这是一种异端邪说，只能出自一个不信教的人的头脑。因为，炼狱就是存在。当然，有些时期，不能过分指望这种炼狱，有些时期，根本谈不上轻罪。任何罪孽都死有余辜，任何冷漠的态度都是犯罪。那就是全认可，或者全否定。

帕纳卢停顿了，这时，里厄才更清楚地听到风从门下钻进来的哀鸣：外面的风似乎刮得更加猛烈了。与此同时，神父又讲道，他所说的全盘接受的品德，不能从通常赋予该词的狭义来理解，既不是一般意义的逆来顺受，也不是勉为其难的逊顺，而是屈辱，是受辱者心甘情愿的一种屈辱。不言而喻，一个孩子遭受的痛苦，是对人的思想和心灵的侮辱。这就是为什么必须投身进去。这就是为什么帕纳卢明确告诉听众，他要说的意思不容易说，必须情愿接受屈辱，因为这是上帝的意愿。只有这样，基督徒才会不惜一切；所有出路都关闭了，才会把根本的选择贯彻到底。一个基督徒会选择相信一切，以免走到否定一切的死路。正如那些善良的妇女，这时候在各教堂得知，腹股沟淋巴结形成肿块，正是人体排泄传染毒素的自然通道，她们就说："天主啊，请让我身上腹股沟淋巴结也长出肿块吧。"基督教徒也同样会把自身交给天主，即使还不理解我主的意愿。我们不能说"那个我理解，但是这个不可接受"，必须跳进摆在我们面前的这种不可接受的腹心，恰恰就是为了我们做出选择。孩子的痛苦正是我们的苦涩面包，但是如无这种面包，我们的灵魂没有精神食粮，就会饿死。

帕纳卢神父讲到这里顿了顿，停顿时通常会伴随场内隐隐的嘈杂声，而这次嘈杂声刚起，讲道者就出人意料，马上接下去，其声铿锵有力，佯装设身处地，替听众发问，究竟应该如何作为。他早就料到，大家要说出"听天由命"这个可怕的字眼。那好吧，面对这个字眼他并不退避，只要允许他加上"积极的"这个形容词。当然了，还得强调一遍，切勿模仿他曾提过的阿比西尼亚的那些基督徒。更不要想去附和那些患上鼠疫的波斯人，他们将带有病毒的破衣烂衫抛向由基督教徒组成的卫生防疫队，并且高声祈求上天将鼠疫传染给这些离经叛道者，惩罚他们企图制服天主赐予的灾难。然而反过来，也不应该效仿开罗的那些修道士：他们在上世纪瘟疫流行期间，举行送圣体仪式时用镊子夹圣体饼，只为避免接触信徒们可能潜伏病毒的又湿又热的嘴。波斯的鼠疫患者和开罗的修道士，同样都有罪孽。因为，对于前者，一个孩子的痛苦无关痛痒，而对于后者则相反，人对痛苦的畏惧侵蚀了方方面面。这两种情况，问题都被掩盖了。对天主的声音，他们全置若罔闻。还有其他事例，帕纳卢也要列举。据马赛大鼠疫纪事作者的记述，赎俘会[1]修道院八十一名修道士，仅有四人幸免于难，而四人中又有三人潜逃。纪事作者们是这样讲的，再多说什么就超越他们的职业了。然而，帕纳卢神父读到这些记载，全部思绪就自动集中到那名唯一留下的修道士身上，尽管他也看到了那七十七具尸体，尤其看到了那三名教友逃逸的例子。讲到这里，神父用拳头捶着讲道台的边缘，高声说道："我的弟兄们，一定要做留下来的那一个！"

这倒不是说拒绝防范措施，防范措施正是由一个社会引进一场大灾难的混乱中，一种明智的秩序。绝不要听那些道学家的胡言乱语，说什么必须跪下来求饶，放弃一切。我们只应当开始往前走，在黑暗中摸索着前进，尽量做好事。不过，除此之外，就必须坚持下去，完全听从上帝的安排，哪怕孩子死了，也不要去寻求个人的帮助。

帕纳卢神父讲到这里，又举出马赛鼠疫流行期间，贝尔森斯主教[2]的崇高形象。他回叙说，在瘟疫行将结束时，主教已经做了一切该做的事，认为一筹莫展了，于是备足食粮，闭门不出，还让人在住宅四周筑起围墙。当地居民本来把他视为偶像，由于痛苦到极限而产生的逆反心理，他们对主教的行为痛恨到极点，就用尸体将他的房子包围起来，想要让他染上瘟疫，甚至还把尸体抛入墙内，以便更加确

---

① 赎俘会，十三世纪始建于西班牙，是供奉圣母的重要修会。当时，西班牙大部分地区由撒拉逊人统治，他们关押了许多基督教徒。基督教教士佩德罗·诺拉斯科（1189—1256）创建赎俘会，愿以自身为人质，救出被关押的基督徒。

② 贝尔森斯（Bezuce，1671—1755），法国高级神职人员。马赛鼠疫流行期间，他正任马赛主教，十分关心鼠疫患者。对他的评价褒贬不一，帕纳卢神父对他就有微词。

保他难逃厄运。主教就是这样，在最后关头意志薄弱，自以为在死亡的世界能独善其身，不料尸体却从天而降，砸到他的头上。我们同样如此，就应该确信在鼠疫的肆虐中没有安全岛。不，没有中间路线。必须接受令人愤慨的现实，因为我们必须做出选择：要么恨天主，要么爱天主。又有谁敢选择恨天主呢？

“我的弟兄们，”帕纳卢最后说，同时宣布他得出的结论，“爱天主，是一种艰难的爱。这种爱的必要条件，就是完全忘我，鄙视自身。但是，唯独这种爱，才能消除孩子们的痛苦和死亡；不管怎样，也唯独这种爱，能让死亡显示其必要性，因为死亡无法理解，我们就只能求之了。这就是难以领会的一课，我愿意和你们共勉。这就是信念，在世人眼里很残酷，在上帝眼里却有决定意义，因此必须拉近距离。这种可怕的形象，我们一定要与之比肩。登上这个顶峰，一切都将相混同，不分高下了，真理就将从这表面上不公正之中涌现出来。也正是如此，在法国南方的许多教堂里，一些鼠疫受难者在祭坛的石板下安眠了多少世纪，神父们在他们的坟墓上方讲道，所宣扬的精神，正是从这种也有孩子份额的骸骨中激发出来的。”

里厄走出教堂时，一阵狂风从半开的门扇灌进教堂，径直扑向教徒们的脸。一股雨水的气味和潮湿的人行道的清香，随风进入教堂，让教徒们出去之前就领略城市的模样。这时一位年迈的教士和一个年轻助祭，在里厄大夫前面走出门，好不容易才按住帽子。尽管手忙脚乱，年迈的教士还照样不停地评论这场讲道。他赞赏帕纳卢的口才，但是颇担心神父阐明思想的大胆论断。他认为这场讲道，重在表现忧虑而不是力量，可是一位教士，到了帕纳卢这种年纪，就没有权力心感忧虑了。年轻的助祭顶风低着头，明确说他总跟这位神父打交道，了解他的思想演变，他的论文还要大胆得多，恐怕难获教会批准印行。

“他到底要阐述什么思想呢？”老教士问道。

他们已经走到教堂门前的广场，大风在周围呼啸，打断了年轻助祭的话。等到能开口了，他仅仅说道：

“一位教士如看医生，这中间就矛盾了。”

塔鲁听了里厄转述帕纳卢的讲话，就说他认识一位教士，在战争中丧失了信仰，只因他发现了一张打瞎了双眼的青年的脸。

“帕纳卢说得对，”塔鲁说道，“无辜的人打瞎了双眼，一个基督徒目睹了，就应该放弃信仰，或者接受也把自己的眼睛弄瞎。帕纳卢不肯放弃信仰，他一定能坚持到底。这就是他想要表达的意思。”

塔鲁的这种看法，能否稍微澄清后来发生的种种事件，以及在这些事件中，帕纳卢在他身边的人眼里种种不解的表现呢？下文大家自会判断。

讲道之后没过几天，帕纳卢果然忙着搬家了。当时，城里疫情的发展引起了搬家潮。塔鲁就不得不撤离旅馆，住进里厄的家中；同样，神父也只好放弃修会分配给他的那套房间，搬进一位老太太的家里：房东老太太总去教堂，尚未感染上鼠疫。在搬家的过程中，神父越发感到疲惫和焦虑，无意中丧失了房东老太太对他的敬重。老太太曾热烈赞扬圣女奥狄尔预言的功德，而神父听着，却稍微流露出了不大耐烦的神情，想必是他太疲倦的缘故。后来他再怎么努力也无济于事，就连至少争取老太太一种善意的中立态度也不可得。他已经造成了坏印象。因此，每天晚上，在返回他那布满针钩花边饰物的房间之前，他就不得不观赏房东坐在客厅里给他看的后背，同时让他带走的记忆，就是身也不回对他冷淡说的一句“晚安，神父”。正是这样的一个夜晚，他上床睡觉时头疼得很，感到孕育好几天的热烧，这时开始泛滥，热浪冲击他的手腕和太阳穴。

随后发生的情况，只有通过房东老太太事后的讲述才知道。她习惯早起，第二天早晨，起来了一段时间，奇怪没有看见神父走出房间，犹豫再三才决定去敲敲房门。她瞧见神父一夜未眠，仍然躺在床上。神父感到气闷而难受，显得异于往常，脸色涨红。拿老太太本人的话说，她彬彬有礼地向神父提议请个医生来，然而，她的提议遭到粗暴的拒绝，她认为那种态度实在令人遗憾。她只好退出房间。过了一会儿神父按了铃，请房东过来一趟。他对刚才的火气道了歉，并且向房东声明，他不可能染上鼠疫，身上没有出现鼠疫的任何症状，只是一时疲劳过度的反应。老太太郑重地回答说，她提议并不是出于这种担心，她没有考虑自身的安全，那是掌握在上帝的手里，她只是想到神父的健康状况，并且自认为对此负有部分责任。但是，由于神父没有再说什么，房东老太太所讲，如果属实的话，她当场又向神父提议请他的医生来。神父再次拒绝了，还解释了几句，而老太太却认为说得非常含混。她只是觉得听懂了，可听懂的意思，在她看来又恰恰无法理解；神父拒绝医生诊视，是因为这不符合他的原则。于是，她得出结论，高烧把她的房客脑袋烧糊涂了，无奈之下，她只能给神父端去药茶。

老太太一心决定，要一丝不苟地履行这种情况给她造成的义务，每隔两小时去看看病人。最令她诧异的是，一整天神父都一直处于烦躁的状态。他掀掉被单，随后重又拉上盖住，不断抬手抚摩汗潮的脑门儿，还时常坐起来，想咳嗽又咳不出痰来，喉咙嘶哑而带痰声，仿佛要强行清嗓子。当时真像有一团棉絮堵住嗓子眼儿，又无法掏出来。一阵一阵这样折腾之后，他就仰身倒在床上，所有迹象都表明他已筋疲力尽。最后，他又半抬起身子，片刻之间凝视前方，目光那么专注，比先前躁动时更为凶猛。可是，要不要叫医生，老太太还在犹豫，唯恐惹病人不快。虽说看似很严重，也许这仅仅是突发高烧。

不过，到了下午，老太太试图对神父说这事儿，只得到几句含混不清的回答。她又重提请医生的建议。神父一听便坐起来，他有点喘不上来气，回答得却十分清晰，他不愿意请医生。当时，房东老太太就决定等到次日早晨，如果神父的病情还不见好转，她就打电话，朗斯多克情报所提供的电话号码，每天要在广播里反复播送十来遍。她始终担负起自己的责任，打算夜间还去看看房客，守护在床前。可是，晚上给他端去新煮的药茶之后，她本人也想躺一会儿，不料直到次日天蒙蒙亮才醒来，赶紧跑到病人房间。

神父躺在床上，一动也不动。昨天满脸涨红，现在却面无血色，因脸庞依然丰满，那种苍白就尤为骇人了。神父正凝视着床铺上方的一盏玻璃彩珠吊灯。他的头立刻转向进屋的老太太。据房东说，他折腾了一整夜，毫无气力做出反应了。老太太问他身体如何，注意到他回答的声音淡定得出奇，他说情况不妙，但不需要请医生，只要把他送进医院，照章办事就可以了。老太太一听慌了神儿，急忙跑去打电话。

里厄中午时分赶到，听了房东的讲述，他仅仅回答说，帕纳卢做得对，但是恐怕太迟了。神父以同样淡定的态度接待里厄。大夫检查了一下，不免感到意外，在他身上没有发现淋巴腺鼠疫或者肺鼠疫的任何主要症状，只检查出肺部肿胀，并有压抑痛感。但是不管怎样，他的脉搏十分微弱，总的体征临近病危，生存的希望不大了。

“您根本没有这种疾病的主要症状，”大夫对帕纳卢说道，“但实际上，还有疑问，我还得把您隔离起来。”

神父微微一笑，样子很怪异，似乎表示礼貌，但是没有说话。里厄出去打电话，返回房间后就看着神父。

“我就守在您身边。”他语气温和，对神父说道。

这时，神父又恢复点儿精神，眼睛转向大夫，眼神里重又含有几分热情。接着，他艰难地开口说话，没法判断他是不是带着伤感讲这句话。

“谢谢，”他说道，“不过，出家人没有朋友，他们把一切都交给了上帝。”

他要人把放在床头的耶稣受难十字架递给他，拿到之后，便转过身来，盯着看十字架了。

帕纳卢住进医院，再也没有开口讲话。他听任摆布，如同一个物件，接受强加给他的各种治疗，只是握住十字架再也不放手了。然而，神父的病例一直确诊不了。在里厄的思想里始终存疑。是鼠疫，又不是鼠疫。而且，近来一段时间，鼠疫似乎乐得给医生的诊断制造混乱。不过，在帕纳卢的病历中，随后的情况将表明，这种难以确诊并不重要。

体温上升，咳嗽的声音越来越嘶哑，一整天折磨着病人。到了晚上，神父终于咳出堵着嗓子眼儿的那团棉絮。那团棉絮呈红色。帕纳卢在高烧的嘈杂闹声中，始终保持淡定的眼神。第二天早晨，发现他死了，半个身子悬在床外，眼睛失神，面部没有任何表情。他的病历卡上记录为:“疑似鼠疫。”

五

那年的万圣节非比寻常。当然了，气候还是随着时令，突然变天了，迟滞的炎热一下子让位给凉爽的天气。跟往年一样，现在刮起冷风，而且持续不断。大片大片乌云，从天际一边奔向另一边，阴影遮住房舍，单等乌云飞过，十一月天空的金色冷光重又投到这些房顶。头一批雨衣已经上市。不过，大家注意到，光亮的胶布雨衣数量奇多。其实，报纸早就报道过，据说两百年前，法国南方鼠疫大流行期间，医生们穿上油布衣服以防传染。各家商店趁机倾销库存的过时服装，人人争购，希望穿上这种防护服。

不过，时序嬗变的这些征象，不能令人忘记公墓冷冷清清的景象。往年这个日子，有轨电车里充满没有香气的菊花的味道，妇女则成群结队，前往亲人安息的墓地，给他们的坟墓布满鲜花。一年漫长的岁月，逝者都在孤独和被遗忘中度过，而这一天，正是活着的人试图给死者做些补偿。然而，这一年，谁也不愿意再思念死者了。恰恰是因为已经想得太多了。今非昔比，不再是怀着些许遗憾和无限忧伤来扫墓。死者也不再是被冷落的孤魂，亲人每年有这么一天，来到墓前诉说辩解一番。他们成为不速之客，闯入想要忘记他们的人的生活。这就是为什么，这一年的万圣节，可以说为人避讳了。科塔尔就说，现在天天过万圣节——塔鲁倒认为，他的言词越来越尖刻了。

千真万确，鼠疫欢快之火，在焚尸炉里越烧越旺了。日复一日，死亡人数例也确实没有增加。但是，鼠疫到达高峰，似乎筑成安乐窝，每天杀戮的人数，像一个称职的公务员的工作那样，准确无误而又均衡了。依权威人士之见，原则上，这是个好兆头。在疫情图表上的曲线，先是不断上升，后来沿水平延长，这在一些人，例如在里夏尔大夫看来，还是差强人意的。“这图表趋势不错，好得很嘛。”里夏尔大夫说道。他认为疫情已经达到他所说的水平线了。从此往后，只能是往下降了。这种变化，他归功于卡斯泰尔新研制出来的血清。新血清确实取得了意外的成效。老卡斯泰尔也不表示反对，但却认为，其实还无法做出任何预判，瘟疫的历史就出现过意料不到的反弹。省政府早就渴望平抚公众的情绪，但是鼠疫总不给机会，这次就打算召集医生开会研讨，请他们写出一份有关这个问题的报告，不料就在这节骨眼儿上，里夏尔大夫也让鼠疫夺走了性命，而这恰恰发生在疫情水平发展线上。

这一事例当然令人震惊，但是毕竟说明不了什么，省府当局面对这一变故，又回到悲观的态度上，这跟先前要采取乐观态度同样失于轻率。卡斯泰尔本人倒是兢兢业业，一门心思研制他的血清。不管怎样，公共场所无不改成医院或者检疫隔离所，而省政府大楼之所以没有轻易改动，也是因为总得保留个开会的场所。不过，总体来说，这个时期疫情相对稳定，因此，里厄所做的组织安排还能应付裕如。医生和护理人员已经尽了全力，没有被迫想方设法做出更大的努力。他们只需保持常态，继续做好这种可以说是超人的工作。已经有所表现的肺鼠疫形态，现在蔓延到本市各个角落，就好像大风点燃并吹旺市民肺里的大火。患者大口大口吐血，丧命的速度大大加快了。现在受感染的危险剧增，则是瘟疫的这种新形态所致。其实，在这一点上，专家们始终各持己见。但是，为了进一步防护，卫生防疫人员依旧隔着消毒纱布口罩来呼吸。尽管乍看起来，疫情很可能还要扩展，但是，腺鼠疫的病例却在减少，总体尚能持平。

然而，由于食品日益短缺，还可能在其他方面引起忧虑。投机活动猖獗起来，一般市场紧俏的生活基本食品，有人以天价倒卖。这样一来，穷苦人家生活就异常艰难，而富有家庭几乎什么也不缺少。按说，鼠疫司职不偏不倚，卓有成效，本可以在我们同胞的心中强化平等，不料正相反，它通过自私心理的正常作用，在人心中加剧了不公正的感受。当然，最后还有无可挑剔的平等，即死亡，但是这种平等，谁也不愿意争取。穷人饱受饥饿之苦，自然更加怀旧，想到毗邻的城镇乡村，那里生活很自由，面包也不贵。既然不给他们饱饭吃，他们就颇不理智地觉得，应该放他们离开。于是，一句口号终于流行起来，有时在墙上就能读到，还有几次在省长经过的路上有人喊出来："不给面包，就给空气！"这句带有嘲讽意味的口号，也成为示威游行的信号。几次游行被迅速镇压下去，但是其严重性质则有目共睹。

各家报纸接到指令自然服从，不惜一切代价宣传乐观精神。读这些报纸，那便是民众表现出来的"平静而镇定的动人典范"，标志着当前形势的特点。可是，在一座封闭的城市里，就毫无秘密可言了，谁也不会误解全城居民表现出来的"典范"。至于报纸上所谈的"平静而镇定"，要想有一个准确的概念，只需走进当局所组建的一处检疫隔离所，或者一个隔离营就行了。当时，叙述者恰巧被调往别处，不了解那些营所的情况。因此，他讲到这里，只能引述塔鲁的见证。

塔鲁在笔记中，确实记述了一次参观：他和朗贝尔一起去看了设在市体育场的隔离营。体育场坐落在城门附近，一边挨着有轨电车行驶的街道，另一边则是一大片空地，空地一直延伸到城池起建的高地边缘。体育场四周通常筑起水泥高墙，只要在四面进出口设置岗哨，就很难逃离。同样，有围墙阻隔，外面的好奇者也难以进去打扰那些接受检疫隔离的不幸者。反之，隔离在里面的不幸者，终日看不见，却能听到驶过的一辆辆有轨电车，从伴随电车的更加喧闹的声音，就能猜出是办公室上下班的时间。他们由此得知，生活把他们排除在外，但是在离他们几米远的地方仍然继续，只是由水泥高墙隔成两个世界，彼此陌生的程度，不亚于身处不同的星球。

那是个星期天下午，塔鲁和朗贝尔选定时间前往体育场。陪同他们的那个贡萨雷斯，足球运动员，还是朗贝尔把他找来的，他最终接受了轮流看管体育场的差使。朗贝尔要把他介绍给隔离营主任。贡萨雷斯跟他们二人重又见面的时候，就对他们说闹鼠疫之前，这个时刻他应该换上运动服，准备上场比赛了。现在，体育场都征用了，不可能再组织球赛了，贡萨雷斯感到自己闲得慌，也完全是一副无所事事的样子。正是出于这种原因，他接受了这项看管的任务，但要求只是在周末才值班。那天半晴半阴，贡萨雷斯仰望天空，颇为遗憾地指出，这种天气，不下雨也不热，特别有利，能痛快踢一场好球。他极力回忆在更衣室里擦松节油的气味，还有摇摇欲垮的看台，黄褐色球场衬出的色彩鲜艳的球衣，中场休息时喝的柠檬汁和冰镇汽水，发干的喉咙喝下汽水，就有无数冰针刺激的感觉。塔鲁还记录了一件事：他们走过城郊坑坑洼洼的街道，这个足球运动员还不断地踢着碰到的石子儿，总想一脚踢进阴沟的下水口里，踢进去了便说道："一比零。"他抽完一支香烟，烟蒂从口中吐出去，就起脚尽量在半空接住。到了体育场附近，一群孩子正踢球，把球朝他们三人踢过来，贡萨雷斯冲上前，一脚准确地把球还给那些孩子。

他们终于走进体育场。看台上全是人。但是，场地上搭满了红帐篷，有数百顶之多，远远望去，看得见帐篷里的卧具和包裹。看台原样未动，好让检疫隔离者上去乘凉或者避雨。他们只能到日落时分才能回帐篷。看台下面的淋浴室经过了改造，而运动员的更衣室则改成办公室和医务室。隔离营大部分人都在看台上，另一些人在球场边上游荡，还有几个人蹲在他们帐篷的出入口前，无神的目光扫视着任何东西。看台上许多人都横躺竖歪，似乎有所期待。

"他们整天都干什么？"塔鲁问朗贝尔。

"不干什么。"

确实如此，几乎所有人都耷拉着胳臂，两手空空。这么大一群人聚在一起，全场却寂静得出奇。

“最初那几天，”朗贝尔说道，“这里的人话特别多，谁都听不见谁。可是，随着一天一天过去，他们的话就越来越少了。”

根据塔鲁记述的情况，他理解他们的心情，从一开始就看见他们挤在帐篷里，不是倾听嗡嗡飞的苍蝇，就是浑身瘙痒，一碰到愿意听他们发泄的人，他们就大叫大嚷，倾吐他们的愤怒或恐惧。然而，等到隔离营人满为患了，善意倾听的人越来越少，大家就只好不吭声了，而且相互猜忌。的确，有一种猜疑，自灰色却又明亮的天空而降，落到这红色的营地里。

不错，人人都是一副猜疑的神色。既然把他们从其他人当中隔离出来，那就不是毫无道理，他们就要在脸上显示担心并寻找这种道理的神色。塔鲁观察到，他们人人眼神都茫然，人人都是一副痛苦的样子，苦于同他们原先的生活完全隔绝了。他们总不能时时刻刻想着死亡，于是什么都不想了。他们是在度假。“然而，最糟糕的是，”塔鲁这样写道，“他们已被人遗忘，而且，他们心里也明明白白。熟人把他们忘记了，因为要考虑其他事情，这很可以理解。可是，爱他们的人也把他们忘记了，因为要走门路，疲于奔命，要想方设法把他们捞出来。那些人脑袋里总萦绕着要捞人的事，也就不再想要捞的人了。这也很正常。这样闹腾下来，大家终于发觉，谁也不可能真正想谁了，即使身陷最悲惨的境地。因为，真正想一个人，那就是分分秒秒都在想，绝不会分神，不管是有家务事，有苍蝇在眼前飞，该吃饭了还是身上发痒。但是，总有飞舞的苍蝇，身上也总有发痒的时候。因此，人活在世上很艰难。他们这些人都深知这一点。”

隔离营主任又朝他们走来，对他们说有个奥通先生要见他们。他先把贡萨雷斯送到办公室，再来带塔鲁和朗贝尔走向看台的一个角落。坐在一旁的奥通先生从那里站起身，接待他们。他的穿戴一如往常，还戴着硬领。塔鲁仅仅注意到，他两鬓的毛发挓挲得很高，一只鞋的鞋带没有系好。法官的神态很疲惫，他一次也没有正面看他们一眼。他说见到他们很高兴，并请他们转达，他感谢里厄大夫所做的事。

其他人都一言不发。

过了半晌，法官又说道：

“我希望，菲利普没有太受罪。”

这是塔鲁第一次听他说出自己儿子的名字，明白情况有所转变。夕阳在天边低垂，从两片云彩之间透出来的晚照，斜射进看台里，给三人的脸涂上金光。

“没有，”塔鲁说道，“没有，他真的没有受罪。”

塔鲁和朗贝尔离开时，法官仍然望着射来阳光的天边。

他们去跟贡萨雷斯告别。这个足球运动员正在研究轮班值勤表，他笑嘻嘻地跟他们握手。

“至少我又见到了更衣室，”他说道，“还是老样子。”

过了一会儿，主任要送塔鲁和朗贝尔出营，这时忽听看台上发出噼噼啪啪巨大的声响。接着，国泰民安时期用来宣布球赛结果，或者介绍球队的高音喇叭，这时用发齉的声音通知，隔离人员要回到各自的帐篷，以便分发晚餐。这些人缓缓离开看台，拖着脚步返回帐篷。等他们各就各位了，两辆在火车站里能见到的小型电瓶车，拉着几口大锅，驶进帐篷之间。每人都伸出手臂，而车上两只长柄勺伸进大锅，盛出食物，倒进每人的两个饭盒里。电瓶车随即开走，给下一顶帐篷发食品。

“这样安排很科学。”塔鲁对主任说道。

“对，”主任满意地说着，同他们握手，“是很科学。”

这时，暮色沉沉，却云散天晴。隔离营沐浴在清爽柔和的光亮中。在宁静的暮晚，各处却响起匙子和餐盘的声音。一些蝙蝠在帐篷上方飞旋，又倏忽不见了。在围墙外，一辆有轨电车驶过道岔儿，发出吱吱嘎嘎的声响。

“可怜的法官，”塔鲁走出体育馆大门时，喃喃说道，“真应该为他做点儿什么。不过，如何帮助一位法官呢？”

六

这样的隔离营，城中还有好几座，叙述者没有第一手材料，为谨慎起见，不能再多说什么。不过，他所能讲的，就是那些隔离营的存在，从那里散发出来的人的气味，黄昏时分高音喇叭震耳欲聋的声响，神秘的围墙，以及那些被打入另册的地方所引起的恐惧，都沉重地压抑着我们同胞的精神，给所有人平添了慌乱和忧虑。跟当局发生的争执和冲突也越来越频繁了。

然而，到了十一月底，早晨就变得很冷了。大雨倾盆，冲刷着铺石马路，也清洗着天空，让洗去乌云的澄净天空，在上方与明亮的街道相辉映。乏力的太阳，每天早晨都向全城投下闪亮而清冷的光芒。反之，将近傍晚，空气重又变得温暖了。塔鲁正是选择这种时刻，跟里厄大夫谈谈心。

有一天，将近晚上十点钟，度过了漫长而耗尽精力的一天之后，塔鲁陪同里厄出诊，一道去那位哮喘病患者老人家。这个老街区房舍上空，天光柔和。微风无声无息，穿过幽暗的十字路口。两个人从安静的街道一路走来，却碰到了唠叨不休的老人。老人告诉他们说，有些人并不同意当局的做法，总是同样那些人捞油水，总是同样一些人受罪，总用瓦罐打水早晚得碎，他说到这里，还搓着双手补充道，很可能要出大乱子。他趁着大夫给看病的工夫，嘴上不停地评论时事。

他们听见屋顶有走动的脚步声。老太太见塔鲁注意听的样子，就向他们解释说是一些邻居家的女人上了屋顶平台。他们从而还得知，平台上视野很开阔，而且，房子和房子的平台总有一面相接，整个街区的妇女不用出门，就能相互看望。

“是啊，”老人说道，“你们上去瞧瞧，那上面空气好。”

他们上去一看，平台已空无一人，只放了三把椅子。从一面极目望去，只能看见平台连着平台，最后靠着一个岩石般的、幽暗的庞然大物，他们认出那是第一座山丘。从另一面望去，目光越过几条街道和看不见的港口，能落到海天一线、依稀颤动的天际。看不到光源的一束亮光，从他们知道的悬崖后面有规律地再现：那是航道的塔灯，从春天起，就一直指引航船改道驶向其他港口。大风清扫过的天空很清亮，纯净的星星闪烁，远处灯塔的光束不时掺杂进来，好似掠过的一缕青烟。微风送来花草的芳香和石头的气味。周围一片岑寂。

“天气真好，”里厄坐下来说道，“就好像鼠疫从来没有蹿升到这里。”

塔鲁背对着他，在眺望大海。

“是啊，”过了半晌，塔鲁才应声说道，“天气真好。”

他走过来，坐到大夫旁边，定睛看着对方。灯塔的光束在天空三度再现。餐具一阵碰撞的声响，从幽深的街道升起，一直传到他们的耳畔。楼内一扇房门啪地关上。

“里厄，”塔鲁语气十分自然地问道，“您就从来没有想了解我是谁吗？您对我产生了友情吗？”

“是的，”大夫回答道，“我对您产生了友情。不过，直到现在，我们始终没有时间。”

“好的，有这话我就放心了。这一刻作为友谊的时刻，您愿意听听我的故事吗？”

里厄没有回答，只是冲他微微一笑。

“喏，是这样……”

远处的街道上，一辆汽车在湿滑的路面上似乎滑行了好长时间。汽车驶远了，随后又远远传来模糊的惊呼声，再次打破了寂静。继而，寂静重又落到两个男人的头上，连同天空和繁星的全部重量。塔鲁已起身，坐到平台的栏杆上，面对着蜷缩在椅子上的里厄。只能看到他那大块头的身影，由天空衬托出来。他讲述了好长时间，所谈的内容大致复述如下：

“简单说吧，里厄，早在来到这座城市，经历这场瘟疫之前，我已经饱尝了鼠疫之苦。我是个普通人，这样讲就足够了。然而，这种状况，有些人身处其中并不自知，或者安于现状，还有些人知道处境却想要摆脱。我呢，就始终想要摆脱这种处境。

“我年轻那时候，怀着天真无邪的思想生活，也就是说根本没有思想。我不是那种好瞎折腾类型的人，正正经经开始我的生涯，做什么事都很顺，凭着自己的聪明，在女人圈里如鱼得水，如果说我还有几分不安的话，那就是女人来得快，也去得快。有一天，我开始考虑了。现在……

“应该告诉您，我的家境不像您这样穷苦。家父是代理检察长，相当有地位。但是，他没有那种架子，天生是个随和的人。家母出身寒微，从不抛头露面，我始终很爱她，但是不愿意谈她的情况。父亲，对我关怀备至，我甚至相信他还试图理解我。他有外遇，现在我可以肯定，因此，我一点儿也不感到愤恨。他在这方面的行为，正如人们所预期的那样，没有招人反感。总之，他不算是个特立独行的人，现已不在人世，我明白了他这个人的一生，即使不能说是个圣人，也不能说是个坏人。他介于两者之间，仅此而已，对于这种类型的人，大家都有一种适度的好感，正是这种好感能让人继续下去。

“不过，他有一点与众不同：他床头的书却是一本《火车旅行手册》。这倒不是因为他经常出游，其实，只有度假，他才去布列塔尼，那里乡间有一小幢住宅。可是，他能准确地告诉您，从巴黎始发到柏林的各次列车发车和到达的时间，从里昂前往华沙所需换乘列车的时刻，以及您随意挑选的两个首都之间的准确距离。您能说出从布里扬松[①]去沙莫尼[②]怎么乘车吗？即使一个火车站的站长也会闹糊涂了。我父亲却不会弄错。几乎每天晚上，他都练习，丰富这方面的知识，他也颇感自豪。我觉得这很有趣，就经常考他，再拿《火车旅行手册》对照他的回答，承认他答得不错，真是喜出望外。这种小小的练习大大密切了我们彼此的关系。我充当了他的听众，他也赞赏这种好意。至于我，我倒认为他在火车旅行时刻表方面的高才，也不亚于其他方面的高才。

“话题扯远了，我这样就显得过分推重这个正派人了。因为，说到底，他对我所下定的决心，仅仅起了间接的影响。顶多他给我提供了一次机会。是这样，我十七岁那年，我父亲邀请我去听他起诉一个人。那是一桩重大案件，在重罪法庭审理，他当然认为那该是他最露脸的一天。至今我还相信，他借助这种最能激发青年想象力的庭审，想要推动我进入他本人所选择的职业。我接受去听审案，因为这能让我父亲高兴，还因为我也很好奇，习惯了他在家里的角色，要看看和听听他如何扮演另一种角色。此外我没有别种想法。那时在我的心目中，法庭上审案的过程，类似七月十四日国庆阅兵或者颁奖仪式那样，既正常又不可避免。关于庭审，当时我的认识非常抽象，一点儿也不觉得碍难。

“然而那天，我保留的唯一印象，就是罪犯的形象。现在我也认为，他确实有罪，犯了什么罪并不重要。罪犯是个三十来岁的男子，个子矮小，红棕头发比较稀疏，看样子他决心全部招认，对他所犯的罪和要受到的惩罚，的的确确吓得要命，结果几分钟之后，我的眼睛就只盯着他一个人了。他活像一只被强光吓坏了的猫头鹰。他的领结打歪了，没有对准领口。他只咬噬一只手的指甲，右手的……总之，

---

① 布里扬松，法国城市，上阿尔卑斯省地区首府。

② 沙莫尼，全称沙莫尼蒙勃朗，法国上萨瓦省城市，坐落在勃朗峰山麓。

我不必多讲，您已经明白，他是个大活人。

“然而，我这是猛然意识到的，而此前我想到他时，完全通过‘被告’这种方便的归类。现在我不能说，当时我已经把我的父亲置于脑后了，但是，我的腹部像有什么东西收紧，无法顾及其他，注意力只集中到被告身上。我几乎什么也不听了，感到有人要杀死这个大活人，一种强烈的本能，像浪涛一样，把我卷向被告那边，带有一种固执的盲目性。直到我父亲开始宣读公诉状，我才真正清醒过来。

“我父亲穿上红色法袍，完全变了个人，和善、亲热，统统不见了踪影，他满嘴冗长的语句，像蛇一般不断爬出来。我听明白了，他从社会的名义，要求处死这个人，甚至要求砍下这个人的脑袋。不错，他仅仅说：‘这颗脑袋就该落地。’不过，归根结底，这没有多大差异。果然是一码事儿，既然他得到了这颗脑袋。只不过，活儿并不是由他干的。随后我就注意听案件的审理，一直到结案，唯独对这个不幸的人，我产生了一种令人惊诧的亲近感，而我父亲却从未有过这种感觉。然而，按照惯例，他应该亲临行刑现场；行刑时刻，美其名曰最后时刻，正经应该称为最卑鄙的谋杀。

“从那天起，我一看到那本《火车旅行手册》，就厌恶到了极点。从那天起，我怀着憎恶的心情，关注司法、死刑和处决，还惊骇地发现，我父亲一定多次到现场观看杀人，而且恰恰到了那些日子，他起得非常早。是的，那几次他都上好闹钟。我不敢跟母亲说起，于是更加细心观察她，这才明白他们之间毫无感情了，母亲过着一种清心寡欲的生活，正如我当时讲的，这种情况有助于我原谅了她。后来我更得知，她没有任何事需要求得原谅，因为她直到结婚，一生贫困，在贫困中学会了隐忍。

“您一定是等我说这句话，我马上就离家出走了。没有，我在家住了好几个月，有小一年的时间。但是我有了一块心病。一天晚上，父亲要闹钟，第二天他得早起来。我一夜未眠。第二天他回来发现，我出走了。长话短说，父亲派人找我，我也去见了他，什么也没有解释，只是平静地对他说，若是强迫我回家，我就自杀。他天生性情温和，最终接受了，还对我讲了一大通，说什么想过自由自在的生活是愚蠢的（他是这样理解我的行为，我也不予以驳斥），又千叮咛万嘱咐，并且忍住了由衷的眼泪。不过，后来，很久之后，我定期回家看望母亲，也就见到他了。现在我认为，保持这种关系，他也就心满意足了。就我而言，我并不怨恨父亲，只是心里有点儿伤感。他去世之后，我就接来母亲一起住：母亲若是没走的话，会一直留在我身边。

“我长时间讲述开端这段情况，因为实际上，这是一切的开端。现在我要讲得快些了。十八岁那年，我离开了优裕的家庭，体验到了贫困。为了谋生，我干过各种行业，倒也还过得去。但是，我所关心的还是死刑，很想清算一下我跟红棕头发猫头鹰的那笔账。结果，我搞了大家所说的政治。我那是不想成为鼠疫患者，仅此而已。我认为我所生活的社会建在死刑的基础上，我同社会进行斗争，就是同死刑进行斗争。我相信是这样，别人也对我这样讲，总之，在很大程度上是对的。因此，我就跟我喜爱的那些人在一起，我也始终爱他们。我留在他们中间很长时间，欧洲所有国家的斗争，没有我不投身进去的。这情况就不多谈了。

“当然了，我知道必要的时候，我们也宣布死刑。但是他们对我说，这几个人必须处死，以便到达一个不再杀任何人的世界。在某种意义上，也的确如此，可是，也许我终究不能坚持这种真理。可以肯定的是，我还犹豫不决。不过，我想到那个猫头鹰，那情况还可能继续下去。直到那一天，我看到处决一个人（那是在匈牙利），同样的情景，曾让少年的我头晕目眩，又让成年的我眼前一片黑暗。

“枪毙人的场面，您从来没有见过吧？当然没见过。到场的人，一般要受到邀请，普通观众，也都事先经过挑选。结果呢，您只能停留在木版画和书本插图的场面。黑布蒙上眼睛，人绑在柱子上，几名士兵站在远处。哼！根本不着边！恰恰相反，行刑队靠近要被处决的人，相距只有一米五，这您知道吗？犯人若是往前跨两步，胸口就能顶到枪口，这您知道吗？这么近的距离，行刑队员的枪口又都对准犯人的心区部位，他们一齐开枪，射出的大型号子弹能将人胸口打出个大窟窿，拳头可以伸进去，这您知道吗？不，您不知道，因为那是细节，大家都不讲。睡眠对于人，比生命对于鼠疫患者更加神圣不可侵犯。谁也不应该妨碍好好的人睡觉。除非自己嘴里有味，味儿不好就不要坚持，这一点谁都知道。可是我呢，从那时候起，我就睡不好觉了。难闻的味道一直停留在我的口中，我还一再坚持，也就是说思考这些事儿。

“于是我想明白了，在这些漫长的岁月中，至少我始终是个鼠疫患者，而我还恰恰以为，自己全心全意在同鼠疫做斗争。我得知自己间接地同意了数千人的死亡，甚至煽动杀死他们，即认为必然导致他们死亡的行动和原则是正确的。而这种事，其他人似乎没有什么碍难，或者至少，他们从来不会主动提起。可是我，嗓子眼儿却发紧。我同他们在一起，又深感孤独。有时我表明自己的顾虑，他们就对我说，必须考虑这是一场什么博弈，他们向我摆出的理由往往惊心动魄，好让我囫囵吞枣那样接受。不过，我回答说，那些高贵的鼠疫患者，那些身穿红色法袍的人，他们在这种判决中，也同样有充分理由；如果我赞同普通鼠疫患者提出的不可抗拒的理由和必要性，那么我也不能拒绝高贵的鼠疫患者陈述的理由。他们就向我指出证明穿红袍的人有理的好办法，就是让他们独自掌握判处的大权。可是我心想，让步一次，那就没有理由停下来了。我觉得历史证实了我有道理，如今，都在比谁杀人最多。他们全都在疯狂地杀戮，而且也不可能换一套做法。

“不管怎样，我自己的问题，并不是推理，而是那个红棕头发的猫头鹰，那个肮脏的案件中，几张患了鼠疫的又脏又臭的嘴，向一个戴着手铐脚镣的人宣布他将被处死，并且为处死他安排好一切，于是，他每夜每夜都处于垂危状态，睁着双眼等待被处死。我的问题，是胸口的那个大窟窿。那时我总在想，眼下，至少我个人，我绝不再给出一条理由，您听清楚了，哪怕是一条理由，去为这种令人作呕的屠杀辩解。不错，我选择了这种固执的盲目态度，有待以后看得更清楚吧。

“从那之后，我就没有变。很久以来，我都深感愧疚，羞愧得要死；居然我也成为一个杀人凶手，即或是间接的，即或是抱着良好愿望。随着时间的推移，我仅仅发现，今天，比较而言，即使好人也难免杀人或者被杀，因为他们就生活在这种逻辑中，在这个世界上，我们的一举一动，都有可能致人死亡。是的，我依然感到羞愧，我领悟了这一点，也就是我们所有人都陷入鼠疫中，我丧失了宁静，至今我还在寻找这种宁静，尽量理解他们所有人，不要成为任何人的死敌。现在我仅仅知道，应该怎么做就怎么做，以便不要再成为一名鼠疫患者，唯独这样，我们才能期望安宁，得不到安宁就安详地死去。唯独这样，才能给人宽慰，即使拯救不了人，起码也尽量少给他们造成伤害，有时甚至给他们做点儿好事。这就是为什么，我决定拒绝一切直接或间接的，有理或无理的杀人行为，也不为杀人的行为辩解。

“同样，这也是为什么，这场瘟疫没有教会我什么，只让我明白必须和你们一起同瘟疫斗争。我基于可靠的知识了解（对，里厄，生活的事我无所不知，这一点您会清楚地看到），鼠疫，每人身上都携带，因为，任何人，是的，世上任何人都不能免遭其害。我也知道，必须时时刻刻小心谨慎，以免稍不留神，就面对别人的脸呼吸，将疫病传给别人。天然生成的，是细菌。其余的东西，诸如健康、正直和纯洁，都是意志的一种表现，而人的意志永远也不应该停歇。一个正派人，就是几乎不把疫病传染给任何人的人，就是尽量少疏忽走神的人。真得有意志，还要绷紧神经，才始终不会疏忽大意。是的，里厄，当个鼠疫患者相当辛苦。不过，不想成为鼠疫患者还要更辛苦。正因为如此，所有人都很累，因为如今，所有人都难免染上点儿鼠疫。然而，也正因为如此，有那么几个人，不想再当鼠疫患者了，就尝尽了疲劳之苦，除非死了才可能解脱。

“从现在起到那时候，我知道自己对这个世界毫无价值了，而且从我放弃杀人的那一刻起，我就判处自己终生流放了。历史将要由其他人来创造。我也知道，恐怕我审判不了那些人。我缺乏一种特质，不能成为一个通情达理的杀人者。这不是一种傲慢。但是现在，我心甘情愿原原本本做人，我学会了谦虚。我只想说，大地上还有灾难和受害者，一定得尽可能拒绝，不要跟灾难同流合污。这在您看来，也许有点儿单纯，单纯不单纯不好说，但我知道，这是实情。我听到过那么多高谈阔论，脑袋几乎给弄晕乎了，那些高谈阔论也足以使其他一些人晕头转向，结果同意去杀人了，从而也使我明白了，人的不幸缘于他们没有使用一种清晰的语言。于是我决定讲话和行动都要明明白白，以便走在正道上。因此，我说世间有灾难和受害者，除此不再多说什么。如果说，我讲这话，本身就变成灾祸，那么至少，并非我情愿。我试图成为一个无辜的杀人者。您瞧，这不是什么雄心大志。

"当然还得有第三境界，即真正医生的境界。但是这种现象不多见，估计是很难进入。因此，我决定站在受害者一边，无论发生什么情况，以求减少损失。我在受害者中间，至少可以寻求如何抵达第三境界，也就是达到安宁。"塔鲁讲完的时候，悠荡着双腿，用脚轻轻地敲击着平台。大夫沉默了片刻，稍微挺起身子，便问塔鲁是否有了想法，走什么路才能达到安宁。"

"有啊，就是同情。"

远处传来救护车的两下铃声。一阵阵呼叫声，刚才还模糊不清，这时集中到城市的边缘，就在岩石山丘附近。与此同时，还听见了类似爆炸的声音。随后，又复归寂静。里厄数了两次灯塔闪亮。风力似乎加大了，同时一阵海风送来一股咸味。现在可以清晰地听到浪涛拍打悬崖低沉的喘息。

"总之，"塔鲁干脆说道，"我关心的是了解如何成为圣人。"

"可是，您却不相信上帝。"

"恰恰如此。人，不信上帝能否成为圣人，这是我现今唯一要认识的问题。"

突然，从传来喊叫声的那边射出一大道亮光，而隐约的喧嚣声逆风而上，一直达到这两个男人的耳畔。那道亮光随即暗淡下去，在远处相连平台的边缘，只留下淡淡的红光。在风停的瞬间，清晰地听见人的呼喊，接着是一声枪响以及众人的喧哗。塔鲁站起身来倾听。可是，什么声音也听不见了。

“城门口那儿又动手了。”

“现在结束了。”里厄说道。

塔鲁咕哝道：“从来就结束不了，还会有受害者，因为这是顺理成章的事。”

“也许是这样，”大夫回答说，“然而您知道，我感到比起跟圣人来，跟失败者更为意气相投。我觉得自己对英雄主义、圣贤之道并不感兴趣。能引起我兴趣的，还是做个男子汉。”

“对呀，我们都有同样的追求，但是我没有那么大雄心。”

里厄以为塔鲁在开玩笑，便瞥了他一眼，不过，在朦胧的天光夜色中，看到的只是一张忧郁而严肃的脸。风又刮起来了，里厄感到肌肤暖洋洋的。塔鲁抖擞了一下精神：

“您知道吗，为了友谊，我们该做点儿什么呢？”

“做您想做的事。”里厄说道。

“洗个海水浴。即使对一个未来的圣人，这也是一种可心的乐趣。”

里厄微微一笑：

“我们凭着通行证，可以走上防波堤。归根结底，只是在鼠疫中熬日子，那就太蠢了。毫无疑问，一个人应该为受害者进行斗争。可是，除了斗争，什么也不爱了，那么，他斗争又有什么用呢？”

“对呀，”里厄说道，“我们去吧。”

不大工夫，汽车就停到港口的铁栅门旁边。月亮已经升起来了。乳白色的天空，往各处投下淡淡的阴影。身后城区的建筑鳞次栉比，吹来一股携带病毒的热风，催促他们走向大海。他们出示通行证，一名哨兵检查了许久才放行。他们在弥漫着酒味和鱼腥味的空气中，穿过一道堆满酒桶的土堤，朝防波堤走去。将要到达时，闻到碘和海藻的气味，他们就知道离海不远了，继而就听见海的声息。

在防波堤的巨大石基脚下，海在轻轻地呼啸。他们登上石基，就觉得海如丝绒般厚实，又如野兽毛皮似的柔软光滑。他们坐到岩石上，面向大海。海水隆起来，又缓缓落下去，这种平静的呼吸，带起水面时现时隐的油亮波光。眼前黑夜茫无际涯。里厄感到手指下岩石凸凹不平的面孔，心里充满了一种奇异的幸福。他转向塔鲁，从朋友安详而严肃的脸上，猜得出同样的幸福感，但又未尝忘记任何事情，就连杀人也没有忘怀。

二人脱下衣服。里厄头一个扎进水中。乍一潜入觉得水冷，浮上来又感到水温了。他用蛙泳的姿势划了几下水之后，就知道这晚上，海水相当温热，这是因为秋季的海水吸收了陆地储存了几个月的热量。他游泳动作很协调，双脚拍打水面，在身后掀起翻滚的浪花，水沿着胳臂往后逃去，却粘连在大腿上。只听扑通一声，他明白塔鲁也扎进了水中。里厄仰身躺着不动了，面朝颠倒的天空，满天月色和星光。他悠长地深呼吸，继而，越来越清晰地听见击水的声响，在清幽孤寂的夜色中显得格外清亮。塔鲁游近了，很快就听见他的喘息声了。里厄又转过身来，与朋友齐肩了，便以同样的速度游起来。塔鲁划水往前的冲力更大些，里厄只好加快了划动的频率。有几分钟工夫，二人齐头并进，速度相当，力量也相当，远离尘嚣，独自游荡，终于摆脱了这座城市和鼠疫。里厄首先停下来，二人又缓缓往回游，他们仅仅在短时间内，游进了一股冰冷的水流。受到大海这一突袭，他们都一声未吭，二人不约而同加快了速度。

他们穿好衣服，一句话未讲就离去了。然而，他们有了同样的心情，回忆起这个夜晚都倍感温馨。他们远远望见鼠疫的哨兵，里厄知道塔鲁像他一样，心里在念叨，疫病刚才把他们忘掉了，这样很好，现在他们必须重新开始。

七

对，必须重新开始，鼠疫不会将任何人忘记太久的。在十二月份期间，鼠疫在我们同胞的胸膛里燃烧了，让焚尸炉烧得更红火，给隔离营塞满两手空空的形影，总之，以其不连贯的耐心步伐不断向前推进。当局原本指望到了冷天，瘟疫就会停下来，然而经过初冬的严寒，疫情并没有乱了阵脚。还得等待。不过，等待太久，就不再有所期待了。而我们的整座城市就在无望中打发生活。

至于里厄大夫，宁静和友谊的时刻太短暂，也没有再续的可能。市里又设立一家医院，里厄除了面对患者，再也无暇旁顾了。不过，他也注意到，瘟疫流行到这一阶段，越来越多以肺鼠疫的形态出现了，而且，患者在一定程度上，也肯协助医生了。他们非但不像刚闹鼠疫的时候那样失控，不是沮丧就是发狂，反而表现出了更加正确认识自身的利益，主动要求可能对他们最有益的东西。他们不断要求喝水，所有人都需要温暖。累虽然同样累，但是在这种情况下，里厄大夫少了几分孤独感。

将近十二月底，里厄接到一封信，是预审法官奥通先生从隔离营写来的。信上说他检疫隔离期已过，但是行政部门找不到他入营日期的材料，毫无疑问，现在是因错仍把他关在隔离营。他妻子结束隔离已有一段时间，曾去省政府申诉，而接待她的人态度很不好，对她说这方面工作从来没有出过错。里厄让朗贝尔出面交涉，几天之后，他见奥通先生来了。确实出了差错，里厄不免有点儿气愤。奥通先生显然消瘦了，他见大夫的反应，便抬起一只绵软无力的手，字字都加重语气说道，人人都可能出错。大夫发现对方身上有所变化。

“您打算做什么呢，法官先生？那么多案卷等您处理呢。”

“哎，不，”法官回答，“我想休假。”

“真的，您也该休息休息。”

“不是这个意思。我想要回隔离营。”

里厄深感惊诧：

“您刚刚出来呀！”

“我没有表达清楚，我听说在那座隔离营里，管理人员中有志愿者。”

法官那双圆眼珠子转了转，同时想要压平一绺头发……

“您应当理解，到那里我有事儿可干。还有，说起来也挺荒唐的，到了那里，我会感到同我的小儿子隔得不那么远了。”

里厄注视着法官。在这双冷峻无情的眼睛里，不可能突然流露出温情来。但是，这双眼睛却变得更加雾蒙蒙的，丧失了原来的金属似的光泽。

“当然了，”里厄说道，“既然您愿意，这事儿就交给我吧。”

果然，大夫把事情安排妥当了。疫城已恢复了生活原状，一直到圣诞节。塔鲁还一如既往，卓有成效地到处显示他那沉静的神态。朗贝尔向大夫透露，多亏了两名年轻卫兵的帮助，他跟妻子建立了通信的秘密渠道。每隔一段时间，他就能收到一封信。他向里厄提议利用他这条渠道，里厄接受了。于是，漫长的数月以来，里厄第一次写信，拿起笔来极难成书：有一种语言他已然丧失了。信传递出去了，但是迟迟不见回信。且说科塔尔，他却兴旺发达起来，靠着小笔投机倒把生意发了财。至于格朗，就是节假日期间，他的计划也没有什么进展。

这年的圣诞节与其说是福音节，不如说是地狱节。店铺货架空空，灯光也黯淡，橱窗里摆的是假冒巧克力或空盒子，有轨电车上的乘客，一个个脸色阴沉，毫无往年圣诞节的气象。从前到了这个节日，无论富人还是穷人，都同喜同乐；可是今年，也只有一些享有特殊利益者，才能在肮脏不堪的店铺后间，花高价搞到一点儿偷偷摸摸的、有失脸面的欢乐。教堂里回荡着哀怨之声，鲜见礼拜感恩的举动。在这座死气沉沉的冰冷的城市里，只有几个孩子在奔跑嬉戏，还不知道自己所受到的威胁。然而，谁也不敢向他们提起圣诞老人，从前这尊神总背着各种礼物，老迈好似人类的痛苦，崭新又像年轻的希望。所有人的心中，只能容得下一种十分古老又十分沉郁的希望，也正是这种希望阻止人轻生，但也只是让人好歹坚持活着。

前一天晚上，格朗爽约了。里厄不免担心，一清早去他家里也没有找见人。这事儿惊动了所有人。将近十点钟，朗贝尔到医院来告诉大夫，他远远望见格朗，一副失态的样子，在街上游荡，后来走走就不见了踪影。大夫和塔鲁开车去找他。

中午时分，天气寒冷。里厄下了车，远远望见格朗，脸几乎贴在橱窗上，那橱窗里摆满了做工粗糙的木雕玩具。这位老公务员泪流满面。这泪水引起里厄无限感慨，因为他理解，也同样感到如鲠在喉。他想到这个不幸的人，当年是在圣诞节礼品店前定下婚约，雅娜往他身上一靠，说她很高兴。从那遥远年代的幽深处，正是在这场热恋的中心，雅娜清新的声音又回荡在格朗的耳畔，肯定是旧情难忘。里厄知道，这位哭泣的老人此刻在想什么，他跟格朗是同样的思绪，想到这个没有爱的世界犹如死亡的世界，而且到了一定时候，人们总要厌倦了监狱、工作和勇气，要求一个人的面容和温情美妙的心。

这时，格朗在玻璃上发现了大夫，他没有停止哭泣，转身背靠着橱窗，看着里厄走过来。

“噢！大夫。噢！大夫。”格朗语不成句。

里厄一时也说不出话来，只是点头表示感同身受。这也同样是他的感伤，而此刻揪他这颗心的，却是无比的愤怒：他面对所有人承受的痛苦，不由得怒火中烧。

“是啊，格朗。”里厄说道。

“我真希望有时间给她写封信。好让她知道……好让她能幸福，毫不亏心……”

里厄有点儿粗鲁地往前推格朗。格朗几乎由人拖着走，还不住口，没头没脑，结结巴巴地说着。

“这事儿也拖得太久了。想是想顺其自然，却又迫不得已。噢！大夫！看我这样子，显得挺平静的。然而，我总得做出极大的努力，才能勉强保持正常的样子。可是现在，实在是受不了啦。”

他停住脚步，四肢都在颤抖，眼神发狂。里厄抓住他一只手，觉得滚烫滚烫的。

“该回去了。”

格朗却挣脱了大夫，跑了几步，随即停下，张开手臂，开始前后摇起来。他又原地打了个转儿，便瘫倒在冰冷的人行道上，弄脏脸的眼泪还在流淌。行人都戛然止步，远远望着，不敢往前走了。里厄只好一个人抱起老人。

格朗躺在自己床上，现在呼吸很困难：肺部已经感染了。里厄想来想去，这个职员没有家人，何必把他送走呢？里厄就由塔鲁协助，独自给他治疗。

格朗的头深深埋在枕头窝里，脸色发青，眼睛无神了。他死死盯着壁炉里的微火，那是塔鲁用一只箱子的碎木片点燃的。“情况不妙哇。”他说道。从他燃烧的肺里发出一种奇特的噼啪声，一直伴随着他讲的话。里厄不让他讲话，还说他一定会好起来。病人怪异地微微一笑，脸上还流露出一种温情。他吃力地眨了眨眼睛。“这次我若能幸免，大夫，那就脱帽致敬！”然而，他随即就跌入衰竭状态。

几小时之后，里厄和塔鲁再来时，看见病人半坐在床上，里厄一见吓坏了，从他脸上看出烧灼他的疫病又加重了。不过，病人似乎比先前清醒一些，他当即求他们将放在抽屉里的手稿拿给他，说话的声音异常虚弱。塔鲁拿给他手稿，他接过去看也不看，就抱在怀里，随后又把手稿递给大夫，打手势请大夫念一念。手稿仅有短短五十来页，大夫翻了一下才明白，每页稿上都是同一句话，没完没了地重新抄写、修改和增删。“五月”“女骑士”“林间花径”，这些词不断地出现，但是以不同的方式排列组合。手稿还包括一些诠释，有的甚至极长，同时还有诠释异文。最后一页末尾一句话，写得工工整整，从墨迹来看刚写不久：“亲爱的雅娜，今天是圣诞节……”而在这句话前面，则是特别用心写出的那句话的修订稿。格朗说道：“您念一念。”里厄就念道：“五月一个明媚的清晨，一位身材修长的女骑士，座下一匹华贵的阿勒桑牝马，奔驰在布洛涅森林公园开满鲜花的小径上。”

“就是这样吧？”老人高烧的声音问道。

里厄没有抬眼看他。

“嗯！”格朗躁动起来，说道，“我心里清楚，美丽，美丽，这个词用得不够贴切。”

里厄握住病人放在被子外面的手。

“算了吧，大夫。我没有时间了……”

他的胸吃力地起伏，突然他嚷了一句：

“稿子烧掉！”

大夫颇犯犹豫，可是，格朗又重复一遍他的指令，调门十分骇人，声音里饱含痛苦，里厄只好将稿子丢进快要熄灭的炉火中。房间很快就照亮了，也有了一股短暂的热乎气。大夫再回身走过来，病人已经翻身背向他，脸几乎贴在墙上。塔鲁眼望窗外，身边的场面仿佛与己无关。里厄给病人注射了血清，然后对他朋友说，格朗熬不过今天夜晚，塔鲁便提出自己留下看护。大夫同意了。

整整一夜，格朗就要死去的念头，里厄怎么也挥之不去。但是，第二天早晨，他却看见格朗坐在床上跟塔鲁说话。高烧退了。只剩下全身乏力的症状了。

“唉！大夫，”职员说道，“我不该那么做。不过，我可以从头再来。您瞧着吧，什么我都记得。”

“我们等等看吧。”里厄对塔鲁说道。

然而，到了中午，还是没有任何变化。晚上，可以确认格朗脱离了危险。这次怎么起死回生了，里厄简直一头雾水。

事有凑巧，差不多就在这段时间，里厄还接治了一个送来的女病人，他诊断人已无望了，一入院就让人安排隔离起来。那姑娘一直说胡话，昏迷不醒，完全是患了肺鼠疫的症状。不料，第二天早晨，却退了烧。大夫认为，格朗病情的变化也属于这种情况：早晨见轻，而他凭经验视为不好的征兆。然而，到了中午，体热没有回升，晚上也只是升高几分，再到次日早晨，烧完全退了。那姑娘身子虽说很虚弱，躺在床上呼吸却畅快了。里厄对塔鲁说，这个病人保住了命，是违反所有规律的。可是那个星期在里厄的医院，就出现四个这样相同的病例。

就在那一周的周末，哮喘病老患者接待里厄和塔鲁，情绪显得非常激动。

“好嘛，”老人说道，“又出来了。”

“谁呀？”

“嘿！老鼠呗！”

四月份以来，连一只死鼠也没有发现过。

“这种事，又要重新开始啦？”塔鲁问里厄。

老人搓着双手。

“真得瞧瞧到处乱窜的老鼠！这是一种乐趣。”

他看见两只活老鼠从临街的门钻进他家里。有些邻居也告诉过他，他们家也一样，又出现了老鼠。一些人家的房梁上，又能听到久违数月的老鼠闹腾的声响。里厄等待着每周初公布的统计总数。统计数字表明，疫情减退了。

第五部

鼠疫就是生活，

不过如此。

一

疫病这次突然退却，虽然让人喜出望外，但是我们的同胞并不想高兴得太早。几个月过去，他们经历了这一切，人人都更加渴望解脱，可是又都学会了谨慎，习以为常，渐渐不大指望瘟疫能很快结束了。不过，这一新的情况，却挂在所有人的嘴边上，同时又在内心深处，搅动起不便明言的巨大希望。其他一切都降到次要地位。统计的鼠疫死亡数字已降下来，新的受害者，跟这种异乎寻常的现象一比，也就无足挂念了。我们的同胞虽然装出若无其事的样子，但是从这时起，就乐得谈论鼠疫结束后要如何重新安排生活，这是对健康生活不事声张，却暗中盼望的一种迹象。

大家看法一致，原先生活的种种便利，不会一朝就能恢复，破坏容易重建难。他们只是认为，食品供应总会有所改善，从而也就释去了一日三餐的忧虑。然而，在这种若不经意的议论的掩饰下，其实一种不理智的希望已如脱缰的野马，很难控御了，我们的同胞有时就意识到了，赶紧说明一句，不管怎样，要说解脱，也不是第二天就能成为现实。

的确如此，鼠疫也没有在第二天就停止了流行。不过，从表面看来，疫情消退之快，大大超过了大家合理的期望。一月初那几天，寒冷的天气，异乎寻常地持续，仿佛凝结在本市的上空。但是天空那么湛蓝，确也前所未见。连日来从早到晚，冰冷的天空总是那么灿烂，让全城终日沐浴在阳光里。在这样净化的空气中，鼠疫一连三周，节节衰退，似乎一蹶不振，排列出来的尸体也天天递减了。病魔花费数月积聚起来的力量，很短时间里就几乎丧失殆尽。本来志在必得的猎物，如格朗或者里厄医院的那个姑娘，却失之交臂，在一些街区疯狂了两三天，在另一些街区则完全销声匿迹，周一大抓一把受害者，到了周三又差不多任其全部逃脱，看鼠疫这种种表现，这样气急败坏或疲于奔命，有人就会说这个瘟神又焦躁又疲惫，已经乱了手脚，在自我失控的同时，也丧失了曾体现其力量的那种精准的高效。卡斯泰尔研制的血清突显疗效，取得了迟迟不见的一系列治疗效果。此前医生采取的各种措施都无济于事，现在似乎突然发力，无一不克敌制胜了。如今轮到瘟神四面受敌，仿佛成为困兽，而此前与其对抗的武器显得驽钝，现因其陡然颓势才大显威力。病魔只是偶尔逞一下凶，夺走三四个有望治愈的患者的生命。他们是瘟疫中的倒霉者，就在满怀希望的时候，遭到瘟神的毒手。预审法官奥通就是这种命运，隔离营只好把他撤离，塔鲁也说他确实运气不佳，但不知此话指的是他离世还是指他生于世。

不过，总体来看，疫病的传染全线败退，而省政府的公报起初还只让人隐隐产生一种谨慎的希望，最终给公众吃了一颗定心丸，确信胜券在握，疫病放弃了各个阵地。老实说，还很难断定这是一场胜利。只是应当看到，疫病似乎怎么来的，又怎么走了。抗击鼠疫的战略并没有变，昨天行之无效，今天看来所向披靡。大家只不过有种印象，疫病是自行衰竭，或者是大功告成之后撤离了。可以这么说，它的角色扮演完了。

然而，城里就好像毫无变化。街道白天还是那么寂静，晚间则熙熙攘攘，仍是原来的人群，但到处是大衣和围巾了。电影院和咖啡馆生意依然兴隆。可是，如若仔细瞧瞧，就能看出大家的表情轻松了，时而还露出笑容。这时就不免想到，此前在街上，谁的脸都与笑意无缘。这道厚厚的幕布，笼罩全城长达数月，实际上已出现裂缝，每逢星期一，人人听广播电台的新闻节目都能了解，这道裂缝正在扩大，最终能让人自由呼吸了。这还是一种完全消极的宽慰，没有直截了当地表达出来。然而，如果是在从前，听说有一列火车开走，或者一艘轮船抵港，还有什么汽车即将重新准许通行，谁也不会轻易相信；可是这些消息，至一月中旬宣布，反而谁也不会觉得意外了。说起来当然这不算什么，但是这细微的差异，也确实反映了在希望的路上，我们的同胞有了长足进步。而且还可以说，对于本市居民而言，极微小的希望一旦变为可能，鼠疫有效的统治便完结了。

尽管如此，在整个一月份，我们同胞的反应还照样矛盾重重。确切说来，他们在兴奋和沮丧两端跳来跳去。正因为如此，就在统计数字最有利的时候，有必要记录几次新的潜逃的企图。而且，企图逃出城去的人大多数成功，这大大出乎当局的意料，也让守城的哨兵相当震惊。其实，到了这种时候，这些人还逃跑，完全是受感情冲动的驱使。他们中间一些人的心里，已由鼠疫深深植下了一种怀疑主义，不能自拔了，再也没有希望的容身之地。即使鼠疫流行期已经过去，他们还继续遵循鼠疫的规则生活，自然跟不上形势的发展了。另一些人则相反，他们主要属于饱受离别之苦的群体；此前跟他们所爱的人天各一方，长期分离，陷入幽闭的沮丧之中；一旦刮起希望之风，他们心中便燃起一种狂热和急躁的情绪，再也控制不住自己了。一想到目的近在咫尺，自己也许未达目的之前便丧命，再也见不到心爱的人，长期忍受的痛苦也得不到补偿了，他们就不禁惊慌失措。在长达数月期间，他们不顾监狱和流放式的生活，默默地坚守，顽强地等待，讵料希望的曙光初现，就足以摧毁连恐惧和绝望都无可奈何的一切。他们不能跟随鼠疫的步伐走到最后时刻，而要像疯子那样冲到前头。

不过，乐观的情绪，也同时自发地表露出来。正因为如此，可以看到物价明显降下来。物价的这种波动，从纯经济学观点解释不通。生活的种种困难还照样存在，全城还仍然保持隔离状态，而食品供应也远未改善。可见大家看到的是一种纯精神现象，就仿佛鼠疫的退却反映到了各个方面。与此同时，乐观的情绪，也在那些从前过集体生活而被疫病拆散的人中间蔓延开来。市里的两座修道院准备重新开办，得以恢复集体生活了。军人也同样，他们又都归队，回到空空如也的军营，重又过起驻防部队的正常生活。这些细小的事实都是重大的征兆。

一直到一月二十五日，民众就生活在情绪暗自涌动的状态中。那一周，统计的死亡人数直线下降，在同医学委员会商榷之后，省政府宣布，可以断定控制住了这场瘟疫。不错，公报还补充道，想必民众也会同意，为谨慎起见，城门还要关闭两周，防疫措施再执行一个月。在此期间，稍有迹象表明危险可能卷土重来，“就必须维持现状，延长各项措施”。然而，大家一致认为这种补充无异于官样文章，于是，一月二十五日晚间，全市就沸腾起来。省长也很配合这场举城欢庆，命令恢复疫前的照明。在寒冷明净的天空下，街道灯火通明，我们的同胞成群结队，一片欢声笑语，喧声鼎沸。

许多人家，百叶窗固然还紧闭，一些家庭默默地度过这个充满别人家喧闹的夜晚。不过，那些沉浸在哀痛中的人，在内心深处也同样得到宽慰，终于消除了恐惧，不再担心别的亲人会被夺走性命，或者不必再为自身的安危忧虑了。完全置身于全城欢乐之外的人家，无疑是因为就在此刻，有患上鼠疫的家人住了院，其他人有待检疫，隔离在家或者进了检疫所，等待同这场灾难真正了断，如同其他家庭已然了断那样。这些人家自然也萌生了希望，只不过蓄势待发，在真正有权动用之前，绝不肯从中汲取力量来支撑。可是，这种等待，这种默默的守夜，介乎于垂死和欢乐之间，又在全市欢乐的氛围中，这样的家庭就格外备受熬煎。

这些毕竟是例外情况，丝毫无损于其他人的满意心情。自不待言，鼠疫并未结束，这一点还有待证实。然而，在所有人的头脑里，火车已提前几星期发出，汽笛长鸣，奔驰在一望无际的铁道上，轮船也在波光粼粼的海面上破浪行进。等到第二天，大家的头脑也许会冷静一点儿，重又产生疑虑。但是此时此刻，整座城市都晃动起来，离开那种封闭、阴暗而了无生气的地方，即城建扎根，打下石基的地方，终于携带幸存者走了出来。那天夜晚，塔鲁、里厄、朗贝尔和其他人，也都走在人群当中，他们也都感到脚下没有踏着实地。塔鲁和里厄离开林荫大道很久之后，走进僻静的小巷，沿着窗板紧闭的窗户漫步的时候，还听得到欢乐之声紧追不舍。由于疲惫不堪，他们也分辨不清是窗户里面悠长的痛苦呻吟，还是回荡在稍远的街道上的欢乐之声。临近解脱的这张面孔，欢笑和眼泪交织在一起。

一时间，喧闹之声越发响亮，也越发欢快。塔鲁停下脚步。一个黑影，轻快地跑在幽暗的马路上。那是一只猫，自春天以来重又见到的第一只。猫停留在马路中间，犹豫片刻，舔了舔爪子，又抬起爪子迅速挠了一下右耳朵，随后又跑起来，悄无声息，隐没在夜色中。塔鲁欣然一笑。那矮老头见了准高兴。

二

鼠疫似乎离去，返回它悄然出来的不为人知的巢穴，然而正是这时候，城里至少有一个人因鼠疫消退而懊丧不已，那就是科塔尔。据信，塔鲁在笔记中记载了这种情况。

老实说，从统计数字开始下降的时候起，他的笔记就变得相当古怪了。或许是疲惫的缘故，他的字迹真的变得难以辨认了，而且所记的内容过于频繁地跳跃。更有甚者，笔记第一次缺乏客观性，换成了个人的看法了。记述科塔尔的情况就是如此，在很长篇幅中间，还插进一段戏猫老人的事。据塔鲁讲，鼠疫绝没有削减半分他对那位老先生的敬重，他对那个人物疫前感兴趣，疫后照样感兴趣，只可惜，他再想感兴趣也不成了，尽管他，塔鲁，表现的诚意没有什么问题。因为，他确实未曾再见那位戏猫老人。一月二十五日那天夜晚之后数日，塔鲁就来到那条小街，守候在街角。几只猫准时赴约，还在老地方，躺在太阳地儿上取暖。可是，到了老人平常出来的时刻，他家的百叶窗却执意紧闭。随后几天，塔鲁始终没有见到那些百叶窗打开过。于是，他别出心裁地得出结论，那小老头儿不是赌气就是死了：他若是赌气，就说明他认为自己有道理，是鼠疫损害了他；然而，他若是死了，那就该像对待那位哮喘病老人一样，考虑考虑他是不是圣人。塔鲁想来他不是圣人，但是认为那老人的事例有一种“启示”。笔记中指出：“人也许只能达到近乎圣人的境界。果真如此，那就应该适可而止，做一个谦抑而仁慈的撒旦吧。”

塔鲁的笔记中，能看到许多评论，往往很零散，总是混杂在对科塔尔的观察中，有些谈及格朗，说他处于康复期，重新上班了，就好像什么事也没有发生过似的，还有一些评论涉及里厄大夫的母亲。塔鲁住进里厄家中，便有机会同老太太聊过几次，认真记录了他们之间的谈话、老太太的姿态、她那笑容，以及她对鼠疫的看法。塔鲁着重指出里厄老太太非常低调，她表达什么都用简单的语句，她还尤其偏爱一扇窗户：那扇窗户朝向清静的街道，每天傍晚，她总坐在窗前，身子微微挺直，双手安闲地放在膝上，目光凝注，一直到暝色侵入房间，她成为黑色的形影，而周围灰蒙蒙的光亮逐渐黯淡下来，最终融合了那纹丝不动的身影。塔鲁还特别强调，她从一个房间走到另一个房间，脚步异常轻盈；她那么善良，却从未在塔鲁面前拿出具体的例证，但是塔鲁在她的一言一行中，能认出善良的光芒。最后还谈到一个事实，塔鲁认为，老太太从不思索就洞察一切，她与沉默和阴影相伴，却始终能停留在任何光明的高度，哪怕是鼠疫的亮度。不过，塔鲁写到这里，字迹就歪歪斜斜，显得很怪异，后面一行行字很难辨认，仿佛再次表明这种歪歪斜斜的特点；而最后几句话则首次提及他的私事：“我母亲就是这样，我喜爱她身上这种同样的低调，她正是我一直想要回到身边的人。八年了，现在我还不能说她去世了。她不过是比往常更加低调避让一点儿，我转身一看，她已经不在那儿了。”

应该谈谈科塔尔了。自从统计的鼠疫死亡人数下降以来，科塔尔就以各种借口，多次去见里厄。而实际上，每次他都请里厄预测瘟疫的趋势。“您认为鼠疫能这样吗，连声招呼也不打，说停一下子就停下来？”对此他持有怀疑态度，至少他是这样表白的。但是，他重复提出同样的问题，似乎表明他并不那么自信。到了一月中旬，里厄的回答就相当乐观了。但是这种回答，科塔尔每次听了非但不欢喜，反而随日期不同而产生不同的反应，大体上从情绪不佳渐趋情绪沮丧。因而，大夫只好对他说，统计数字尽管表明形势好转，但是最好还别急于欢呼胜利。

"换个说法，"科塔尔便指出，"现在还全摸不着头脑，不知哪天还可能卷土重来吧？"

"对，正如治愈的过程会加速，都同样有可能。"

这种游移不决的态度，令所有人惴惴不安，却显然让科塔尔大大松了一口气；他当着塔鲁的面，跟他所住的街区商户交谈，就力图宣扬里厄的这种观点。的确，他无须费力就达到了宣扬效果。须知在初步胜利的狂喜之后，一种怀疑又回到许多人的头脑里，比起省政府的公报所引起的兴奋来，这种怀疑恐怕延续时间更长。科塔尔目睹这种不安情绪，也就放下心来。他跟历次一样，也不免泄气。"是的，"他对塔鲁说，"迟早要大开城门。等着瞧吧，他们都巴不得我完蛋！"

大家都注意到，直至一月二十五日，科塔尔的情绪仍极不稳定。在很长一段时间，他寻求同街区的居民，同交往的人和解，可是后来，他又整天整天攻击他们。至少从表面看来，他算是退出社交活动，一夜之间，就过起了离群索居的生活。再也不见他出入饭馆、剧院和他喜爱的咖啡馆了。不过，他似乎也没有回到这场瘟疫之前那样，孤独寂寞，过着有节制的生活。他终日待在自己那套房间里，一日之餐由邻近一家饭馆送外卖。到了晚上，他才悄悄出门，买些需要的东西，走出商店便赶紧钻进僻静的街道。塔鲁若是撞见他，也只能从他支支吾吾的口中掏出几个单音节词。继而，也没有个过渡，他又爱交往了，又见到他大谈特谈鼠疫，征询每人的看法，又乐得每天晚上混杂在人流之中。

省政府发布公告那天，热闹的人群中完全不见了科塔尔的踪影。两天之后，塔鲁遇见了他，科塔尔正在街上游荡。他请塔鲁陪他去城郊街区，而塔鲁那一天干下来，觉得特别累，不免迟疑。可是，科塔尔执意拉他走，那神情显得非常烦躁，胡乱打着手势，说话又快，声调又高。他问塔鲁是否认为，省政府的公告真的就结束了这场鼠疫。

依塔鲁之见，单凭政府一纸公告，当然不足以遏止一场灾难，但是也有理由认为，如果不出意外情况，瘟疫的确行将结束了。

“是啊，如果不出意外情况，”科塔尔说道，“但是，总有意外情况发生。”

塔鲁就向他指出，省政府规定两周之后，才打开城门，可见已预料到可能出现意外情况。

“省政府这样做就对了，”科塔尔说道，他仍然阴沉着脸，心浮气躁，“因为照目前事态的发展，省政府很可能放了空炮。”

塔鲁认为有这种可能，不过在他看来，最好还是考虑尽快开放城门，恢复正常生活。

“就算是这样，”科塔尔对他说，“就算是这样，但恢复正常生活，您指的是什么呢？”

“电影院放映新片呗。”塔鲁微笑道。

科塔尔却笑不起来。他想要知道，是否可以这样想：这座城市闹完鼠疫什么也没有改变，一切又恢复旧观，就好像什么也没有发生一样。塔鲁认为，鼠疫会改变，又不会改变这座城市，而我们同胞的最强烈的愿望，当然现在是，今后也是一如既往，就仿佛周围没有发生任何变化，因此，在一定意义上，什么也不会改变，但是在另一种意义上，又不可能忘掉一切，即使加上多大的意志力也是枉然，鼠疫总要留下痕迹，至少留在人心里。可是，这个矮小的年金收入者却直言不讳，他对人心不感兴趣，人心甚至是他最不忧虑的问题。他关心的是行政机构本身会不会改组，譬如说，所有机构是否还像从前那样运行。塔鲁只得承认对此他一无所知，不过依他之见，可以设想所有这些机构，在瘟疫期间受到冲击，重新启动起来会有些困难。还可以想见，各种新问题会大量出现，至少要给原先的机构提出改组的必要性。

“嗯！”科塔尔说道，“这倒有可能，人人都一样，一切都得从头开始。”

二人边走边谈，快到科塔尔居住的楼房了。科塔尔又来了精神，极力表现得很乐观。在他的想象中，这座城市又要重新生活，抹掉过去，从零开始起步了。

“好哇，”塔鲁说道，“不管怎么说，事情总会解决，也许对您也同样。从某种角度来看，将要开始的是一种新生活。”

他们走到楼门前，相互握手。

“您说得对，”科塔尔说道，他的情绪也越发显得激动，“从零起步，这可是件好事。”

话音未落，从走廊的暗地里就走出两条汉子。塔鲁刚来得及听他的同伴问那两个鸟人想要干什么。那两个鸟人衣冠楚楚，一色公务员的模样，开口就问科塔尔他是否确实名叫科塔尔，而科塔尔不由得低低惊叫一声，扭头拔腿就跑，不待那两个家伙，也不待塔鲁有丝毫反应，就已经遁入夜色中了。塔鲁惊诧之余，就问那两条汉子要干什么。他们的态度颇为矜持，有礼貌地回答说要了解情况，说罢就径直朝科塔尔逃窜的方向追去。

塔鲁回到住处，记述了这一场面，并且当即记下（他的字迹也相当清楚地表明）他太疲惫了。他补充写道，他还有许多事情要做，但是不能因此他就不做好思想准备，心里也在思索，是否确实做好了准备。最后他回答说——塔鲁的笔记也就到此结束——无论白天还是黑夜，总有那么一个时刻，人很虚弱，他怕就怕这样的时刻。

三

到了第三天，再过几天就要解除门禁了，里厄大夫中午回家，心想能否收到他盼望的电报。这几天特别辛劳，不亚于鼠疫猖獗的时期，尽管如此，期待彻底解禁的心情，还是消除了他身上的全部疲劳。现在他有了盼头，也就满心欢喜。人不能总那么紧绷着，日夜惕厉。全身力量拧成一股绳，一直同鼠疫抗争，现在终于松松劲儿了。让感情流露出来，这也是一种幸福。他盼来的电报，如果也报来喜信，里厄就可以重新开始了。而且他也认为，所有人都可以重新开始。

里厄经过门房小屋，看见新来的门房脸贴在玻璃窗上冲他微笑。他登上楼梯时，眼前又浮现那张脸，因疲惫和营养不良而十分苍白的脸。

是的，等这场梦魇结束，再有点儿运气，他会重新开始的。……不料，他刚一打开房门，母亲就迎上来，告诉儿子塔鲁先生身体不舒服。塔鲁早晨起床，却无力出门，回头又上床躺下。里厄老太太不免担心。

“也许没什么大毛病。”她儿子说道。

塔鲁直挺挺地躺着，他那沉重的脑袋在枕头上压出深窝，身上盖的毯子很厚，仍能突显健壮胸脯的轮廓。他发了烧，头疼得厉害。他对里厄说，症状还模糊难辨，有可能感染上了鼠疫。

“不对，还不能做出明确的诊断。”

里厄给他检查完了说道。然而，塔鲁干渴得要命，大夫在过道里对母亲说，有可能是染上鼠疫，开始发病了。

“哎！”母亲说道，“这不可能，不会是现在呀！”

紧接着她又说道：“咱们留下他，贝尔纳。”

里厄略一思索。

“我无权这么做，”他回答，“不过，城门要开放了，如果你不在这儿了，我认为这将是我行使的第一个权利。”

“贝尔纳，”母亲又说道，“把我们俩都留下吧。你很清楚，我又刚刚打了预防针。”

大夫说塔鲁也同样打了预防针，不过，也许太累的缘故，他漏掉了最后这次血清注射，同时又忽略了一些防范措施。

里厄已经去了工作室，他再回到房间时，塔鲁就瞧见他拿着几只大安瓿血清。

“啊！就是了。”塔鲁说道。

“不，这只是预防措施。”

塔鲁伸出胳臂，不再说什么，接受了这种漫长的注射，他也曾亲手给别的病人注射过。

里厄正面看着塔鲁，说道：“看看今天晚上的情况吧。”

“要隔离起来吗，里厄？”

“还根本没有确诊您患上了鼠疫。”

“这是我头一次看到，注射血清而没有同时安排隔离。”

“您就由我母亲和我来护理。您留在这儿会更舒服些。”

塔鲁不吭声了，大夫就收拾药瓶，等他说话好转过身去。最后，里厄走到床边，病人注视着大夫。他一副倦容，但是那双灰眼睛很平静。里厄冲他笑了笑。

“睡得着您就睡一睡。过一会儿我就回来。”

他走到门口，听见塔鲁叫他，就返身回到床前。

但是，塔鲁似乎还在进行思想斗争，就连这句话都不愿意讲出口。

“里厄，”他终于一字一顿地说道，“应当全告诉我，我需要知道。”

“这事儿我答应。”

对方那张大脸微笑起来有点儿扭曲。

“谢谢。我可不想死，还要斗争。不过，真要是输定了，那我也希望有个好结果。”

里厄俯下身去，搂住他的肩膀。

“不，”大夫说道，“要想成为圣人，那就得活着。您要斗争啊。”

寒冷的天气，上午稍微缓和一点儿，午后却骤变，下起暴雨夹冰雹。暮晚时分，天空才略微转晴，但是严寒更加砭人肌骨。里厄晚上回到家中，顾不得脱大衣就走进朋友的房间。母亲在打毛线。塔鲁似乎就没有动窝，不过，他那高烧烧得发白的嘴唇却表明，他一直在坚持斗争。

“感觉如何？”大夫问道。

塔鲁微微耸了耸探到床外的宽阔肩膀。

“看起来，”他说道，“我的败局已定。”

大夫俯下身去检查。在滚烫的肌肤下面，已经出现成串的淋巴结，他的胸膛也似乎回响着地下炼铁炉似的各种嘈杂声。塔鲁的病情很怪，呈现出两种鼠疫的症状。里厄直起身来说道，血清还没有完全发挥效用。但是，一股热流冲到嗓子眼儿，淹没了塔鲁想要说的话。

里厄和母亲吃完晚饭，又过来守在病人身边。夜幕降临，塔鲁就开始了这场搏斗，里厄知道，跟瘟神打的这场硬仗，要一直持续到拂晓。塔鲁最有力的武器，并不是他那结实的肩膀和宽阔的胸膛，而是刚才里厄注射时针头下冒出的血液，是这血液中比灵魂还内在的、任何科学都无法释明的东西。而他，也只能干看着他的朋友拼搏。他所要做的事，就是必须催熟脓肿，给病人输滋补液，几个月以来反复失败却教会他珍视这些治疗措施的效果。其实，他唯一的任务，就是向偶然性提供机会，须知这种偶然性惰性十足，只有受到激发才肯动一动。这就必须让偶然性动起来。因为，里厄突然面对瘟神这张令他大惑不解的脸。瘟神再次力图挫败针对它的战略战术：它从仿佛已经立足的地方消失，在出人意料的地方现身。瘟神再次力图做出惊人之举。

塔鲁躺着不动，还在抗争。这一整夜，面对病魔的一次次袭击，他没有一次烦躁不安，仅仅以他厚重的身躯和沉默不语进行拼搏。同样，他也没有开口说一次话，他用这种方式承认自己不可以分神。里厄只能依据他朋友的眼睛，追随战斗的各个阶段：那双眼睛时而睁开，时而闭合，眼睑时而紧紧护住眼珠，时而相反，大大张开，目光凝视一件物品，或者移回到大夫及其母亲的身上。每次大夫与他的目光相遇，塔鲁都强颜微微一笑。

有一阵，街上传来急促的脚步声。行人似乎在逃避隐隐的雷声，隆隆的雷声渐渐由远及近，最终化为流水声，响彻街道；又下起雨，随即雨夹冰雹，击打着人行道。窗前大幅水帘波纹流动。里厄站在昏暗的房间里，一时分神，观看雨情，现在又回身，重又凝视床头灯光下的塔鲁。他母亲仍然在打毛线，不时抬头注意瞧瞧病人。现在，大夫该做的事全做完了。急雨过后，房间越发显得寂静，独独充满一场无形战争的无声厮杀。大夫受困倦的折磨，不免产生幻听，恍若听见寂静边缘有一种柔和而均匀的呼啸声。而在闹鼠疫的全过程，他的耳畔始终伴随这种声音。他示意母亲去睡觉。老太太摇头婉拒，她的眼睛明亮起来，接着就仔细检查针脚，有一针把握不大。里厄站起身，给病人喂水，回身又坐下了。

趁着雨暂停时候，行人便匆匆赶路，人行道上的脚步声渐行渐远。里厄大夫第一次确认，这天夜晚，满街游荡的人迟迟不归，听不到救护车的铃声，很有点儿闹鼠疫之前的意味。这是摆脱了鼠疫的一个夜晚。病魔似乎受严寒、灯火和人群的驱赶，逃出本城黑暗幽深的洞穴，躲进这暖和的房间，向已无活力的塔鲁的身躯发起最后攻击。瘟神已不在本城上空行妖作怪，却在这个房间沉闷的空气里发出轻微的呼啸。这正是几个小时以来，里厄所听到的声音。还得等待，等这呼啸也在这里停止，鼠疫也在这里宣告败绩。

将近黎明时刻，里厄俯身对母亲说：

“你还是应该去睡一会儿，到八点钟好来替换我。睡之前先滴注点儿药水。”

里厄老太太站起身，收好针线活，走向床边。塔鲁合上眼睛有一阵子了。在他那坚强的额头上，头发被汗水浸得卷起来。里厄老太太叹息一声，病人随即睁开眼睛。他看见俯向他的那张和蔼的面孔，于是，他那倔强的微笑，重又浮出高烧的热浪。不过，他的眼睛很快又闭上了。剩下里厄一个人了，他坐到母亲刚离开的椅子上，街上静悄悄的，现在鸦雀无声。房间里也开始让人感到凌晨的寒冷。

大夫昏昏欲睡，可是，拂晓驶出来的第一辆车，把他从瞌睡中拖出来。他打了个寒战，瞧了瞧塔鲁，明白这场搏斗有了一段间歇，病人也睡着了。那辆马车的木轮铁辋还在远处滚动。窗前的天色仍然一片漆黑。大夫走向床铺时，塔鲁看着里厄，眼睛毫无表情，就好像他还将醒未醒。

“您睡了一觉，对不对？”里厄问道。

“对。”

“呼吸通畅点儿了吧？”

“好点儿。这能表明什么呢？”

里厄没有应声，过了一会儿才说道：

“不，塔鲁，这表明不了什么。您跟我一样清楚，这是清晨的暂缓现象。”

塔鲁表示赞同。

“谢谢，”他说道，“您就总这么确切地回答我吧。”

里厄坐到床脚。病人的双脚就在身边，他感到又长又硬，犹如僵尸的肢体。塔鲁的喘息更加粗重。

“还要发起高烧，对不对，里厄？”他气喘吁吁地说道。

“对，不过，到了午间才能确定。”

塔鲁合上眼睛，仿佛在蓄养精力。他的脸上显出极度倦怠的神情。高烧在他体内某部位，已经蠢蠢而动，他就等待再度蹿升。他再睁开眼睛时，眼神十分黯淡，只是看见里厄向他俯下身子，才明亮一下。

“喝水吧。”里厄说道。

塔鲁喝完水，脑袋又倒下去了。

“拖这么久。”塔鲁咕哝一句。

里厄抓住他的手臂，但是塔鲁移开目光，不再有所反应。突然间，高烧仿佛冲垮体内的一道堤坝，明显涌上他的额头。这时，塔鲁的目光又移向里厄，大夫凑过脸去鼓励他。塔鲁还竭力要笑一笑，但是那笑意没有冲破咬紧的牙关和白沫封死的嘴唇。他的脸已僵硬，但是眼睛仍然放射着勇气的光芒。

到了七点，里厄老太太走进房间。里厄回到工作室，给医院打电话，安排人代他的班。他还决定推迟出诊时间，在沙发上躺一会儿，可是马上又起来，回到塔鲁的房间。塔鲁的头已经转向里厄老太太，凝视着坐在近前椅子上缩成一团、双手合拢放在大腿上的身影。他凝视的眼神太专注了，里厄老太太不由得将一根指头放在嘴唇上，然后起身关了床头灯。这时，窗帘外面的晨光很快透进来，不大工夫，病人的面容就从幽暗中显现出来，里厄老太太能看出他始终注视她。于是，她俯过身去，将枕头垫高一点儿，直起身来，一只手放到他那潮湿而鬈曲的头发上，抚摩了一会儿。于是她听见塔鲁对她说一声“谢谢，现在一切都好”，声音非常低沉，仿佛从远处传来。老太太重又坐下时，塔鲁已经合上眼睛，他那张疲惫的脸尽管双唇紧闭，却似乎重又泛起一丝微笑。

中午时分，高烧达到顶点。一阵阵发自肺腑的咳嗽，震得病人的身体直颤动，正是这时他开始咯血了。淋巴结停止增长了，但是肿块还在，非常坚硬，好似拧在关节凹陷处的螺帽，里厄判断不可能切开这些肿块。在高烧和咳嗽的夹击中，塔鲁还隔一阵看看这两位朋友。但时过不久，他睁开眼睛的次数越来越少，而他惨遭病魔摧残的脸庞，在阳光的映照下，每次看都更加苍白了。高烧的急风暴雨，引发他身体抽搐，但是照亮他头脑的闪电却越来越少见了，塔鲁被缓缓地卷进这风暴的深底。里厄从此面对的是一副笑容消失而毫无生气的面具。这副人的形骸，曾经和他那么亲近，现在被病魔的长矛刺得遍体鳞伤，被一种骇人的病痛烧焦，还被天降的仇恨之风所扭曲，眼看着沉入鼠疫的疾流中，里厄却无能为力，救不了遇难的朋友。他只能停在岸边，心似刀绞，两手空空，没有武器，孤立无援，面对这场劫难，再一次束手无策。最终，无能为力的泪水模糊了眼睛，里厄未能看见塔鲁猛然转向墙壁，随着一声低沉的哀叹便咽了气，就好像他体内一根主弦断了。

夜晚没有搏斗，只是一片寂静。在这与世隔绝的房间里，里厄感到一种令人惊诧的静谧，在这具已经穿好衣服的遗体上方飘浮，而这种静谧，在许多天之前的一个夜晚，在有人冲击城门之后，也曾出现在高踞鼠疫之上的屋顶平台的上空。就在那时候，里厄便已经联想到他眼睁睁看着死去的一些人床上升起的这种寂静。到处都是同样的暂停，同样庄严的间歇，总是战斗之后的同样的平静，这便是失败的静默。然而现在笼罩着他朋友的沉寂，显得密不透风，同街道和解脱了鼠疫的城市的静寂那么相得益彰，里厄由此清楚地感到，这是最后一次失败，而这次失败终结了战争，将和平本身变成一种永难治愈的伤痛。大夫不知道塔鲁最终是否找回安宁，但至少此时此刻，他自信已经了解，他本人永远也不可能安宁了，正如失去儿子的母亲、埋葬朋友的男人那样，永远也不会有休战的时刻了。

户外，还是同样寒冷的夜晚，天空明亮而清冷，满布的星辰都仿佛冻结了。房间里半明半暗，里厄和母亲都感到严寒压迫着玻璃窗，那是极地之夜惨白的强烈气息。里厄老太太坐在床边，床头灯光从右侧照过来，一如平常那样的姿态。里厄在房间中央，坐在远离灯光的扶手椅上等待。他又想起自己的妻子，但是每次总要打消这种念头。

夜晚初始一段时间，行人走在清冷的夜色中，脚步声格外响亮。

“什么都安排妥当了吧？”母亲问道。

“妥当了，我打过电话了。”

接着，他们又继续默默地守灵。里厄老太太不时瞥儿子一眼。里厄每次同这样的目光相遇，就冲母亲笑一笑。街上相继传来夜间熟悉的声音。尽管还没有解禁，许多车辆却重又上街行驶了。汽车快速轧着马路，消失了，随后重又出现。人声话语、呼唤声，继而，复归寂静，一匹马的蹄声，两辆有轨电车过弯道吱嘎作响，模糊不清的嘈杂声，又是夜的喘息。

“贝尔纳？”

“嗯。”

“你不累吗？”

“不累。”

他知道母亲心里想什么，知道此刻母亲是疼爱他。他也知道爱一个人，或者至少一种爱始终不够强烈，找不出自行表达的方式，这并不算什么。因此，他母亲和他，可以始终默默地相爱。他们过一辈子，直到她或者他本人死去，也不可能进一步倾吐母子之情。同样，他在塔鲁身边生活了一段时间，而今天晚上，塔鲁去世了，他们的友谊却没有时间真正经历一番。塔鲁出局了，正如他自己讲的。但是他，里厄，又赢得了什么呢？他所赢得的，仅仅是认识了鼠疫并可回忆，了解了友谊并可回忆，体验了温情，而且有朝一日也成追忆。在同鼠疫博弈，同生活博弈中，人所能赢的，无非是见识和记忆。塔鲁所说的“赢局”，也许指的就是这一点！

又驶过一辆汽车，里厄老太太在坐椅上动了一下。里厄冲她笑一笑。老太太对儿子说她不累，紧接着又说道：

“你应该去山区那里休息一阵子。”

“当然要去了，妈妈。”

是的，他会去山上休息。有何不可呢？这也成其为悼念的一种借口。赢局，果真如此的话，那么被剥夺了希望，仅仅带着自己的见识和记忆去生活，日子该有多么艰难啊。塔鲁恐怕就是这样生活过来的，他已经意识到，一种没有幻想的生活该是多么枯燥乏味。没有希望，就谈不上安宁，而塔鲁不承认人有权处死任何人，可又知道谁都可能情不自禁地判处别人死刑，甚至受害者有时也会成为刽子手。因此，塔鲁五内俱裂，生活在矛盾之中，从来就没有萌生过希望。莫非为此缘故，他才要当圣人，通过为别人服务而获取安宁吧？老实说，里厄无从知晓，这也并不重要。塔鲁在他的记忆中，只留下双手紧握方向盘为他开车的形象，或者这副厚重的身躯，现在躺着不动的形象。一种生活的热情和一副死亡的模样，这就是认识。

无疑正因为如此，早晨接到妻子去世的消息，里厄大夫才表现得如此平静。他正在工作室里，他母亲几乎跑着给他送来一封电报，随即出去好付给邮递员小费。老太太返回时，见儿子手上还拿着打开的电报。她注视着儿子，但是里厄目不转睛，在窗前出神观望海港绚丽的晨景。

“贝尔纳。”里厄老太太叫道。

大夫心不在焉地端详母亲。

“电报说什么？”老太太问道。

“正是这事儿，”大夫承认，“一周前走的。”

里厄老太太的头扭向窗户。大夫沉默不语。继而，他劝母亲不要流泪，他早有所料，但事到临头还是非常难过。他这样讲，只是表明他这种伤痛并未出乎意料。几个月以来，乃至近两天，接连不断袭来的是同样的痛苦。

四

二月晴朗一天的拂晓，四面城门终于开放了，本市居民、各家报纸、广播电台和省政府公报，无不欢呼庆贺。叙述者也就责无旁贷，应当记下城门开放后的欢乐时刻，尽管像他这类人还身不由己，不能全心投入欢庆的行列。

盛大的欢庆活动，从白天持续到夜晚。与此同时，火车站里的列车开始启动，黑烟滚滚，不少轮船也朝我们港口驶来，车船都以各自的方式表明，对所有饱受分离之苦的人来说，这一天是大团圆的日子。

叙述至此，也不难想象，久居我们多少同胞心中的离恨别痛，已到何等苦不堪言的程度。白天，驶入本市的列车与开出的列车，都同样满载着旅客。他们都早早预订了这一天的车票，在暂缓撤销禁令的两周期间，人人都提心吊胆，生怕到最后时刻，省政府又取消这一决定。在驶近本市的旅客中，有些人还未完全排除恐惧的心理，他们固然大体上了解亲人的命运，但是对其他人和这座城市本身，却不甚了了，不免把市容市貌想得面目狰狞可怕。不过，也是仅仅对整个这一时期没有经受爱情煎熬的人而言，情况才确实如此。

多情的人的确魂牵梦萦，专注于固定的念头。对他们来说，只有一种事变了，就是时间的概念：他们流亡在外这么多月，总想催促时间快些流逝，在列车上已经望得见我们城市的时刻，他们越发热切地希望时间加速再加速；然而，火车一旦开始刹车，在停稳之前，他们反而又企盼时间慢下来，干脆停止不动才好。爱情生活缺失的这几个月，他们内心的感觉既模糊又强烈，隐隐产生一种争得补偿的要求，希望欢乐的时间比等待的时间过得慢一半。至于在房间或在火车站等候的人，如朗贝尔，须知他妻子几周前就得到通知，早已做好前来的一切准备，他们都同样急不可待，同样心慌意乱。只因这种爱情或者温情，已被闹了数月的鼠疫压缩成为抽象概念，朗贝尔不免心惊胆战、等待同爱的支柱，有血有肉的爱人共同检验这种感情。

朗贝尔恨不得变回初闹瘟疫时那样，想要一气冲到城外，跑去迎接他心爱的人。但是他知道，这再也不可能了。他变了，鼠疫把他变得驰心旁骛，他虽然极力否认，然而这种状态依旧，仿佛心存一种隐忧。在某种意义上，他感到鼠疫结束得太突然，自己一时还不适应。幸福飞速到达，事态的进展超乎期待。朗贝尔明白，一切会一股脑儿还给他，而快乐成为滚烫的美食，不能细细品味。

此外，这种心态，所有人也都像朗贝尔那样，或多或少意识到了，因而就应该谈谈所有人的情况。在这火车站的站台上，他们开始了私生活，但相互交换眼色和微笑，仍能感到他们这个集体。不过，他们一望见火车冒的黑烟，流放感就当即烟消云散，沐浴在如醉如痴的欢乐中了。等列车一停稳，以往经常在这同一站台上无休止的分离，一瞬间便结束了，正是在这一瞬间，他们又狂喜又贪吝，手臂紧紧搂住他们已忘记鲜活形状的躯体。且说朗贝尔，未待他看清楚，朝他跑来的身影就扑进他怀里。他抱住她，将她的头紧紧搂在胸前，只看得见熟悉的头发，不由得流下眼泪，却不知道是为眼前的幸福，还是为过久压抑的痛苦而抛洒，但是至少可以肯定，泪水会阻止他查验埋在他肩窝的这张脸，是他朝思暮想的面容，还是一张陌生女人的脸。等一会儿就能见分晓，他怀疑得是否有道理。不过眼下，他要跟周围所有人一样，摆出相信的样子，鼠疫尽可以扑来，再撤走，人是不会因此而变心的。

于是，亲人相拥着各自回家，视而不见周围的世界，表面上战胜了鼠疫，对一切苦难置之不理，对同车来的人置之不理，还有的不见一个亲人，准备回家确认久无音信已经在他们心中滋生的忧惧。对于这些只能与新痛相伴的人，还有此刻正在怀念逝者的人，情况就截然不同，离别之恨便达到了顶峰。这些人，无论是母亲、丈夫、妻子还是情人，随着丧失了亲人，也丧失了一切快乐：亲人现已混杂在群葬的尸坑里，或者掺杂在一堆骨灰中，这就是永远的鼠疫。

可是，谁还会想到这些孤苦伶仃的人呢？中午，太阳战胜了从清晨就在空中与其搏斗的寒风，向城市不间断地倾泻着静止不动的光芒。白昼停滞了。山头要塞的大炮不断向入定的天空轰鸣。全城居民全部出动，庆祝这一令人激动万分的时刻，而在这一时刻，痛苦的时期结束了，遗忘的时期尚未开始。

各个广场都跳舞狂欢。转眼之间，交通流量就猛增，汽车越来越多，在拥挤不堪的街道上艰难地行驶。整个下午钟声齐鸣，响彻金光普照的蔚蓝天空。原来每座教堂都在举行感恩礼拜。而且，与此同时，娱乐场所也都人满为患，咖啡馆不再顾虑将来，最后一批烧酒存货全部拿出来供应，柜台前挤满了人，一个个都那么兴高采烈，其中有许多搂抱在一起的男女，在大庭广众之中也都无所避讳了。人人都高声叫嚷，开怀大笑。几个月以来，他们每人守护心灵而积存的生命力，现在要在这一天中耗尽，真把这一天当作他们的幸存之日。等到明天，生活本身才倍加谨慎地开始。眼下，不同身份的人相聚甚欢，情同手足。死亡降临都没有真正实现的平等，解脱灾难的欢乐却做到了，至少在这几个小时成为现实。

其实，这种感情的释放十分平常，并不能说明一切，傍晚时分，满街与朗贝尔摩肩接踵的人群，往往以平静的神态来掩饰微妙得多的幸福。许多夫妇，许多全家人出来，给人的表相确实看不出什么，无非都是安闲的散步者。其实，大部分人又故地重游，怀着复杂的心理再来看看他们受过苦的地方，要给初来乍到的人指点鼠疫留下的触目惊心或隐蔽的创痕，闹鼠疫时期的遗迹。有些情况下，人们还乐得扮演向导，装出见识了许多事情，既然亲身经历了鼠疫，谈起危险来绝口不提恐惧。这种乐趣也无伤大雅。可是，还有些情况，走的路线更加拨动心弦，一个恋人沉浸在多情忧心的回忆中，可能会对情侣说："当时，就在这个地点，我多想你啊，可你就是不在跟前。"有这些情感的游客，当时可以辨认出来：他们走在波涛汹涌的人海中，却形成一座座小孤岛。正是他们宣告了真正的解脱，远远胜过十字街头的乐队。只因这一对对情侣心醉神迷，紧紧偎依在一起，话语不多，但是在乱哄哄的人群中，他们满面春风，洋溢着幸福的不公，证实鼠疫已然结束，恐怖已成过去。他们根本不顾明显的事实，从容不迫地否认我们曾亲历过这样疯狂的世界，死个人如同死只苍蝇一样习以为常，他们也否认这种确凿无疑的野蛮行径、这种处心积虑的疯狂举动，否认这种带来对一切非现时事物肆意践踏的监禁、这种令所有尚未被杀死的人惊愕的死亡气味，他们最后还否认我们曾经是这群吓昏了头的民众，每天都有一部分人的尸体成堆投进焚尸炉化为浓烟，而其余的人则戴着无能为力和恐惧的枷锁，等待这种厄运轮到自己头上。

总之，映入里厄大夫眼帘的，正是这样一番景象。傍晚时分，他独自出门，走在震耳欲聋的钟声、炮声、乐曲声和欢叫声中，要前往城郊街区。他继续出诊，患者没有假日。城市在绚丽而明净的晚照中，又冉冉升起昔日烤肉和茴香酒扑鼻的香味。周围尽是仰天大笑的面孔。男人和女人，都勾肩搭背，一张张脸火红火红，那么心荡神迷，张扬着欲望。是的，鼠疫结束了，恐怖也随之消逝，这些挽在一起的手臂确实表明，从词义的内涵讲，鼠疫就曾意味流放和分离。

几个月以来，里厄在所有行人脸上看到的这种亲如一家的神情，现在他第一次能够命名了。此刻环视周围就明白了。所有这些人，熬到了鼠疫结束，生活困苦，缺衣少食，最终都穿上了他们早已扮演的角色，即移民的服装：首先是那张脸，现在还有服饰，表明他们离开了故土，远在他乡。从闹鼠疫而关闭城门的时候起，他们就完全生活在离别的境况中，得不到能使人忘掉一切的这种人间温暖。在城中各个角落，这些男人和这些女人，都程度不同地渴望过团聚，虽然每人要团聚的性质不尽相同，但是对所有人来说，都是遥不可及的事情。大部分人都曾向远别的一个人，竭尽全力呼唤一个肉体的温暖，缠绵的柔情，或者原来的习惯。有些人往往不知不觉，忍受着置身于人的友情之外的苦痛，他们再也不能通过诸如通信，乘火车、轮船出行等寻常途径与人联谊。还有少数人，也许像塔鲁那样，曾经渴望同某种东西相聚合，而这种东西，他们又无法界定，但似乎是他们唯一渴望的福运。既然没有别的名称，他们有时也就称之为安宁。

里厄一直走着，越往前走，周围的人越密集，也越喧闹，他仿佛觉得他要去的城郊街区相应往后退去。他逐渐融入这个甚嚣尘上的巨大群体中，越来越理解他们的呼喊，至少呼喊出他的一部分心声。是的，大家同患难，无论肉体还是心灵，都经历一段艰难的空白，一段无法弥补的流放，一种从未满足的饥渴。尸体堆成了一座座小山，伴随着救护车的铃声，通常称为命运所发生的警告，还有挥之不去的恐惧和内心激烈的反抗，在这中间，一种巨大的喧声不断地传布，警示这些惊恐万状的人，告诉他们务必返回他们真正的家园。对他们所有人来说，真正的家园就在这座窒息的城市的城墙之外，在山峦上芬芳的荆棘丛中，在大海上，在自由的地方和爱情的分量里。他们正是想要回到真正的家园，回到幸福中，厌恶地避开其余的一切。

至于这种流放、这种团聚的渴望，究竟可以赋予什么意义，里厄却无从知晓。他一直往前走，各处被人拥来挤去，不断有人打招呼，渐渐走到不大拥挤的街道，心里不免私忖，这些事有没有意义并不重要，只应该看准符合人的希望的东西是什么。

里厄从此便知晓，什么回答了人的希望，他走进城郊头几条几乎冷清的街道，就看得更加清楚了。那些只看重自己那点儿东西的人，仅仅渴望回到他们爱情的安乐窝，有时真就如愿以偿了。当然了，他们当中一些人，仍然孤孤单单，继续在城中游荡，再也见不到他们等待的人了。没有两次遭受离别之苦的人，总算是幸运者，而有些人则不然，他们在瘟疫之前，没有一下子建立起情爱甚笃的夫妻关系，又多年盲目追求十分勉强的和美，结果情不投意不合反成了冤家。这些人也跟里厄一样，轻率地把希望寄托在时间上，不断地，他们的分离遂成永诀。不过，还有一些人，就毫不犹豫地找到了他们离别而以为失去的人，譬如朗贝尔，这天早晨里厄跟他分手时还对他说："鼓起勇气，现在这样才是对的。"至少在一段时间内，他们会感到幸福。现在他们知道了，这世上如果还有一样东西，人总是渴望，有时也能获得的话，那就是人与人之间的温情。

但凡有人追求超越人的，连他们本人都想象不出来的什么东西，那就根本没有答案。塔鲁似乎重返他曾谈论的难得的安宁，然而，他仅仅在死亡中才找见了，到了这种时刻，安宁对他也毫无用处了。里厄看到在夕照中，站在门口紧紧相拥的人，相互凝视，彼此传递着欲火，如果说这些人已经如愿以偿，那也是因为他们想要的正是唯一取决于他们自身的东西。里厄拐进格朗和科塔尔居住的街道时心里便想道，这些人只求平凡做人，满足于自己那种可怜而又可厌的爱，他们至少时而得到欢乐的酬赏，也是理所当然的事。

五

这部纪事接近尾声。到了贝尔纳·里厄大夫应该承认的时候了，他正是本书的作者。不过，在讲述本纪事最后一些事件之前，他希望至少解释一下他为何撰写此书，并让人明白他坚持以见证人的客观语调来记述。在闹鼠疫期间，他因职业之便，得以接触大部分同胞，搜集了他们的感受。因此，他正当其位，适于报道他的所见所闻。当然，他也要抱着十分谨慎的态度来做这件事。总体来说，不是目睹的事情，他尽可能不采用，不是他们大体上必然产生的思想，也绝不强加给他在鼠疫期间的工作伙伴，仅限于利用因偶然或不幸落入他手中的资料。

他是要为某种罪恶出庭做证，作为一个厚道的证人，就有所保留，掌握一定分寸。但同时又遵循一颗正直心灵的法则，毅然决然站到受害者一边，并且情愿跟世人，他的同胞们一起确认他们唯一共同肯定的事，即爱、痛苦和流放。因此，他的同胞的种种惶恐不安，他无不感同身受，他们的每种境遇，也无不是他本人的经历。

要做个忠实的证人，他尤其应当记述各种举动、各种资料和各种传闻。然而，他个人想要讲的话、他的期待、所经受的考验，都应该避而不谈。他若是选用的话，也仅仅旨在理解或者有助于人理解他那些同胞，旨在尽量明确表达出他们大部分时间模糊的感受。老实说，花这点儿脑筋，对他不算什么。有时他也跃跃欲试，要把自己的心声直接汇入成千上万鼠疫患者的声音之中，可是转念一想又作罢了：他那些痛苦，没有一件不同时也是别人的痛苦，在这世上，痛苦往往孤独地承受，这正是一种优势。的的确确，他应该替所有人说话。

然而，我们的同胞中至少有一人，里厄大夫不能替他说话，正是有一天，塔鲁对里厄说起的那一位："他唯一真正的罪过，就是从心里赞成要一些孩子和大人性命的东西。余下的，我全能理解，唯独这一点，我只能勉勉强强地原谅他。"此人一颗心愚昧无知，也就是说落寞孤寂，这部纪事的句号，落到他身上倒也恰到好处。

里厄大夫走出欢庆喧闹的大街，正要拐进格朗和科塔尔居住的街道时，却被一道警戒线拦住去路。这情况他没有料到。远处欢庆的阵阵喧哗声，越发显得这个街区的寂静，他感到这儿既沉默又冷清。他出示了证件。

"不行啊，大夫，"警察说道，"那儿有个疯子，朝人群开枪。不过，您就留在这儿，还可能用得着。"

这时，里厄看见格朗朝他走过来。格朗也不知道是怎么回事。警察不让过去，他听说有人从他那栋楼里朝外打枪。远远望得见那栋楼的正面，被没有热度的夕阳的余晖涂成金黄色。楼房四周有一大片空场，一直延伸到对面的人行道。可以清楚地看到，马路中央有一顶帽子和一块脏布片。里厄和格朗远远望见，街道另一头也拉起一道警戒线，跟拦住他们的这道警戒线平行，本街区的一些居民脚步匆忙，从那道警戒线后面过往。他们仔细观望，还看到一些警察手持手枪，蹲在那栋楼对面几栋楼的楼门里。那栋楼的百叶窗全部关闭，只有三楼的一扇百叶窗似乎掩着。整条街悄无声息，只能听见从市中心传来的乐曲声的片段。

一时间，对面一栋楼里手枪射击，"叭、叭"两声，那扇半开的百叶窗随即碎片横飞。接着，又复归寂静。在一天喧闹之后，远远望见的景象，反倒令里厄觉得有点儿虚幻。

“那是科塔尔家的窗户。”格朗突然说道，他情绪很激动，“可是，科塔尔早就不知去向了。”

“为什么开枪啊？”里厄问警察。

“那是引逗他呢。我们等一辆车，运来必要的装备，因为，有人开枪，专打要进那栋楼的人，已经有一名警察中弹了。”

“为什么开枪打人呢？”

“不知道。当时，大家都在街上闲逛，忽听一声枪响，都闹不清是怎么回事儿。打第二枪时，惊叫声四起，有人受了伤，所有人都逃开了。那是个疯子，还用说！”

在恢复的寂静中，时间一分一秒，似乎过得十分缓慢。忽然间，他们望见一条狗，从街道另一头窜了出来，那是很久以来里厄所见到的第一条狗，一条脏兮兮的长毛猎犬，估计是主人把它掩藏至今，正沿着墙根儿小跑。跑到那栋楼的楼门附近，狗犹豫一下，先是坐到地上，然后翻身倒下咬跳蚤。警察连吹几声哨子，召唤那条狗。狗抬起头，接着决定慢腾腾地横过马路，去嗅一顶帽子。与此同时，从三楼射出一发子弹。那条狗烙饼似的翻倒在地，四条腿乱蹬，最后仰身躺倒，抽搐了好半天。对面楼里当即还击，五六声枪响，又把那扇百叶窗打飞好多碎片。继而，周围又寂静下来。太阳沉下去一点儿，阴影开始爬近科塔尔家的窗户。大夫身后的街上响起轻轻的刹车声。

“他们到了。”警察说道。

几名警察背朝外下了车，带上绳索、一架梯子、两个长方形的油布包。他们走进一条环绕这群楼房的街道，到了格朗居住的楼房的对面。片刻之后，那些楼房门口一阵骚乱，那情景不是看到，主要是猜测出来。然后，大家就等待。那条狗不再动弹了，现在躺在一洼暗黑的血泊中了。

猛然间，响起一阵冲锋枪射击声，从警察占据的几座楼房的窗口响起。这阵射击，仍然对准那扇百叶窗，这次打得稀巴烂，露出了黑乎乎的窗洞；可是，里厄和格朗从他们站的位置什么也看不清楚。射击一停止，第二支冲锋枪又响起来，从另一个角度，在稍远一点儿的楼房射击。子弹无疑都射进那扇窗户的方洞里，有一颗还打飞墙砖的一块碎片。就在同一瞬间，三名警察跑步横穿马路，冲进楼门里。另外三名警察差不多紧随其后，射击也随即停止了。大家又开始等待。那栋楼里远远传来两声枪响。接着又是一阵喧哗，只见从那楼里与其说是拖出，不如说是架出来一个矮个儿男子。那人只穿着衬衣，不住口地大嚷大叫。好像发生了奇迹，临街关闭的百叶窗全部打开，窗口全挤满了看热闹的人，又有大群人从一幢幢楼里出来，挤在警戒线的外面。这工夫，那个矮个儿男子已经被架到马路中央，双脚终于着地，手臂仍被警察反扭在背后。他还是连声叫嚷。一名警察走上前去，狠狠给了他两拳，打得又稳又准。

“正是科塔尔，”格朗讷讷说道，“他已经疯了。”

科塔尔倒下了。只见那警察悠起腿，又照着被打瘫在地的躯体猛踢一脚。接着乱哄哄的一群人朝大夫和他的老友这边走来。

“都闪开路！”那警察嚷道。

里厄移开目光，不看从面前走过的那群人。

格朗和大夫走进苍茫的暮色中。这个事件就好像震醒了昏昏欲睡的街区，偏僻的街道上重又热闹起来，挤满欢乐的人群。格朗到了居住的楼前，向大夫道别，他要去工作。不过，临上楼的当儿，他还是对大夫说，他已经给雅娜写了信，现在心里释然了。另外，他又重新写了那句话，并且说：“所有形容词，我全部删掉了。”

格朗狡黠地笑了笑，摘下帽子，恭恭敬敬施了一礼。然而，里厄心里在想科塔尔，他去那位患哮喘病老人家的一路上，耳畔一直回荡着警察挥拳击在科塔尔脸上浊重的声响。想到一个有罪的人，也许比想到一个死人还要难受。

里厄走到患病老人家时，夜色已经吞噬了整个天空。在房间里听得见远处欢庆自由的嘈杂声，老人还是慢条斯理地倒腾鹰嘴豆。

“他们做得对，是该乐呵乐呵了，”老人说道，“苦乐全有，才算得上一个世界。大夫，您那位同事呢，他怎么样了？”

传来一阵噼噼啪啪的声响，但那是祥和的爆破声，孩子们在放鞭炮。

“他死了。”大夫回答，同时用听诊器检查老人呼噜呼噜作响的胸部。

“啊！”老人听了不禁愕然。

“死于鼠疫。”里厄补充一句。

“是啊，”老人沉吟片刻，不得不承认，“最优秀的人总是先走。这就是生活。真的，他那个人，知道自己想要什么。”

“您为什么这样讲？”大夫边说边收好听诊器。

“也不为什么。他可从来不说空话废话。总之，我呢，挺喜欢他。就是这么回事儿。别人说：‘这是鼠疫，我们闹了鼠疫。’差一点儿，他们就会申请授勋了。说到底，鼠疫究竟是什么呢？鼠疫就是生活，不过如此。”

“您要按时做熏蒸疗法。”

“嗯！您丝毫不必担心。我的命还长着呢，我会眼看着他们一个个全死去。我嘛，生活得法。”

远处声声欢叫回应他这话。大夫停在屋子中央。

“我去平台上瞧瞧，您不介意吧？”

“不介意！您要从高处望望他们，嗯？随您便吧。其实，他们始终是老样子。”

里厄朝楼梯走去。

“说说看，大夫，他们要建造一座鼠疫死难者纪念碑，这是真的吗？”

“报上这样报道。造一座石碑，或者一块纪念牌。”

“我早就断定了。还会有人发表演说。”

老人大笑，笑得喘不上来气。

“我在这儿就听得见他们说：‘我们这些死者……’回头他们就去大吃大喝。”

里厄已经登上楼梯了。

清冷而辽阔的天空，在楼房上方闪烁，而靠近山峦那边，星星犹如燧石，显得异常坚硬。记得那天夜晚，他和塔鲁登上这座平台，将鼠疫抛到一边，而这天夜晚的情景，并没有多大差异，只是悬崖脚下的大海涛声更为喧响。空气轻盈，纹丝不动，释去了秋季暖风送来的咸味。然而，市区喧闹的声浪，还一直拍击着屋顶平台下面的墙脚。不过，这是解脱之夜，而不是反抗之夜了。远处那片暗红色的亮光，标志着灯火辉煌的林荫大道和广场。值此解放的夜晚，渴望就成了脱缰的野马，正是那种吼声一直传到里厄的耳畔。

官方欢庆的第一批烟花，从昏暗的港口腾空而起。全市居民长时间的欢呼声隐隐传来。科塔尔、塔鲁，以及里厄曾爱过并失去的那些男子和那个女人，他们无论死去还是有罪，此刻全被人忘却了。这位患病老人说得对，人始终是老样子。不过，这正是他们的力量和无辜所在，里厄超越一切痛苦，还是从这两方面同他们会合了。欢呼声持续不断，一阵高似一阵，久久回荡在平台的脚下；五彩缤纷的烟花在天空绽放，也越来越密集了，于是，里厄大夫决定撰写到此结束的这部纪事，以免跻身沉默者的行列，旨在挺身做证，为鼠疫的受害者说话，至少给后世留下他们受到不公正和粗暴待遇的这段记忆，也旨在扼要谈一谈在这场灾难中学到了什么，即人身上值得赞美的长处多于可鄙视的弱点。

然而他也明白，这部纪事不可能是最后胜利的纪事。本书仅仅见证了在危险关头，人们不得已做了些什么，同时也表明，今后再遇到类似情况，还应该做些什么：所有当不成圣贤，又不甘心横遭灾祸的人，当然要将个人的伤痛置之度外，努力当好医生，抗击瘟神及其武器乐此不疲制造的恐怖。

里厄倾听着从市里飞扬起来的欢乐喧声，确实念念不忘这种欢乐始终受到威胁。因为他了解这欢乐的人群并不知晓的事实：翻阅医书便可知道，鼠疫杆菌不会灭绝，也永远不会消亡，这种杆菌能在家具和内衣被褥中休眠几十年，在房间、地窖、箱子、手帕或废纸里耐心等待，也许会等到那么一天，鼠疫再次唤醒鼠群，大批派往一座幸福的城市里死去，给人带去灾难和教训。

译 后 记

真理原本的面目

李玉民

这部《鼠疫》，通常论来，是象征小说、哲理小说。不过，作者在文中界定得更为具体："这部纪事体小说"，他还强调指出采用"历史学家的笔法"。生怕读者误解似的，叙述者（最后里厄承认是他本人，即作者的替身）特意说明这一点。不妨原话引用，像路标一样立在这里，指引我们阅读：

"由塔鲁倡导而组建起来的卫生防疫队，应给以充分客观的评价。这也就是为什么叙述者不会高歌称颂人的意愿和英雄主义，适当地重视英雄主义也就够了。但是，他还继续以历史学家的笔法，记述当时鼠疫肆虐，怎样使我们所有同胞的心破碎而又苛求。"

所谓"给以客观的评价"，"适当地重视英雄主义"，粗看也许是虚笔谦抑，泛泛承让，恐非作者真实的意图。"历史学家的笔法"，也并不意味着不能颂扬英雄主义，尤其像一批塔鲁这样的志愿者，协助一些里厄这样尽职的大夫，一起抗击鼠疫，坚持十个月，随时随地都有被感染的生命之虞，他们的行为怎么就不能被歌颂呢？事关对这部小说整体的理解，我不免半信半疑，仍怀着一般人的阅读心理，期待着在这场大灾大难中，看到可歌可泣的故事，却又被迎头浇来一盆冷水，只见叙述者进一步解释：

“不错，如果人真的非要为自己树立起榜样和楷模，即所谓的英雄，如果在这个故事中非得有个英雄不可，那么叙述者恰恰要推荐这个微不足道、不显山不露水的英雄：他只有那么一点善良之心，还有一种看似可笑的理想。这就将赋予真理其原本的面目，确认二加二就是等于四，并且归还英雄主义其应有的次要地位，紧随幸福的豪放欲求之后，从来就没有超越过。同样，这也将赋予这部纪事体小说应有的特点，即叙述过程怀着真情实感，也就是说，不采用演出的那种恶劣手法，既不恶意地大张挞伐，也不极尽夸饰之能事。”

这大大出乎我的意料，不树立英雄的楷模也就罢了，如若树立，怎么也轮不到格朗这个窝囊废呀，总该是顶天立地的硬汉塔鲁吧。这还是次要的。经过仔细琢磨，我觉得这段话分量相当重，以加缪严谨的文风，不会是戏言妄语，看来郑重其事，似乎在宣告这部小说的宗旨和原则，提出了自己的标准。

首先，小说就不该是约定俗成的英雄颂歌。这部小说的所有人物，包括表现突出的里厄大夫和塔鲁等，无不是群体中的普通一分子，哪个也没有被塑造成为高大的英雄形象，这就颠覆了乱世出英雄的传统，也颠覆了所谓“英雄”的概念。英雄主义何以该回到次要地位，作者一句话就道破了：英雄主义“从来就没有超越”寻求“幸福的豪放欲求”，换言之，这是其固有的功利性使然。那么谁来占主要地位呢？当然就是所有普通人物了。说到底，《鼠疫》通篇讲的就是这个问题。

其次，“这就将赋予真理其原本的面目”，这句话值得好好掂量，疑似更为重大的颠覆，而且颠覆到真理的头上了。“原本的面目”，莫非我们所认识的真理，并没有见到本相？这里又不是确指哪一条真理，而且泛指一切真理，简短一句话，好大的口气。言下之意，虽未得其详，但是，我们凭借经验，不妨揣度一下：一提起真理，自然联想到“放之四海而皆准”，何其高远，何其圣洁，与我们的日常生活仿佛相距十万八千里！这表明至少在我的心目中，真理已经神圣化了，偶像化了。那怎么才是“原本的面目”呢？且看书中这样一段话：

“必须以这种或那种方式进行斗争，绝不能跪下求饶。问题全在于控制局面，尽量少死人，少造成亲人永别。为此也只有一种方法，就是同鼠疫搏斗。这个真理并不值得赞扬，这只是顺理成章的事。”

面对肆虐的鼠疫，绝不能跪下求饶，任其摆布，不管以什么方式，必须与之搏斗，这就是《鼠疫》通篇彰显的真理，而这个真理，在作者看来“只是顺理成章的事”，“并不值得赞扬”。

以上两点——“归还英雄主义其应有的次要地位”和“赋予真理其原本的面目”，有一个共同点，就是去伪存真，去其神圣性，去其偶像色彩，存留本真，将这种高不可攀的大词宏旨，拉低到常人理解的水平，“顺理成章”也就是合乎常情常理。

这是本书的两大关目，关联着人与世界的方方面面：以鼠疫为象征的命运、苦难、上帝、信仰、生与死、爱情、亲情、社会、道德、善恶、怜悯、良心、责任、抗争等等。这一切，不再是抽象的思想概念，而与书中人物息息相关，需天天面对，时刻处理。

奥兰，一座几十万居民的城市，本来正常生活，各自忙碌，互不相干，却突然闹起鼠疫，全城封闭，一切就全变了。全城仅仅演绎着集体的历史，个人命运不复存在了。

鼠疫这个象征物，最容易让人联想到小说写作的历史背景——第二次世界大战时期在欧洲泛滥的法西斯主义。不过，这种象征显然预留了很大空间，大大淡化了具体所指。罗兰·巴特发出批评的声音，对此就有微词，加缪在答复中有这样一段话：

“《鼠疫》，本意是希望读出多重含义，但从内容上看很明显，是欧洲抵抗纳粹的斗争。证据就是这个敌人没有指明，而在欧洲各国，人人都能指认出来。……《鼠疫》，在一定意义上，超越了一部抵抗的纪事体小说。但是可以肯定，它还不失为这样一部作品。”

加缪一方面强调鼠疫的多重含义，另一方面又坚持这部作品的历史背景是抵抗纳粹的斗争。这并不矛盾。具体所指，这是不言而喻的，倒是“读出多重含义”更为难能可贵。象征如果过分贴近时代背景，随着时间的推移，象征意义就萎缩褪色了。加缪创作《鼠疫》时，想必有意模糊了象征的确指和泛指的界限，结果预留的空间与日俱增，能和读者的想象互动。因此，将近七十年过后，那段历史虽然不会被忘记，但是这种多重意义的象征，则由时间和纷扰的世界增添了新的内容。也许这就是为什么《鼠疫》历经大半个世纪，非但没有被人遗忘，反而越传越广，越来越受到学界的重视、读者的喜爱，单在法国本土，销售量就高达五百万册，成为不可多得的长销的畅销书。

作为一部哲理小说，这真是个奇迹，须知从哪方面看，《鼠疫》都不具备一般畅销书特定的要素。正如叙述者所坦言的：“这场鼠疫运行良好，如同一种谨慎而无可挑剔的行政管理”，“根本没有任何引人入胜的东西可以报道”，没有“类似老故事中的那种鼓舞人心的英雄，或者不同凡响的行为”，“不像大火那样壮观而又残酷”。就连瘟疫初起时，萦绕在里厄大夫头脑中的“那种激情澎湃的壮观景象”，也荡然无存了；尤其这场灾难持续时间长，单调到了极点，人所遭受的痛苦本身，“当时就丧失其感人的特点”。

由此可见，作者本人就承认，鼠疫期间发生的故事单调得很，既不壮观也不感人，那么这部小说凭什么进入畅销的经典行列呢？我们还需要从文本中寻求答案：

“叙述者的态度倾向于客观，以求杜绝歪曲事实，尤其杜绝昧良心的话。他几乎不肯为求艺术效果而改变什么，仅仅照顾到叙述大体连贯的基本需要。正是这种客观性本身指导他现在要说那个时期的巨大痛苦，最普遍又最深重的痛苦。如果说是生离死别的话，重新描绘鼠疫那个阶段，如果说在思想上是责无旁贷的话，那么这种痛苦本身当时就丧失其感人的特点，也同样是千真万确的。”

这里进一步说明了历史学家的笔法，特别强调客观性，不为追求艺术效果而改变事实。作者重申的这种写作态度，足以保证本书的宗旨和原则一以贯之，即我所说的通篇彰显的两大关目：普通人物唱主角，恢复真理原本的面目。这种创作理念，在《西西弗神话》这样的哲学著作中无法实践，于是加缪说："你要想成为哲学家，那就写小说吧。"讲这话是有背景的，与其说是劝告别人，不如说是自勉。

我们知道，加缪的三部荒诞之作，即中篇小说《局外人》、剧本《卡利古拉》和哲学随笔《西西弗神话》，于二十世纪四十年代初相继发表，自成荒诞理论体系。按说哲学论述与文学形式这样相互支撑和印证，效果已经相当可观了。然而，这个体系总括来说，只论述演绎了荒诞性，尚缺乏与之相制衡的反抗，于是有了第二个作品系列：长篇小说《鼠疫》（1947）、剧本《正义者》（1949）和厚重的理论力作《反抗者》（1951），这就是以反抗为主题的另一个"三位一体"系列。

第一个系列以"荒诞"为主题，还缺少一个鲜明生动的、震慑人心的荒诞象征。荒诞的象征，在《西西弗神话》中流于抽象，在《局外人》中流于模糊，在《卡利古拉》中流于单弱，因而需要一个振聋发聩，能引起万众惊怖而猛醒的荒诞象征。同样，还缺少一个人物众多、情节跌宕起伏的长篇复杂故事，需要创造一种刺激人神经，强迫人思考的创巨痛深的特殊氛围。《鼠疫》就这样应运而生了。

鼠疫这个瘟神，在人类历史上多次行妖作怪，大范围肆虐制造的恐怖惨景，史书多有详细记载，给人类留下不可磨灭的恐怖印象。单单"鼠疫"这两个字，就能先声夺人，一旦作为荒诞的象征出现，就成为不二之选。

在《鼠疫》中，这个瘟神不减当日威风，果然有惊人之举，要独霸几十万居民的奥兰城，就先发制人，放出成千上万只疫鼠，满街乱窜，发出吱吱哀叫，猝死在行人脚下。恐怖气氛与日俱增，老鼠在城中逐渐灭绝，便轮到人应征充当疫兵了。围城中的一切都听瘟神的调遣，都围着瘟神运转，这便是典型的荒诞世界了。

人一旦意识到世界荒诞，即便没有感染上疫症，也平添了心病，这就是身陷围城，心陷绝境的征兆。人什么都不能自主了，完全丧失了自我，那么人还剩下什么，还能做什么呢？

在此之前，他们绝不肯将自己的痛苦跟不幸混为一谈，可是现在，他们却接受了这种混淆。他们没了记忆，也没了希望，就立足于当下了。其实，在他们眼里，一切都变为当下了。实话实说，鼠疫剥夺了所有人爱的能力，甚至剥夺了友爱的能力。因为，爱要求一点儿未来，而我们只剩下一些当下的瞬间了。

是的，头几个星期，大家还很激愤，还盼望这种集体受难早些结束。然而，鼠疫猖獗日甚一日，无休无止，瘟神的战车来回辗压，什么情爱友爱，什么记忆希望，什么社会、道德、信仰、怜悯心、责任感，一切都辗得粉碎。普遍的沮丧情绪，安于绝望的心态，比绝望本身还要糟糕。“只剩下一些当下的瞬间了”，这不就等于坐以待毙吗?

坐以待毙是大部分人的倾向，就连“新派伦理学家”都宣扬只能跪下求饶，无论做什么都于事无补。帕纳卢神父则表明基督教的观点，阐明鼠疫“发自天意”，是对世人的惩罚，“永恒之志通过死亡、惶恐和呼号的途径，引导我们走向本原的沉寂和生命的前提”，换言之，基督教徒只能表达笃信，余下的事，上帝自有安排。

其实，这种倾向只是表面现象，谁也不甘心等待上帝的安排，“任何人都没有完全听天由命”，“甚至自以为相信上帝的帕纳卢也不相信”。奥兰城的秩序既然由死亡来节制，就迫使人思考，是否还有别种选择。就连组织祈祷周的帕纳卢神父，在布道时也明确指出，“反思”的时刻到了。他说道：

“进行劝导，伸出友爱之手，靠这种办法督促你们向善已经过时了。今天，真实情况就是一道命令。而救赎之路，现在就由红色长矛向你们指明，并且推动你们上路。我的弟兄们，上帝的仁慈最终就表现在这方面，即赋予一切事物以两面：善与恶，愤怒与怜悯，鼠疫与救赎。就连危害你们的这场灾难，也是对你们的教育，给你们指明道路。”

帕纳卢神父这段话，无意中指出一个荒诞的问题：鼠疫就是救赎，就是对世人的教育。我们可以抛开他讲这话的动机、前提和结论，拿来比较一下书中有识者的思想和行为，却是一个很有趣的殊途同归的事例。

同帕纳卢神父相对应的两个不信上帝的人，则是两个极有见识、极清醒的人物：一个是干劲十足，以治病救人为己任的里厄大夫；一个是极力反对死刑的社会活动家，全身心投入抗击鼠疫的斗士塔鲁。全城人落入鼠疫的围墙里，笼罩在死亡的阴影下，人心大崩溃的时候，塔鲁和里厄却心有灵犀，为了同一种斗争，很快就走到一起。

抗击鼠疫的这两个灵魂人物，因鼠疫而走到一起，也是殊途同归，各有各的反抗史。两个人的几次谈话，越谈越深入，由里厄的叙述和塔鲁的记事铺衍缀补，无一不切中“荒诞”这个主题意旨。同样，帕纳卢的两场布道，则从侧面乃至反面衬托了荒诞主题。这些表现荒诞——反抗主题的大脉络贯穿全书，串联起众多人物的命运：殊途同归，最终都投入了这场斗争。

书中最不可思议的，又最顺理成章的事，就是社会上各色人等，原本不是一路人，甚至是敌对者，却都陆续汇聚到里厄和塔鲁的反抗旗帜下了。这正是荒诞的象征，鼠疫所起到的教育作用。但是教育的结果，却与帕纳卢神父布道所期望的恰恰相反，不是抽象的弃恶向善，而是奋起同死亡做斗争。

鼠疫这个荒诞象征，其示范效应产生了奇迹，如影传形，如镜示相，幻化出了魔之形，恶之相，肆虐于社会的各个领域，挤压掉人生的空间，使得所有人，无论所谓的“善”人还是“恶”人，都无路可逃，不想死就只有拼死一搏了。这场斗争越惨烈，就越能激发人抗争，就连有案底的社会不安定分子、鼠疫期间走私发财的科塔尔，就连社会秩序的卫护者、总以审视的目光看别人的初审法官奥通，乃至传统宗教的代表人物帕纳卢神父，都纷纷投入了这场战斗。正如里厄那样，“在同现实世界进行斗争，自认为走在通往真理的路上”。

让人人都“走在通往真理的路上”，这就是加缪讲“想成为哲学家就写小说”这句话的初衷吧。同样，这也正应了上文提到的两大关目：“赋予真理其原本的面目”，“归还英雄主义其应有的次要地位”。作者确实没有为求艺术效果而改变什么，结果顺理成章，原本面目的真理更容易被人理解和掌握，而不贴英雄标签的人物事迹也更贴近现实生活。正是基于这些品质，小说《鼠疫》拓展了，并且形象生动地演示了荒诞——反抗的主题，在荒诞的现实世界的多层面上，全方位地给人以启发。

加缪创作了两部荒诞哲理小说，出版时间相隔仅四年，虽然命题相同，粗略比较一下，跨度还是相当大的。《局外人》唯一的主人公默尔索，在荒诞现实中是个独醒者，而《鼠疫》中的里厄、塔鲁等人物，则构成了一个反抗的群体，代表了广泛的社会阶层。《局外人》讲的是一个小职员因过失杀人，最终被判处死刑的故事，情节并不复杂，是渐进式的：默尔索还不以为然，不料却一点一点被绞进荒诞的司法程序中，没有他辩白的机会；一旦判决，就成为铁案了。默尔索是“他所生活的那个社会的局外人”。《鼠疫》则讲述一个席卷几十万居民的特大事件，是突发式的：一场持续十个月的大瘟疫，颠覆了一座城市的行政管理、社会秩序、人心情感、道德良心、责任担当等等社会和人生的方方面面，谁都不能置身于这种荒诞现实之外，哪怕是偶来的局外人和社会的边缘人物。从气氛的角度来说，前者主人公一贯冷漠超脱，情节也相应进展徐缓，除了结尾爆发一下，通篇基本平铺直叙，直到行刑前夕，也平静地迎接死亡。后者则截然相反，鼠疫突袭，一下子就把所有人置于紧张而惶惶不安的氛围中，疫城危难，与外界隔绝，死亡的数量和恐怖日益激增；人人性命不保，面对死亡的威胁，纷纷起来抗争，情节起伏跌宕，交织着极痛深悲和义愤的场景。

不过比较起来，最值得注意的，还是《局外人》所无暇顾及，或者说《鼠疫》所增益的内容，即给人以极大启示，直叩道德人心的部分。这部分内容在文中分量很重，探索了人的幽微的心曲，揭示了荒诞绝非纯粹的外境，内患与外境也有着千丝万缕的联系，且看作者如何阐释。

首先，如何看待把他们聚拢在一起的鼠疫，自然是他们实际行为的前提。这个群体的灵魂人物里厄和塔鲁的看法具有代表性，他们不赞同帕纳卢神父所谓“集体惩罚”的观点，但是认为“鼠疫有其裨益，能让人睁开眼睛，逼人思考”，尤其是“有利于一些人的思想升华”。鼠疫所象征的荒诞现实，还有其“裨益”，甚至利于“思想升华”，正是因为荒诞现实，无论是天灾还是人祸，能促使人脱离浑浑噩噩的状态，睁开眼睛看世界，认真思考所面临的残酷的现实。作者的这种观点是一贯的，与《局外人》同时创作的剧本《卡利古拉》，整出戏只表现一件事：皇帝卡利古拉接连的疯狂举动，就是要迫使他周围的人睁开眼睛，看清这个荒诞世界。至于“思想升华”，其实也不难理解：古今中外，有很多杰出人物都因为经历过苦难，在文学领域经常被提起的俄国作家陀思妥耶夫斯基，就是一个鲜明有力的例证。加缪又何尝不是如此，他出身贫寒：“我是穷人”，“我过去是，现在仍然是无产者”。也正是这种困苦的环境，磨砺出他那伸张正义的性情和坚持真理的勇气。

思想升华与反抗密不可分，可以说互为因果。《鼠疫》中的这些人物，首先要确认自己是否身陷鼠疫的危害之中，是否应该冒着生命危险与之斗争。里厄和塔鲁身世、职业均不同，但各自一直在同现实世界做斗争，清醒地感到自己走在通往真理的路上。在组建志愿卫生防疫队，填补行政管理空缺的问题上，二人一拍即合：“看到鼠疫给人带来的灾难和痛苦，除非是疯子、瞎子或者懦夫，才会任其摆布。”里厄这样回答塔鲁的问题，表明他不欣赏帕纳卢的“集体惩罚”的观点，治病救人才是他行医的理念。这里不妨节选二人的对话，我认为大有深意：

里厄：人不相信上帝，不抬头仰望上帝沉默的天空，而是竭力同死亡做斗争，这样对上帝也许更好些。

塔鲁：您的胜利永远是暂时的，不过如此。

里厄：这不成其为停止斗争的理由。

塔鲁：我不免想象，这场鼠疫可能对您意味的是什么？

里厄：意味连续不断的失败。

塔鲁：这一切，是谁教会您的？

里厄：是苦难。

塔鲁：还有一句话，大夫，哪怕您觉得可笑：您完全正确。

里厄：对此我不甚了了。那么您呢，您了解什么呢？

塔鲁：我要了解的事情不多了。

里厄：您认为自己全部了解生活了吗？

塔鲁：不错。

里厄：在进入这段经历之前，再确定一下，要知道，您能有三分之一的机会幸免于难。

塔鲁：一百年前，一场鼠疫大流行，夺走波斯一座城市的全部性命，唯独一人得以幸免，恰恰是一直忠于职守的那个洗尸体的人。

里厄：您管这种事，出于什么动机？

塔鲁：也许是我的道德观吧。

里厄：什么道德观？

塔鲁：理解。

二人十分平静地谈论着人生中这么多天大的问题，以极平常的语气讲出生活的这些真理。顺便提一句，全书凡是涉及这类真知灼见，从不激昂高调，始终保持这种道家常的语气。下面，仅就这段谈话所提及的几点，看一看在荒诞这个主题上，作者是如何阐明道德人心的。

面临大灾大难，信仰问题就会凸显。里厄和帕纳卢，一个医生，一个神父，本来似应"道不同，不相为谋"，最终还是走到了一起。神父宣称"应该热爱我们不理解的东西"，医生则答以"誓死也不会爱这个让孩子受折磨的世界"，但是，他们都在尽心尽力"为拯救人而工作"，唯独这一点才重要，表明他们能超越信仰，超越渎神和祈祷的事，一起同病痛和死亡做斗争。二人达到心灵的契合，里厄握住帕纳卢的手，平静地讲了一句震撼人心的话："现在，就连上帝也不可能将我们分开。"

不用大词阐述宏旨，这是加缪的创作特点。里厄和帕纳卢终生坚守的，一个是职业的信仰，一个是宗教的信仰，而真正信仰的前提，作者并没有用大爱的字眼来表述。唯有大爱，才能超越信仰的分歧，在大灾大难中，表现出了理解和宽容。里厄这样评价帕纳卢："内里要比表象优越"，"他讲道好，做得更好"。帕纳卢自从参加了卫生防疫组织，就再也没有离开过医院和鼠疫传染区，在击退鼠疫的前夕以身殉难。

鼠疫猖獗时期，消除了人的价值判断。所有出路都关闭了，人很容易就全盘接受眼前的一切，无论做什么都不再有所选择，这就是丧失了信仰。当然，真正坚定的信仰是不会因外境而丧失的，就像里厄、塔鲁、帕纳卢等人这样，而在这种特定的境况，反抗就成为他们共同的信仰。这种信仰具有极大的包容性，吸引来有案底的边缘人物科塔尔、自认为是疫城局外人的巴黎记者朗贝尔、主张判决的威力胜过法律的初审法官奥通先生等一干人。同样，在鼠疫这种特定的境况下，反抗也成为不同价值观的唯一取向。这就是上面那段对话的基本内涵。

反抗成为唯一的价值取向，但是各人的动机却不尽相同，毕竟心怀大爱的人在世间属凤毛麟角。就连塔鲁也直言，他的动机出于"理解"的道德观。"理解"一词词义明确，又很宽泛，出自塔鲁之口，必有特殊的含义，如果不联系他的身世，就很难抓准意思。塔鲁的父亲是法官，在塔鲁看来，父亲一上法庭和刑场就变了一个人，那种表现"正经应该称为最卑鄙的谋杀"。于是，他十八岁那年离开优裕的家庭，体验了贫困的滋味，为谋生干过各种行业，不想成为"鼠疫患者"，便成为社会活动家。他认为他所生活的社会是建立在死刑的基础上的，就同社会做斗争，极力反对死刑。为了达到一个不再杀人的世界，他与志同道合的人一起，投入欧洲各国的战斗，自以为走在正确的路上，尽心尽力同鼠疫做斗争，最终才醒悟，自己一直是鼠疫患者，即使抱着良好的愿望，即使好人也难免杀人，"因为他们就生活在这种逻辑中"，一举一动都可能致人死亡。塔鲁说道：

"即使拯救不了人，起码也尽量少给他们造成伤害，有时甚至给他们做点儿好事。这就是为什么我决定拒绝一切直接或间接的，有理或无理的杀人行为，也不为杀人行为辩解。

"同样，这也是为什么，这场瘟疫没有教会我什么，只让我明白必须和你们一起同瘟疫斗争。我基于可靠的知识了解到，鼠疫，每人身上都携带，因为，任何人，是的，世上任何人都不能免遭其害……一个正派人，就是几乎不把疫病传染给任何人的人……但是现在，我心甘情愿原原本本做人，我学会了谦虚。我只想说，大地上还有灾难和受害者，一定得尽可能拒绝，不要跟灾难同流合污……我听到过那么多高谈阔论，脑袋几乎给弄晕乎了，那些高谈阔论也足以使其他一些人晕头转向，结果同意去杀人。从而也使我明白了，人的不幸缘于他们没有使用清晰的语言。于是我决定讲话和行动都要明明白白，以便走在正道上。"

这段话基本概括了塔鲁所谓"理解"的道德观，尤其概括了他那波澜壮阔而又漩流沉淀的社会活动与政治生涯，这也是他一再说的"生活的事我无所不知"。在一定程度上，这也正是加缪自身经历的写照，是他用明明白白的话总结出来的人生大道理，做正派人的准则。

"原原本本做人"，塔鲁经历了坎坷的半生，才总结出这条做人的道理，看起来挺容易，做起来就会碰到层出不穷的阻碍和诱惑。生活在当代社会的逻辑中，做一个"正派人"，"不要跟灾难同流合污"，仅就这两点，能认真坚守，确实千难万难，不胜其苦，拿塔鲁的话说，"真得有意志，还要绷紧神经"。生活逻辑就是这么荒谬：做好人难，不做坏人更难。换言之，做点儿好事容易，难的是不做坏事。

鼠疫、灾难、死亡（包括良心的泯灭，道德的沦丧）、邪恶势力，所有荒诞的东西、负能量，可以说无处不在，总能把人搞得晕头转向，难以"原原本本做人"了。这就是为什么塔鲁敢于断言："鼠疫，每人身上都携带"，只因"任何人都不能免遭其害"。这样讲并不算言过其实，我们扪心自问，其实谁的心没有受过鼠疫的侵害，至今还留下阴影，潜伏着病菌？这不仅从生活经验上，而且从荒诞哲学意义上看，也同样切中事理。在《鼠疫》的结尾部分，那位患哮喘病老人总结似的讲了一句话："说到底，鼠疫究竟是什么呢？鼠疫就是生活，不过如此。"破题的话，就这么简单，随口由那位形同局外人的老患者讲出来，既出人意料，又在情理之中。他得知他十分钦佩的塔鲁也被瘟神带走了，不免感叹道："最优秀的人总是先走。这就是生活。"他对塔鲁的赞语是："他可从来不讲空话废话。"还有一赞："他那个人，知道自己想要什么。"

那么，塔鲁想要什么呢？塔鲁明确表示："我关心的是了解如何成为圣人，人，不信上帝能否成为圣人。"这里的"圣人"概念，没有汉语中为人师表的意义，也不同于基督教中的圣徒，姑且可理解为在生活中保持"圣洁"的人，不携带鼠疫病菌的人。按照里厄的揣度，塔鲁认为人无权处死任何人，可是受害者又难免会成为刽子手，因而他生活在矛盾之中，从未萌生过希望，为此才想要当圣人，"通过为别人服务获取安宁"。那么，在塔鲁的眼中，谁像圣人呢？他想到那位患哮喘病的老人，生活那么有规律，讲话还有哲理性，或许他就是个圣人，"如果神圣性就是习惯的总和的话"。不过，他真正佩服的只有两个人，在他的心目中，唯独里厄母子达到了圣人的高度。他对里厄大夫的赞扬不必赘述，对里厄老太太的评价倒值得一提。

塔鲁在纪事中着重指出，里厄老太太为人非常低调，无论表达什么事，都用简单的语句。每天傍晚，她总爱坐在窗前，面对清静的街道，身子微微挺直，双手安闲地放在膝上，目光总那么凝注，渐渐融入暝色中。她在塔鲁面前从未拿出具体例证，但是从她那一言一行中，塔鲁能辨别出善良的光芒。纪事中还谈到一个事实：老太太从不思索就洞察一切，"她与沉默和阴影相伴，却始终能停留在任何光明的高度，哪怕是鼠疫的亮度"。塔鲁正是在这里透露了他的一点隐私："我母亲就是这样，我喜爱她身上这种同样的低调，她正是我一直想要回到身边的人。八年了，现在我还不能说她去世了……"这道出了加缪的心声。这些母亲，以其低调和光明的高度，都同样体现了"原本的真理"、思想的升华，都同样体现了能与鼠疫抗衡的正气、正能量。

2014年9月于北京花园村

附　　录

加缪生平与创作年表

李玉民　编译

1913 年

11 月 7 日，阿尔贝 · 加缪生于阿尔及利亚的小镇蒙多维。

他是个混血儿，父母的身份极为复杂，两边的家庭都漂泊不定，最后到阿尔及利亚这块殖民地重新开始生活。

父亲吕西安 · 奥古斯特 · 加缪 1885 年 11 月 8 日生于阿尔及利亚。祖籍法国波尔多，早年迁往阿尔萨斯，全家于 1871 年到阿尔及利亚落地生根。吕西安 · 奥古斯特 · 加缪刚生下一年，便遭丧父之痛，他被送进孤儿院，长大一点逃离，到葡萄园当学徒。

母亲卡特琳 · 辛泰斯（加缪的女儿取名为卡特琳，而《局外人》的主人公默尔索的一个朋友，则叫辛泰斯）祖籍西班牙，生活在米诺尔克岛。全家迁至阿尔及利亚之后，她父亲才出世，这是个农业工人的家庭。

吕西安 · 奥古斯特 · 加缪于 1909 年同比他大三岁的卡特琳 · 辛泰斯结婚。1910 年，他们生下第一个儿子，取名吕西安；1913 年生下第二个儿子，便是阿尔贝 · 加缪。

1914 年

战争阴云密布。6 月，弗朗茨 · 斐迪南大公在萨拉热窝遇刺身亡。7 月 28 日，奥匈帝国向塞尔维亚宣战。德国先向俄国宣战，于 8 月 3 日又向法国宣战。

8 月 2 日，第一次世界大战爆发。战火就要毁掉多少像加缪这样贫苦的家庭。“我和同年龄的所有人，是在第一次世界大战的枪炮声中一起长大的。我们的历史从那以后，屠杀、非正义和暴力，就始终没有间断过。”(《夏》)

吕西安 · 奥古斯特 · 加缪应征入伍，编在称为“朱阿夫军团”的海外军团。他随军开到巴黎附近，8 月 24 日参加了为阻止德军进攻的马恩河战役，不幸头部中炮弹片受伤，被送到后方医院，于 10 月 11 日死在圣布里厄医院，并埋葬在当地。

加缪的母亲得知噩耗，精神遭到沉重打击，几乎失聪，并出现话语障碍。寡母带着两个幼儿，生活陷入更加穷苦的境地，搬到阿尔及尔的贝尔库贫民区。她从未去祭过丈夫，说圣比尤克城的圣米歇尔阵亡军人墓地太遥远。直到加缪获得诺贝尔文学奖，一个纪念名人的组织才在他父亲的墓前立了一块墓碑。她先是在弹药厂做工，后来又给人家做家务，勉强维持生计。一起生活的还有外祖母和有残疾当桶匠的舅舅。

1915 年至 1918 年

加缪就是在这种穷苦的环境，在几个亲人中间长大的。这个环境不仅生活困苦，而且也没有精神食粮，亲人都不识字，家里也没有一本书，可以说加缪的童年是在文化和历史的真空中度过的。

然而，他有一个“温柔的好母亲”，尽管母亲没有时间，也不知道怎样爱抚孩子。他的沉默寡言、天生的自豪感和朴实的性情，多半受他母亲的影响。

这个小男孩还有阳光和大海，这是他一生都享用不尽的财富。

“首先，对我来说，贫穷从来就不是一种不幸……我置身于贫穷和阳光之间。由于贫穷，我才不会相信，阳光下和历史中一切都是美好的；而阳光又让我明白，历史不等于一切。”（《反与正》作者序）

连着海边的贝尔库贫民区，却向他提供阳光、沙滩和大海。加缪和他的小朋友在那里学会游泳，在阳光下嬉戏，观察繁忙的穷人世界。

贝尔库是加缪上的第一所学校，是他上的人生第一课。在贝尔库，不同种族的人混杂在一起，各种活动和各种现象相交织，加缪在这所学校里长大，没有种族的意识，养成独立的人格，能平易而坦诚地同各个阶层的人交往，毫无知识界常有的那种歧视和嫉妒。

1919 年

加缪进入贝尔库区小学校，他从封闭的家庭走进开放的世界。这所公立学校设备齐全，又有完善的校规，这正合加缪的心思，于是他又走进书的世界。他大量阅读从区图书馆和学校图书馆借的书，老师和其他人也愿意借书给他看，他的智慧有了惊人的发展。加缪在班里年龄小，体质又弱，但是他有一种能影响别人的魅力，这种影响力来自他的聪明和智慧。他喜欢有听众，同学们也爱听他讲故事。为此，他甚至独自去海滩练口才，效仿古代的狄摩西尼的做法，口含小石子高声朗诵诗歌。

随着加缪戏剧才能的发展，后来他组建了剧团，创作剧本，甚至还努力振兴悲剧。

1920 年

第一次世界大战结束两年之后，加缪才被确认为战争孤儿，应由国家抚养，他终于能领一笔小小的奖学金，用来买学习和生活必需品。

后来，加缪曾向女友玛格丽特·多布朗透露，七岁时他就想成为作家。

1921年至1924年

加缪在学校以学习成绩优异著称，他在班里法语成绩始终是第一，显示出语言才能。

1923年10月，加缪升到五年级，也快满十周岁了。这个毕业班的法语教师路易·热尔曼是个特级教师，他在学校很有影响，颇有声誉。他已经注意到加缪这个品学兼优的学生，超乎寻常地进行家访。

当年实行五年义务教育，一般孩子小学一毕业，就去找活干。加缪的哥哥吕西安十五岁就去干活挣钱了，加缪也不能例外。热尔曼先生劝说加缪的家人，让孩子继续念书，上中学可以争取奖学金。外祖母虽然反对，这次沉默寡言的母亲却讲话了，要让二儿子考中学。

热尔曼给加缪指定一年中应读的书目，他在课堂上朗读讲述第一次世界大战战壕生活的小说《木十字架》，给加缪以极大的震动。后来，加缪在《第一个人》的手稿中，就描述了他的感受和激动。热尔曼对所有战争中失去父亲的孩子有一种特殊的感情，对加缪的成长影响至深。加缪念念不忘这位小学老师对他的教导，乃至他获得诺贝尔文学奖时，把授奖仪式的答谢词献给他的启蒙老师，恭恭敬敬地写上："路易·热尔曼先生"。

1924年6月，加缪和他的同窗好友安德烈·维尔纳夫考取了格朗中学。10月份开学，加缪享有奖学金，成为半寄宿生，他选择了A类课程，即主修法语和拉丁文。

1925年至1930年

加缪在中学，也是品学兼优的学生。从上中学起的假期，他不再和同学一起去海滩嬉戏，而是谎报年龄，开始打工。

课间休息，他最爱踢足球，他一般当守门员，有时也当队长，踢中锋位置。他踢球很勇猛，时常受伤。"不久我就明白了，球绝不会从你预料的方向传来。这一点对我的生活很有帮助，尤其是在法国，不是人人都那么正直。"

1928年，加缪进入阿尔及尔大学拉散俱乐部少年足球队。他写道："归根结底，正因为如此，我才特别热爱我的足球队，为了胜利的喜悦，尤其这种喜悦同拼搏之后的疲惫感觉相结合，那真是美妙极了，但同时也是为了输球之后的晚上想哭的那种傻念头。"（拉散俱乐部《周报》）

像所有善于思考的人那样，他从激烈的球场所领悟的，绝不仅仅是男子汉气概和拼搏精神："多年来我看到世人许许多多表演之后，最终对人类道德和义务最肯定的东西的认识，还应当归功于体育，这是我在拉散俱乐部少年队里学到的。"（1953年4月15日《勒鲁亚体育简报》）

此外，这种集体运动也培养了他的集体意识、与人合作的精神。他把这种作风，也带到了他的社会活动和戏剧活动中。

加缪念中学时，思想极为活跃，他常和要好的同学聚在咖啡馆里，无休止地争论时局、政治问题和国际形势。当然，大多时候还是讨论文学问题，而马尔罗和纪德，则是这些青年学生讨论的热门话题。

马尔罗于1926年发表《西方的诱惑》，1928年出版《征服者》，他在作品中所倡导的革命思想和革命冒险精神，对加缪极具吸引力。

同样，纪德早年出版了《人间食粮》，1926年发表了《伪币制造者》《如果种子不死》，1927年发表《刚果之行》，1928年发表《乍得归来》。纪德的作品影响着一代青年，加缪也不例外。不过，他十一岁时错过了阅读纪德作品的机会，到了十六岁，即1929年看了纪德《人间食粮》，开始从艺术上感受大自然的馈赠。

1929年至1930年，加缪上高中二年级，准备中学会考的第一阶段课程。从1930年10月开始准备第二阶段考试。在这一学年，加缪遇到了他的第二个授业恩师让·格勒尼埃。

让·格勒尼埃一生从事教育，喜爱文学，时常写些随笔，他教授的哲学课生动有趣，对学生富有启发作用，使加缪对哲学产生浓厚兴趣。他是个伯乐式的教授，第一次走进加缪所在的教室，就发现了这个特别有前途的学生。

1930 年至 1931 年

加缪经历了一场生与死的考验。

他于 1930 年 12 月，出现肺结核症状，直到咳嗽加重，甚至晕过去一回才由外祖母带着去看病，并住进医院。当时没有特效药，肺结核病死亡率很高，至少要拖累一生。加缪一生都受这种病菌的不断侵袭和折磨，他以坚强意志和巨大勇气与病魔相搏。经历过死亡的威胁，加缪更加热爱和珍惜生命，在以后的生活和创作中，表现出更大的激情。

加缪因病辍学，幸而能住到生活富裕的姨父家中养病。姨父阿科尔虽开肉店，但是个爱读书、喜欢交际的人，他那种无拘无束的性情、无政府主义的思想，对加缪产生了相当大的影响。

1932 年

加缪病愈复学，在高中多念一年，就有了同让 · 格勒尼埃多接触的时间。在加缪刚生病时，这位老师还去他家中看望，在加缪升入大学后，也给他上过课。加缪则时常去老师家讨论问题，二人从师生情发展成忘年交，直到加缪不幸遇车祸去世，让 · 格勒尼埃又为经典本的《加缪全集》作序。

加缪先后将他的《心灵之死》《反与正》《反抗者》献给让 · 格勒尼埃，还为让 · 格勒尼埃的《岛》的再版作序。《岛》给他以心灵的震撼，比得上他阅读《人间食粮》时的感受："我们需要更敏锐的大师，需要类似在彼岸出生的一个人。他应当热爱阳光，热爱健美的躯体，并用难以模仿的一种语言告诉我们这一切外表美丽，但终究要消亡，因此要倍加珍惜。"（《岛》序言）

让 · 格勒尼埃的作品，向加缪提供了一个思考的领域，一个思考的范畴。加缪写道：

……我遇见让·格勒尼埃。他也一样，递给我的东西里有一本书，是安德烈·德·里什欧的一部小说，名为《痛苦》。我不了解安德烈·德·里什欧。不过，我始终没有忘记，他那部好书，是头一部向我谈论我所了解的事物的书：一位母亲，穷困、晴朗的天空……我照惯例一夜看完，醒来之后，就拥有了一种异样的、全新的自由，到了一片陌生的土地上，犹豫着向前走。这次我了解到，书籍不仅仅散播遗忘和消遣。我执意的沉默，这种朦胧而巨大的痛苦、这怪诞的世界、我家人的高尚情操、他们的穷困，最后还有我的秘密，原来这一切都可以讲述……《痛苦》让我隐约看到创作的世界，而纪德又将促使我闯进去。(《相遇安德烈·纪德》)

加缪通过中学会考。在让·格勒尼埃的鼓励下，开始尝试写作，在学生自办的小型文艺杂志《南方》上，发表一些随笔。

1933年

1月30日，希特勒上台。亨利·巴比塞和罗曼·罗兰发起反法西斯运动，加缪很快就积极投入这场运动。

加缪进入阿尔及尔大学，攻读哲学和古典文学。他开始写读书笔记，其中提到司汤达、陀思妥耶夫斯基、尼采、格勒尼埃，尤其提到纪德。他写道："我这感情太好冲动，应当学会克制。我相信能控制住自己，能用嘲讽、冷漠来打掩护。我应当改变调子。"这是他初次反省。

1934年

6月16日加缪结婚，娶的是一个最惹男人注意的风骚姑娘西蒙娜·耶。西蒙娜打扮得很妖艳，她是大学生的偶像，是上升的中产阶级和社会成功的标志。她头戴宽檐帽，脚穿高跟皮鞋，嘴上时常叼着烟卷，甚至披着狐皮长披肩随加缪去听课。加缪的衣着也很讲究，两人很般配。但是姨父反对这桩婚事，加缪只好离开姨父家，开始半工半读。然而，西蒙娜早就染上毒瘾，加缪像圣徒似的要拯救她，但始终徒劳无益。这场婚姻持续了一年多。

6月，加缪通过心理学考试，11月又获得古典文学证书。

1935年

法国左派力量成立人民阵线，反对达拉第的右翼政权。文化青年的英雄安德烈·纪德、安德烈·马尔罗等全力投入这场政治运动，带动了加缪这样的热血青年。加缪加入共产党，负责贝尔库工人区的支部工作。他在给让·格勒尼埃的信中写道："我认为把人们引向共产主义的，主要不是思想，而是生活……我有一种强烈的愿望，就是要看到戕害人类的苦难减少。"

加缪善于调解安排，学业、写作、在穆斯林中开展宣传工作三不误。他在学校仍是个好学生，拿下了学士学位最后一门哲学和逻辑学考试。他开始写《反与正》，继续写《手记》和随笔文章。

> 对我来说，我知道我的源泉就在《反与正》里，就在这穷困和阳光的世界中。我在这世界生活了很少时间；时时回忆它，我就能避免威胁任何艺术家的两种相反的危险，即怨恨和满足……然而，关于生活本身，我在《反与正》中谈得很笨拙，就知道说出来的那点东西。

加缪发展党的外围组织，帮助劳工学校开班，和朋友创立"劳工剧团"。他要改编马尔罗的小说《轻蔑的时代》，并收到马尔罗的复电："你演吧。"加缪特别高兴，因为马尔罗以"你"称呼他。他改编的剧本，在极其艰苦的情况下排练和演出，取得极大成功。1936年1月25日首场演出，观众就多达两三千人。一份显然是加缪起草的传单这样写道：

> 经过大家无私的努力，劳工剧团在阿尔及尔组建起来了。剧团意识到大众文学的艺术价值，便希望表明艺术应当从象牙塔里解放出来，同时也相信美感是与人性紧密相连的……我们的目标在于恢复人的价值，而不是提出新的思考。

1936年

3月7日，德国重新占领莱纳尼亚[①]。5月，法兰西人民阵线在大选中夺得胜利。6月，加缪去中欧旅行，返回阿尔及尔便同西蒙娜离异。7月17日，西班牙内战爆发。加缪和三位同志以西班牙人民的斗争为题，共同编写剧本《阿斯图里亚斯起义》。此剧排练好之后却遭当局禁演。于是加缪给市长写了一封公开信，剧本又由夏尔洛书商出版。劳工剧团又先后排练演出了高尔基的《底层》、马基雅弗利的《曼陀罗花》、巴尔扎克的《伏脱冷》。

加缪有一种"天生的权威"。蓬塞说："加缪具有难以描摹的天赋，他经常到现场，找适当的时间，用恰当的语言激发人的热情，创造一种相互信赖的和谐气氛……"

从编剧到演出的全过程，加缪无不亲自参与，取得宝贵的经验，为他后来振兴戏剧的活动打下了基础。

1937年

为了维持生活，加缪进入阿尔及尔广播剧团当演员，每月有十五天到城镇和乡村巡回演出。

---

① 即北莱茵－威斯特法伦州。

加缪还进帕斯卡尔·皮亚主持的《阿尔及尔共和报》报社当记者（《西西弗神话》就是题词献给皮亚的）。他在报社先后担任各种职务，从编辑社会新闻栏、节日集会专栏、文学专栏，一直到撰写社论。他尤其重视查明发生在阿尔及利亚的重大政治案件。

加缪是1936年创建的“文化之家”的领导者之一，他积极组织发展地中海文化的各种活动，邀请学者和作者开讲座，做报告，甚至亲自开讲座，谈地中海新文化。在这些活动中，加缪显示了工作的热情和组织才干，同时也表明他对阿尔及利亚地中海的情结。

因健康缘故，加缪未获准报名参加哲学和教师资格考试。他不得不到昂布兰休养，继而取道马塞、热那亚和比萨，到佛罗伦萨游览参观。劳工剧团解散，加缪与友人又组建“队友剧团”。

加缪谢绝西迪·贝尔·阿贝斯中学的聘书，担心在因循守旧的环境会沉沦。他打算离开阿尔及尔，到法国本土寻求更大的发展空间。

5月10日，《反与正》由书商夏尔洛出版，收入“地中海作品丛书”。这本散文集是加缪的处女作，共五篇，浓缩了加缪在生长环境中的人生体验、在追求真理的路上的哲理思索，文章充满诗情和悲剧气氛，预示他后来文学创作题材和形式的取向。

8月，他开始构思另一本抒情散文集《婚礼集》。9月写出生前没有发表的小说《幸福的死亡》，这是加缪创作小说的尝试，在情节上有点像《局外人》的雏形。

加缪和一群阿尔及利亚知识分子签署一份声明，支持勃鲁姆·维奥莱特选举改革方案，认为这个方案是“伊斯兰教徒全面获得议会自由的一个阶段……”

从1935年秋加缪加入共产党，到1937年11月他被开除出党，这一阶段，人民阵线、共产党、穆斯林民族主义以及加缪本人，各方面都发生了微妙的变化。党组织认为加缪入党动机不纯，持不同政见，同穆斯林作家和伊斯兰宗教领袖来往密切。加缪则指责党对穆斯林反殖民主义实行反对政策，指责党的干部不理解深受殖民主义压迫的阿尔及利亚人民。在劝退不成的情况下，总部开会决定将加缪开除出党。对此，加缪的唯一反应仅仅是“微微一笑”。

其实，加缪到了他一生的转折点：他的内心生活的比重，开始超过社会生活。他不会抛弃，但要以更严肃的态度参与社会生活，要为自己的文学创作保留必要的精力和时间。

1938 年

队友剧团组建以来，要给民众带来一个高质量的戏剧季节：“戏剧是一门让世人去解释寓意的有血有肉的艺术，是一门既粗犷又细腻的艺术，是动作、声音和灯光的美妙谐和。然而，戏剧也是最传统的艺术，重在演员和观众的配合，重在对同一幻觉的一种彼此心照不宣的默认。”

加缪选择首演的剧目，是费尔南多·罗维的《修女》，西班牙文艺复兴初期的一部名著。

2 月，又演出安德烈·纪德的《浪子回头》和夏尔·维尔德拉克的《顽强号客轮》。

马尔罗的小说《希望》出版。

萨特的《恶心》出版。加缪很欣赏这本书，但是反对萨特的审美观，指出他过分强调人的丑陋，以便把人生的悲剧性建立在这个基础上：“没有美、爱或者危险，生活就会很容易。”

酝酿荒诞系列作品，首先写了荒诞剧《卡利古拉》，还考虑写一部论述荒诞的作品，有些笔记后来写《局外人》时就用上了。

他看了克尔凯郭尔的《论绝望》，以及尼采的《人性的，太人性的》《偶像的黄昏》。

9 月 30 日，《慕尼黑协定》签订。

1939 年

3 月，捷克被第三帝国吞并。

阅读伊壁鸠鲁和斯多亚学派的作品。

同安德烈·马尔罗见面。

萨特的短篇小说集《墙》发表。加缪撰文评论道:“观察到生活的荒谬，不可能是一种终结，而仅仅是一种开端。”(1939年3月12日《阿尔及尔共和报》)

5月，加缪的抒情散文集《婚礼集》出版。

6月，加缪到阿尔及利亚北部山区卡比利调查:“在世界上最美的地方，这种穷困的景象比什么都令人痛心。”这一经历，对加缪的“荒诞”概念的最后成形，起了决定性的作用。

战争乌云密布，加缪不得不放弃去希腊旅行的计划:“战争爆发那年，我本来打算登船，也像尤利西斯那样航海旅行。在那个时期，即使一个穷苦的年轻人，也能做出奢华的计划，横渡大海去迎接阳光。”(《夏》)

9月3日，第二次世界大战爆发。

“首要的一条，就是不绝望。不要听信叫嚷到了末日的那帮人。”(《扁桃树》)

“发誓在最不高尚的任务中，只完成最高尚的举动。”(《手记》)

“野兽统治的时代开始了，我们已经感觉到了人类身上增长的仇恨和暴力。在他们身上，纯洁的东西荡然无存……我们所遇见的全是兽类，全是欧洲人那些野兽般的嘴脸……”(9月7日《日记》)

加缪准备应征入伍参战，但因健康缘故暂缓。

《阿尔及尔共和报》改成《共和晚报》，加缪任主编。

到阿尔及利亚奥兰旅行。

1940年

加缪同一位奥兰姑娘弗朗西娜·富尔结婚。

1月10日，《共和晚报》遭当局查封。

加缪去巴黎，由帕斯卡尔·皮亚推荐，进《巴黎晚报》社，在编辑部当秘书，做些纯事务性的工作。“在《巴黎晚报》社感觉巴黎的

整个心脏，以及它那轻佻少女式的龌龊思想。”（《手记》）

5月，《局外人》完稿。

5月10日，德军入侵。加缪同《巴黎晚报》编辑部撤离巴黎，12月他脱离编辑部。

9月，开始撰写《西西弗神话》的第一部分。

10月，加缪到里昂，暂时落脚。

1941年

1月，返回奥兰市，到一所接纳犹太人子女的私立学校教一段时间书。奥兰是阿尔及利亚第二大城市，后来加缪的长篇小说《鼠疫》，就以这座城市为背景。

2月，《西西弗神话》完稿。

受赫尔曼·梅尔维尔《白鲸》的影响，加缪开始构思长篇小说《鼠疫》。他在《介绍赫尔曼·梅尔维尔》的文章中写道：“这是人所能想象出来的最为惊心动魄的一个神话，写人对抗恶的搏斗，写这种不可抗拒的逻辑，终将培育起正义的人；他首先起来反对创世和造物主，再反对他的同胞和他自身。”

12月19日，法共中央委员加布里埃尔·帕里在抵抗斗争中，被德军抓获并杀害。加缪在《时政评论一集》中写道：“……您问我出于什么理由站到了抵抗运动一边。这个问题，在包括我在内的一些人看来，是没有意义的。当时我就认为，现在还一直认为，总不能站在集中营一边，那时我明白了，我憎恶暴力机构，却不那么憎恶暴力。为了把话说得明明白白，我非常清楚地记得那天，我心中反抗的浪潮达到了顶峰。那是在里昂，一天早晨我看报，读到加布里埃尔·帕里被处决的消息。”

加缪由帕斯卡尔·皮亚和勒内·莱诺介绍，加入“北方解放运动”的抵抗组织，接受搜集情报和出版地下报纸的任务。

1942年

1月，加缪肺病复发，不宜留在气候潮湿的北非，不得不去法国本土，到利尼翁河畔的尚邦休养。

由于战争阻隔，他回不了北非，同妻子天各一方，直到战争结束才重聚。

6月15日，《局外人》由伽利玛出版社出版。10月16日，《西西弗神话》在同一出版社出版。

《局外人》受到普遍的好评。萨特写道："《局外人》是一部经典之作，一部理性之作，为荒诞及反荒诞而作。"亨利·海尔在《泉水》杂志上发表文章："加缪及其《局外人》站到当代小说的最尖端，这条道路由马尔罗开创，由萨特终结，途经塞利纳，它赋予了法国小说以新的内容和风格。"

被人称为荒诞哲学家，加缪则不以为然："我不是哲学家，对理性没有足够的信赖，更难相信一种理论体系。我的兴趣所在，是探讨怎样行动，更确切地说，人们既不相信上帝，又不相信理性的时候，应当如何生活。""不，我不是存在主义者……萨特是存在主义者，而我发表的唯一理论著作《西西弗神话》，恰恰是反对那些存在主义哲学家的……"（1945年11月15日《文学新闻》）

1943年

完成剧本《误会》的初稿。

加缪在里昂地区和圣艾蒂安地区来回奔波，时达数月，他给勒内·莱诺《诗歌》作序时写道："如果说地狱存在的话，依我看，它就应当像行人全穿黑服的这些无尽头的灰色街道。"

"法国工人——我渴望了解并'生活'其中，只有在他们身边我才感到舒服。他们跟我一样。"（《手记》）

6月，萨特剧本《苍蝇》首演式上，加缪、萨特、西蒙娜·德·波伏娃，他们常在巴黎圣日耳曼大街的咖啡馆见面。

加缪成为伽利玛出版社的审稿员。他住进安德烈·纪德的套房，第二次同路易·阿拉贡见面。

几个抵抗运动组织合并，加缪参与筹办地下报纸《战斗报》，同皮亚、弗朗西斯·蓬热、雷诺等抵抗运动战士联系密切。

1944年

加缪的剧本《卡利古拉》和《误会》在伽利玛出版社出版。

6月，《误会》由玛丽亚、卡萨雷斯和马塞尔·埃朗主演，在马图兰剧院演出。

先后共发表四封《致一位德国友人的信》："我仍然认为这个世界没有更高的意义，但是我也知道这世上的某种东西有意义，这就是人，因为，人是要世界有意义的唯一生灵。"

8月24日，巴黎解放，皮埃尔·沙菲尔通过广播电台，让巴黎的钟全部敲响庆祝。

《战斗报》第一期公开散发："在这8月的夜晚，巴黎无处不开火。"

从9月开始，加缪和弗朗索瓦·莫里亚克分别在《战斗报》和《费加罗报》上撰文，在是否应惩罚法奸（合作分子）的问题上展开激烈的论战。加缪主张必须严惩叛徒，才能伸张正义。

10月，加缪与妻子在巴黎团聚。

1945年

授予加缪抵抗运动勋章。

5月8日，加缪在安德烈·纪德身边，得知停战的消息。

5月16日，殖民当局在阿尔及利亚塞提夫城，先屠杀，继而又镇压阿尔及利亚人民。加缪前往当地调查，写了八篇文章，有六篇以《阿尔及利亚纪事》为副标题，收入1958年出版的《时政评论三集》，表达了对阿尔及利亚人民争取民主自由的同情。

8月6日和9日，美国在日本广岛和长崎投下原子弹。加缪在《战斗报》撰文："机械文明达到了野蛮的极点，在不久的将来，人们必须抉择：要么集体自杀，要么聪明地利用科学成果。"

9月5日，加缪喜得一对儿女，取名若望和卡特琳。

9月25日，《卡利古拉》在埃贝尔托剧院演出。主演钱拉·菲利普崭露头角。R. 康普把这出剧视为"绝望者的教科书"。

加缪担任伽利玛出版社的文学顾问，他要策划出一套"希望"丛书。

12月，加缪和米歇尔·伽利玛全家去戛纳度假。

1946年

3月25日，加缪抵达纽约，开始北美之行，在哥伦比亚大学、哈佛大学等处讲演，受到大学生的热烈欢迎和好评。5月26日，他抵达蒙特利尔，开始在加拿大巡回讲演。6月回国。

发现西蒙娜·维尔的作品，加缪主持出版她未发表过的作品。

在论战中，他系统地思考暴力问题："我们在地狱中，从来就没有出去过！这漫长的六年来，我们都极力摆脱这种处境。"(《夏》)

诗人勒内·夏尔的《伊普诺斯散页》出版，加缪和他结成深厚的友谊。

11月，加缪同萨特、马尔罗、科斯特勒等进行政治谈话，涉及苏联等问题。

1947年

加缪强烈抗议法国当局镇压马达加斯加岛起义："……事实摆在面前，清清楚楚，极其丑恶。我们碰到这种情况，干了我们谴责德国人所干的事情。"(《战斗报》)

加缪将《战斗报》主编之位让给克洛德·布尔代。

"民主与革命联盟"成立，团结左翼力量。加缪支持而未参加。

6月，《鼠疫》出版，获巨大成功，加缪被授予批评家大奖。

夏季，加缪到普罗旺斯地区卢马兰村居住一段时间。

8月，加缪与让·格勒尼埃去游布列塔尼。

9月，加缪去勒内·夏尔的家乡伊斯勒，受到诗人热情友好的接待。

11月，加缪回阿尔及尔，看望亲人和老师。

加缪在《卡里邦》杂志发表系列文章《不做受害者，也不当刽子手》，再度与德·拉维吉利激烈论战。他强调暴力虽难避免，但必须反对使暴力合法化的任何行为，他反对一切战争、一切残害生命的暴力形式。

1948年

1月19日，加缪去瑞士养病，写完剧本《戒严》。

2月，布拉格政变。

加缪暂时离开斗争激烈的政治舞台，携家人回阿尔及利亚游览。

5月4日，加缪又同家人去英国旅行。

夏天，加缪再次去夏尔家乡伊斯勒，他对巴黎生活已心生厌倦，眷恋普罗旺斯的秀美风光和田园生活。

10月27日，《戒严》演出失败。

1949年

3月，加缪呼吁声援被判处死刑的希腊共产党人；1950年12月，他还声援其他国被判处死刑的共产党人。

开始撰写剧本《正义者》和哲学论著《反抗者》。

3月6日，加缪去伦敦，出席《卡利古拉》在伦敦的首演式。

6月至8月，去南美洲旅行（参看《最近的大海》与《长出来的巨石》）。加缪健康状况本来不佳，这次旅途劳顿，情况就更糟了。此后两年间，他只能思考并撰写《反抗者》了。

《正义者》完稿，加缪有时去看这出戏的排练。

12 月，《正义者》公演，受到观众的赞赏。

1950 年

加缪向伽利玛出版社请一年病假，遵医嘱，去海拔高、气候干燥的卡布里养病。他每天坚持写作。萨特前去看望过他。

《时政评论一集》出版。

加缪去沃日地区度夏。

不久，他搬到夫人街的一套房子。

1951 年

加缪再次离开阴冷的巴黎，去卡布里疗养，主要精力用来完成《反抗者》。

10 月 18 日，《反抗者》出版。这本书从哲学、伦理学和文学诸方面，探讨了引起论战的各种敏感问题，提出一套反抗的理论，这便是加缪的新人道主义的核心。这本书引起萨特和加缪激烈论战，最终导致二人彻底决裂。这一场论战是法国知识界的重大事件，持续一年多。

11 月，加缪回阿尔及尔探视母亲。

12 月，在卜利达状告“争取民主自由胜利运动”（阿尔及利亚政党）。

1952 年

2 月 22 日，加缪参加法国人权同盟在巴黎的大会，并发表演说，声援被佛朗哥政权判处死刑的西班牙共和党人。

3 月 6 日，加缪声明退出欧洲文化协会，因不满它的政治宣言的一些观点。

5月至8月，《反抗者》所引起的论战到了白热化程度。加缪写了《致〈现代〉杂志主编的信》，而主编萨特则回以《答加缪书》，成为两人断绝关系的宣言书。

加缪去帕那尼埃休养。

创作短篇小说集《流亡与独立王国》。

加缪辞掉在联合国教科文组织的职务，抗议它吸收了佛朗哥统治下的西班牙为成员。

12月1日，加缪再次回家探望母亲和哥哥，重游蒂巴萨，去游览尚未去过的沙漠绿洲城镇。他乘船到马赛，去戛纳与伽利玛一家相聚，再一道回巴黎。

1953年

6月7日，东柏林发生暴动："一名劳动者，无论在世界何处，面对坦克举起赤手的空拳，高呼他不是个奴隶的时候，我们若是无动于衷，那就成了什么人呢？"（在互助会上的讲话）

《时政评论二集》出版。

6月，在昂热戏剧节上，加缪代替生了病的马塞尔·埃朗，改编并执导《信奉十字架》和《闹鬼》。

夏天，加缪带生病的妻子以及子女去莱蒙湖畔的多农，抓紧修改《夏》。

> 专制和金钱民主都明白，为巩固其统治，必须将劳动与文化分离。至于劳动，有经济压迫差不多就足够了……而文化，则可以用金钱收买和冷嘲热讽。商业社会将大量金钱和特权赠给那些名为艺术家，实为跳梁小丑的家伙，迫使他们做出种种让步。（8月8日给一家工会刊物的信）

10月，加缪着手将陀思妥耶夫斯基的长篇《群魔》改编成剧本。

加缪在一张标明1951年3月至1953年12月的纸上，列出他心爱的词：世界、痛苦、大地、母亲、人类、沙漠、荣誉、苦难、夏日、大海。

1954年

随笔集《夏》出版，包括《扁桃树》《重游蒂巴萨》等八篇抒情散文，反映向往光明的自然一面。加缪认为作家可以写荒谬，而自己并不绝望。

10月，去荷兰短期旅行，阿姆斯特丹是他的小说《堕落》的背景城市。

构思写《第一个人》："于是我构想'第一个人'从零开始，他不会念书，也不会写字，不知道什么是道德和宗教。换言之，那是一种没有老师的教育，小说就放在现代历史的革命和战争之间展开。"

法国广播电台分几次播放加缪录制的《局外人》。

加缪十分关注阿尔及利亚的局势。11月，殖民当局和阿尔及利亚民族主义力量矛盾激化，开始武装冲突。"左手拿着《人权宣言》，右手拿着用来镇压的警棍，还能以文明的创立者自居吗？"

10月，加缪再次写信给福克纳，请求改编《修女安魂曲》。

11月，应意大利文化协会邀请，加缪去意大利访问，到都灵、米兰、罗马、热那亚几座城市做报告和讲演。讲演的题目为《艺术家及其所处的时代》，表明自由的艺术家并不是一个追求舒适或内心混乱的人，而是一个有自律精神、承担社会责任的人。

1955年

3月，改编迪诺·布扎蒂的剧本《医院风波》，并在法国出版。

4月26日至5月16日，加缪去希腊旅行，在雅典的法语学院以"悲剧的未来"为题发表演说，援引法国一大批作家在戏剧舞台所取得的成就，说明古希腊悲剧复兴的可能性。

6月，加缪重返新闻界，与《快报》周刊合作，主持“时事”栏目。加缪加盟《快报》，又引起与左派杂志《法兰西观察家》的论战。

> 作家完全可以置身于激烈的论战之外，独自一人，在孤独中完成为大众服务的使命。然而，一旦加入战斗，他就必须遵守规则：集体性、责任感，以及应有的幽默感。（布尔代）

其实，加缪并没有参加他们的阵营。

9月末，美国作家威廉·福克纳到达巴黎。为此，伽利玛出版社举办花园招待会，法国文学界名流四百人应邀参加，成为一次文坛盛会。福克纳签了合同，允许加缪改编《修女安魂曲》。

10月23日，加缪在巴黎大学主持《堂·吉诃德》问世三百五十周年纪念会，他在讲话中，赞美书中的主人公拒绝现实、拒绝轻而易举的成功的精神：“有一点非常重要，这些拒绝不是被动的。堂·吉诃德不屈不挠的战斗，永远不甘心失败……这种拒绝不是放弃，而是一个看重荣誉的人在谦卑面前的退让，他是一个拿起武器斗争的仁慈家。”

> 这信念是一种希望，也是一种信念。这信念就是只要坚持不懈，失败最终会转化为胜利……不过，这需要战斗到最后一刻，正如西班牙哲学家所梦想的，堂·吉诃德必须下地狱去为最后的受难者打开大门……

1956年

1月18日，加缪飞抵阿尔及尔，参加集会。1月23日他呼吁休战，因而受到一部分同胞的不愉快接待。他在给吉利贝尔的信中写道：“我从阿尔及利亚回来，心情相当沮丧。事态的发展坚定了我的信念。对我来说，这是个人的一种不幸。但是必须坚持，不是什么都能妥协的。”

2月，加缪停止与《快报》合作。

5月，小说《堕落》由伽利玛出版社出版。

加缪全力援救5月28日被捕的梅宗瑟尔，以及一批被捕的阿尔及利亚自由主义者或民族主义者。梅宗瑟尔一案移到巴黎，加缪请名律师为好友辩护，终于使其免于被起诉。

9月20日，由卡特琳·塞勒主演的《修女安魂曲》，在巴黎马杜兰剧院演出成功。

10月23日，发生匈牙利事件。加缪声援匈牙利人民，多次参加集会游行，反对专制主义。

1957年

加缪打算编《夏》的续集——《节日集》。

3月，《流亡与独立王国》出版。

6月，昂热戏剧节上，演出修订版《卡利古拉》，以及他改编的洛贝·德·维加的《奥尔梅多骑士》。

《关于断头台的思考》，收入同科斯特勒与丁·布洛克·米歇尔合编的《关于极刑的思考》。

10月17日，瑞典皇家学院授予加缪诺贝尔文学奖。当时他是法国第九位此奖得主，而且是最年轻的，年仅四十四岁。加缪自己觉得意外，应该是马尔罗获奖。这一事件受到了左派和右派的双重抨击，但是马尔罗毫不犹豫地表示祝贺，说“他的这种回答给我们俩都增了光”。另一位著名作家莫里亚克，也排除前嫌给加缪以中肯的评价：“这位风华正茂的年轻人，是青年一代最崇拜的导师之一，他给青年一代所提出的问题提供了答案，他问心无愧。”

1958年

2月，《在瑞典的演讲》发表。

3月，《反与正》再版，新作了序言。

6月，《时政评论三集》出版。这是阿尔及利亚专集，加缪提议分析冲突并寻求解决方法。但是他已陷入两难境地，这给他造成极大苦恼。

加缪这两年身体极差。

6月9日，去希腊旅行。

8月，著名作家马丹·杜·加尔去世，加缪为这位挚友写了纪念文章，给予高度评价。

11月，加缪在普罗旺斯省卢马兰村买下一幢房子，打算将来长居乡间。

1959年

1月30日，加缪改编的陀思妥耶夫斯基的《群魔》，由他执导在巴黎安东尼剧院演出。

加缪打算经营一家剧院，请当时任文化部长的马尔罗予以资助。

3月，加缪回阿尔及尔探母。

5月12日，法国电视台播放一套名人采访录，有一期专为加缪录制。

5月，加缪到卢马兰村居住，似乎恢复了精力，准备写《第一个人》，到11月，他顺畅地写出了第一部分。题词已想好："献给永远无法阅读此书的你。"据加缪妻子理解，人人都是第一人。如果不出意外，《第一个人》应在1960年7月完稿，1961年夏再写第二稿，或许就是定稿。

1960 年

伽利玛一家应邀到卢马兰过元旦。

1 月 4 日，加缪乘米歇尔 · 伽利玛的汽车回巴黎，车行至蒙特罗附近的维尔勃勒万，出车祸身亡。

在悼念的文章中，萨特的悼词最感人：

> 他在本世纪，顶住历史潮流，独自继承了源远流长的警世文学，警世作品也许堪称法国文学的最大特色。他以那种固执的、既狭隘又纯洁的、既严峻又耽于肉欲的人道主义，向这个时代种种巨大的、畸形的事件展开胜负难卜的战斗。但是反过来，他以自己始终如一的拒绝，在我们时代的中心，针对马基雅弗利主义和拜金的现实主义，再次肯定了道德事实的存在。

阿尔及利亚友人在蒂巴萨，给加缪立了纪念碑，雕刻的铭文为：

在这儿我领悟了
人们所说的光荣：
就是无拘无束地
爱的权利。

——阿尔贝 · 加缪

…

鼠疫流行的那些可怕的日子，
在经历者的记忆中，
不像大火那样壮观而又残酷，
倒像无休无止的来回践踏，
所经之处一切都辗得粉碎。

*